मर गया दीपनाथ

चन्द्रकिशोर जायसवाल

राधाकृष्ण पेपरबैक्स

पहला संस्करण 1997 में रचनाकार प्रकाशन से प्रकाशित

राधाकृष्ण पेपरबैक्स में
पहला संस्करण : 2024

राधाकृष्ण पेपरबैक्स : उत्कृष्ट साहित्य के जनसुलभ संस्करण

राधाकृष्ण प्रकाशन प्रा. लि.
जी-17, जगतपुरी
दिल्ली-110 051
द्वारा प्रकाशित

शाखाएँ : अशोक राजपथ, साइंस कॉलेज के सामने, पटना-800 006
पहली मंजिल, दरबारी बिल्डिंग, महात्मा गांधी मार्ग, प्रयागराज-211 001
1, अनमोल सोराबजी सन्तुक लेन, धोबी तलाव, मरीन लाइंस, मुम्बई-400 002
वेबसाइट : www.radhakrishnaprakashan.com
ई-मेल : info@radhakrishnaprakashan.com

विकास कम्प्यूटर एंड प्रिंटर्स
ट्रॉनिका सिटी-201 102
द्वारा मुद्रित

मूल्य : ₹299

MAR GAYA DEEPNATH
Stories by Chandrakishore Jaiswal

ISBN : 978-93-48157-93-5

मर गया दीपनाथ

क्रम

मर गया दीपनाथ

ठीक मियाँजी की ठाकुरबाड़ी के पास उसकी साइकिल की चेन टूटी। चेन के टूटने पर उसे खुशी हुई। मियाँजी की ठाकुरबाड़ी मुरादपुर गाँव में ही है, गाँव के एक छोर पर, और मुरादपुर चौक पर एक साइकिल मिस्त्री की दुकान है। अगर चेन अमवारी या डूमर में टूट जाती, तो कष्ट हो जाता, साइकिल को इतनी दूर तक घसीटकर लाना पड़ता।

मियाँजी की ठाकुरबाड़ी के ठाकुर की कृपा से मिस्त्री की दुकान खुली हुई थी और मिस्त्री किसी साइकिल की मरम्मत कर रहा था। उसने अपनी साइकिल दुकान पर लगाई और वहीं एक खाली बेंच पर बैठ गया। उसकी इच्छा हुई कि वह एक पान खा आए। वह उठकर एक पान की दुकान पर पहुँचा। उसने देखा कि पानवाला बहुत हड़बड़ी में अपनी दुकान बन्द कर रहा है। उसे लगा कि कुछ गड़बड़ है। पान माँगने पर पानवाले ने जवाब दिया, "अब पान नहीं मिलेगा, भाईजी। दुकान बन्द हो गई।" उसे घबराहट हुई; दिल धक्-धक् करने लगा। उसे किसी खतरे का एहसास हुआ जिसमें सिर्फ पानवाला ही नहीं, वह भी पड़ गया है। उसने ताबड़तोड़ कई सवाल पूछ डाले, मगर जवाब किसी एक का भी नहीं मिला। जब पानवाले ने अपनी दुकान बन्द कर ली और अपने घर का रास्ता पकड़ा, तो वह जाते-जाते बोल गया, "दंगा हो गया है।"

दंगा! दंगा?

"कहाँ?" उसे कुछ जोर लगाकर पूछना पड़ा।

जवाब नहीं मिला; पानवाला जा चुका था।

वह लपककर साइकिल मिस्त्री के पास आ गया। मिस्त्री पानवाले से कुछ अधिक ही चंचल हो उठा था। वह दुकान के बाहर फैली चीजों को तेजी से समेट रहा था। जल्दबाजी में जितना बता सकता था उतना बता दिया उसने, "रात में मुहम्मदपुर के पास मार-काट हुई है। बात बढ़ गई है, दंगा भड़क उठा है, हिन्दू-मुस्लिम दंगा।"

मिस्त्री ने जाते-जाते उसे राय दी, "आप अब यहीं रुक जाइए। आगे भी खतरा है और पीछे भी। उधर उस घर में चले जाइए।"

वह जब तक कुछ सोचे, तब तक बहुत कुछ हो गया।

अचानक पूरी बस्ती में हंगामा मच गया था। लोग भाग-दौड़ करने लगे थे। दंगे की खबर घर-घर नाच रही थी; और भी न जाने कैसी-कैसी खबरों की हवा उड़ी थी, उड़ाई गई थी। लोग घरों से निकलकर बाहर आ रहे थे, औरत, मर्द, बच्चे, बूढ़े, बीमार। सबके हाथ में हथियार थे, बच्चे-बीमार तक हथियारबन्द। मुसलमानों की बस्ती में हथियारों का ऐसा जखीरा होता है; इसकी तो कभी कल्पना भी नहीं की थी उसने। हर घर हथियारघर! मुहर्रम के समय मुसलमानों के अस्त्र-शस्त्र देखने का मौका उसे कितनी ही बार मिला था, मगर एक साथ इतने हथियार उसने कभी नहीं देखे थे। और फिर ऐसे-ऐसे हथियार! तलवारें ही क्या एक किस्म की? यह हुई मुगलकालीन शमशीर, यह तलवार टीपू सुलतान की, वह औरंगजेब की जाम्बिया, और वह कोटा तलवार...भाले...फरसे...

उसके पाँव थरथराने लगे, दिल जोर-जोर से धड़कने लगा। पूरे बदन में झुरझुरी पैदा हो गई।

दंगा! हिन्दू-मुस्लिम दंगा! एक अकेला हिन्दू! हर तरफ हाथ में हथियार लिए हिन्दूहंता मुसलमान, बेरहम, वधेच्छुक, खूँखार! क्या करे वह? ऐसे में निकल भागा जा सकता है क्या? ईश्वर! हे ईश्वर!

"हे ईश्वर!" वह मन ही मन बुदबुदाया, "अगर मैंने तुम्हें कभी पूजा है (कब नहीं पूजा है? मैंने हमेशा पूजा है, हमेशा नमन किया है; सड़क-बाजार तक में दिख गए देवालयों के आगे सिर झुकाया है।), अगर मेरी माँ ने तुम्हारी सेवा-पूजा की है (माँ का तो सारा समय ही व्रत-पूजा में कटता था। ऐसा कौन दिन गुजरा होगा जब माँ ने माँ दुर्गा का जाप नहीं किया होगा!), अगर यह सच है कि मेरी माँ बाबा वैद्यनाथ के पास काँवर लेकर पाँव-पैदल गई थी और तब मैं पैदा हुआ था (यह सच है और इसकी जानकारी मुझे ननिहाल में बहुत बचपन में ही मिल गई थी), तो मेरी रक्षा करना।"

नमन-सुमिरन पलक झपकते पूरा हो गया, तो अब वह कुछ सोचने के लिए जहाँ का तहाँ खड़ा नहीं रह सकता था। क्या पता, पूजित सारे देवी-देवता साइकिल मिस्त्री की जिह्वा पर आ बैठे हों और उनकी ओर से ही आदेश हुआ हो, "उधर उस घर में चले जाइए।"

साइकिल मिस्त्री ने यासिन शेख के घर की ओर इशारा किया था। मिस्त्री किसी और घर की ओर इशारा करता, तब भी वह शेख साहब के घर की तरफ ही दौड़ता। शेख के दिल में हिन्दुओं के लिए दया-ममता है, यह सारा इलाका जानता था। मियाँजी की ठाकुरबाड़ी इसी शेख साहब ने बनवाई थी मुरादपुर के दो-तीन घरों में रह रहे उन हिन्दुओं के लिए जिन्हें व्रत-त्योहार के अवसर पर पूजा-पाठ के लिए बगल के गाँवों में जाना पड़ता था और इससे शेख साहब के मुरादपुर की नाक कटती थी। अभी उस कत्लगाह में एक वही घर था जहाँ पनाह मिल सकती थी, जहाँ शायद... शायद जान बच जाए।

साइकिल को जैसे-तैसे दौड़ाते वह उस घर की ओर दौड़ा। चारदीवारी का फाटक पारकर वह अन्दर दाखिल हुआ, फाटक के पास ही अपनी साइकिल गिरा दी और फिर धीमी चाल से चलकर वह घर के ओसारे के पास जा खड़ा हुआ। उसका कंठ सूख रहा था। पाँवों में थरथराहट थी और वह उन पर काबू नहीं पा रहा था। अब क्या करे वह? देवी-देवताओं का कोई आदेश, कोई संकेत? कुछ भी नहीं।

कोई आदेश! कोई संकेत! मगर क्या...मन विचलित हो उठा उसका... मगर क्या ईश्वर का ही भरोसा किया जा सकता है? क्या ईश्वर उसे बचा लेंगे? दंगों में क्या केवल वही मरते हैं जिन्होंने देवी-देवताओं के सामने कभी शीश नहीं झुकाया, कभी प्रार्थनाएँ नहीं कीं? नहीं, ऐसा नहीं होता। यहाँ भक्तों की भीड़ भी कट जाती है। भगवान नहीं दौड़ते उन्हें बचाने। भगवान का बहुत भरोसा नहीं किया जा सकता। तो फिर...तो भागे वह? भागने की कोशिश करे? किधर भागे? अब तो नजर बचाकर भागा भी नहीं जा सकता।

अन्धड़ उसके मन में चल रहा था।

और अब धमाचौकड़ी शेख साहब के दरवाजे पर शुरू हो गई थी। लोग अन्दर-बाहर कर रहे थे, दौड़कर, लपककर इधर-उधर चल-फिर रहे थे। उस पर किसी का ध्यान नहीं गया; पता नहीं, दौड़-भाग कर रहे लोगों में किसी ने उसे देखा भी या नहीं।

बुत पर नजर पड़ी खुद शेख साहब की ही। वे पास आ गए, "आप कौन हैं, भाई?"

मियाँजी की ठाकुरबाड़ी इसी शेख ने बनवाई थी, मगर...

दरवाजे पर भाग-दौड़ कर रहे लोगों की बातें उसके कानों में पड़ चुकी थीं...मुहम्मदपुर जला दिया गया है...सात मुसलमान मारे गए हैं...कठसरा के मुसलमान भागकर इधर ही आ रहे हैं...पता नहीं, बड़गच्छी के दस घरों का क्या हुआ?...

...सात मुसलमान मारे गए हैं...

...आप कौन हैं, भाई?...

क्या बोले वह? बोलते ही अगले क्षण न जाने क्या गुजर जाए उस पर!

झूठ बोल जाए?

एक बार वह अपने मित्र सुलेमान के साथ एक और मित्र समरेश के गाँव गया था। समरेश ने बहुत लजाते हुए सुलेमान से कहा था, "एक बात का बुरा नहीं मानना, दोस्त। मेरे गाँव के हिन्दू मुसलमानों को घर के अन्दर चौके में या आँगन में खाना नहीं खिलाते। मैं यहाँ कोई विरोध करने की

स्थिति में नहीं हूँ। झंझट हो जाएगी। यह भी नहीं होगा कि तुम खाना घर के बाहर दरवाजे पर खाओ। तुम्हारा नाम शंकर रहा; हम तुम्हें इसी नाम से पुकारेंगे।"

सुलेमान शंकर बन गया। इस बात की जरा भी आशंका नहीं थी कि समरेश के घरवाले यह जाँच-पड़ताल करेंगे कि चौके में खाना खा रहा शंकर नाम का छोकरा कोई सुलेमान-मुसलमान तो नहीं है, और खतरा इतना भर था कि भेद खुल जाने पर समरेश को डाँट-डपट सुननी पड़ती, तब या बाद में कोई मार-काट नहीं मच जाती।

भेद नहीं खुल पाया था।

अभी वह सुलेमान बन जाए?

जाँच-पड़तान नहीं होगी क्या?...क्या पता, इनके पास हिन्दुओं को पहचान लेने का कोई तरीका हो! कोई रोजा-नमाज की बात ही पूछ बैठे, तो?... कुरानशरीफ में...सुन्नत...

अगर भेद खुल गया तो?...सात मुसलमान मारे गए हैं...रोने-घिघिआने तक का मौका मिलेगा क्या? कई हाथ, कई हथियार एक साथ उठ जाएँगे... खप...अब बचे छह...प्रतिशोध की ज्वाला में जल रहे मुसलमान जान निकल जाने पर भी उस एक जिस्म में देर तक भाला भोंकते रह जाएँगे।...

"चुप क्यों हैं? बोलते क्यों नहीं?"

उसने सिर उठाकर शेख साहब के चेहरे की ओर देखा, और फिर, जो जीभ अब तक तालू से सटी पड़ी थी, वह ऐसी चालू हुई कि वह एकबारगी बोल गया, "मैं सिसवन का रहनेवाला हूँ। सिसवन के पुरबी टोले में रहता हूँ, नारायण साह के टोले में, उनके घर के ठीक सामने। मेरा नाम दीपनाथ विश्वास है, मेरे पिताजी का नाम रघुवीर विश्वास। मैं घर से बेगमगंज...।"

"आइए मेरे साथ।"

शेख साहब किसी फुरसत में नहीं थे। कुछ और अधिक सुनने का समय नहीं था उनके पास। वे आगे बढ़कर ओसारे पर चढ़ गए। ओसारे पर एक चौकी पड़ी तो थी, मगर उस पर दीपनाथ को बैठाने के लिए

वे वहाँ रुके नहीं। ओसारे से सटा एक कमरा था, काफी बड़ा। वे उस कमरे के अन्दर जा घुसे। दीपनाथ उनके पीछे यंत्रवत् चलता हुआ कमरे में दाखिल हो गया।

एक चौकी पर बैठने का इशारा करते हुए शेख बोला, "आप यहाँ चुपचाप आराम कीजिए।"

इतना बोलकर शेख ने खुली हुई खिड़की के पल्ले लगा दिए और कमरे से बाहर निकलकर किवाड़ भिड़का दिया।

अरे! बाहर से जंजीर भी लगा दी! यह क्यों?...यह क्यों?...

क्या वह कैद में है?...अब?

उसने पूरे कमरे का मुआइना किया। टिन की छत बहुत ऊँची थी। अनाज के पन्द्रह-बीस बोरे एक ओर रखे हुए थे। धरन पर कुछ पाट के बोझ थे। फर्श की जमीन कहीं-कहीं टूट-फूट गई थी। दो चौकियाँ थीं। जिस चौकी पर वह बैठा था उस पर बिछावन लगा हुआ था। कैद से निकल भागने की जरा भी सम्भावना नहीं थी। खिड़की तोड़ी नहीं जा सकती थी, दीवार की एक ईंट भी खिसका देना उसके बूते के बाहर था।

उसके प्राण सूखने लगे थे।

तभी उसकी निगाह दीवार से टँगी एक तस्वीर पर अटक गई जिसमें कोई मस्जिद बनी हुई थी और अरबी-फारसी में कुछ लिखा हुआ था। कुछ खुदा के बारे में ही लिखा हुआ होगा, ऐसा लगा उसे।

वह उठा और तस्वीर के पास जा खड़ा हुआ, तस्वीर की मस्जिद और इबारत के प्रति सच्चे दिल से अपनी आस्था प्रकट की और फिर अपने दोनों हाथ जोड़कर इबादत पर उतर आया, "ऐ खुदा, मुझे बचा लो। ऐ मुसलमानों के खुदा, तुम खुदा हो और तुम्हें मालूम है कि मुसलमानों के प्रति मेरे मन में कोई मैल नहीं, कोई मलाल नहीं। इनसान तो दूर, मैं किसी मुसलमान खस्सी-पाठा तक को काट नहीं सकता। किसी मुरगे तक को जबह होते नहीं देखा जाता मुझसे। मैं मुसलमानों का खून बहाकर, खून बहते देखकर कभी खुश नहीं होऊँगा। मुझे बचा लो, ऐ खुदा, ऐ मुसलमानों के खुदा।"

लगा कि कोई ओसारे पर चढ़ा और नीचे कूदकर किसी ओर निकल गया। अगर—उसके मन में कौंधा—कोई किवाड़ खोलकर कमरे में प्रवेश करता है और उसे उस हालत में देख लेता है, तब? देखनेवाला कोई मुसलमान ही होगा। वह चीखकर और मुसलमानों को इकट्ठा कर सकता है, "इस काफिर को देखो। यह चोरी से हमारे खुदा की इबादत कर रहा है। इसे हम पर शक-शुबहा हो रहा है। इसके दिल में मैल है। इसे मत छोड़ो।"

तो फिर, यहाँ नहीं, इसे खींचकर ले चलो पिछवाड़े, और वहीं...अल्ला हो अकबर...खप...अब बचे छह...

वह जल्दी से किवाड़ की अर्गली अन्दर से लगा देता है और जल्दी-जल्दी अपनी प्रार्थना पूरी करने लगता है, "ऐ खुदा, तुम खुदा हो और मेरे विचारों को, मेरे मन की बातों को जानते हो। क्या मैंने हर मुसलमान को एक इनसान नहीं माना है? कोई फर्क माना है मैंने हिन्दू और मुसलमान के बीच? हर इनसान पहले इनसान है, फिर किसी संयोग से, किसी खास समय में कोई हिन्दू, कोई मुसलमान। मेरे लकड़दादा का लकड़दादा भी हिन्दू ही रहा होगा, यह मैं कैसे मान लूँ? क्या इसी मुल्क के ढेर सारे मुसलमानों के पूर्वज हिन्दू नहीं थे? आज भी लोग अपनी सुविधा से हिन्दू बने रहते हैं, मुसलमान बन जाते हैं, बौद्ध या ईसाई बन जाना चाहते हैं। आज, अभी, इस वक्त जब मौत मेरे सामने हैं, अगर मुसलमान भाई मुझे घेरकर कहते हैं कि मुझे मुसलमान बनना पड़ेगा, तो क्या मैं इन्कार करूँगा? कर सकता हूँ इन्कार? उचित होगा इन्कार करना? मुझे मालूम है मुसलमान भाइयों का यह मानना कि जो न खाय गाय का गोश्त, वह न कभी मियाँ का दोस्त। अगर यह भ्रम है उनका तो मैं मौत से बचने के लिए गाय का गोश्त भी खा लूँगा। मैंने इतिहास पढ़ा है; मौत से बचने के लिए भूखी माँ ने अपनी गोद के बच्चे का गोश्त भी खा लिया है। इसी भारतवर्ष में क्या गायों की बलि नहीं दी जाती थी वैदिक काल में? ब्राह्मण गाय नहीं खाते थे क्या? मैं जिन्दा रहना चाहता हूँ, ऐ खुदा, और सुख-शान्ति से अपनी जिन्दगी गुजारना चाहता हूँ। फिर मैं हिन्दू होकर रहूँ या मुसलमान, कोई फर्क नहीं पड़ता है मेरे लिए। आज से

दस हजार साल बाद किसे पता कि हमारी सन्तानों में कौन क्या बना रहेगा, कौन कितना बदल जाएगा? अभी ही क्या तुम केवल मुसलमानों के खुदा हो? क्या मैं तुम्हें अपना खुदा नहीं मानता?"

किसी भागते आ रहे आदमी की पदचाप सुनाई पड़ गई। लगा कि ओसारे की ओर ही आ रहा है। किवाड़ तो नहीं खोलेगा? अन्दर से अर्गली लगी हुई देखकर कुछ सोच न बैठे। गुस्से में आ सकता है, जब बाहर से जंजीर चढ़ाई हुई है, तो फिर अन्दर से अर्गली क्यों? क्यों? क्यों लगा दी अर्गली? बाप का घर है? साले काफिर के मन में जरूर कोई बात है। उसकी शामत आ गई। लाता हूँ शमशीर। अभी किवाड़ खुलवाता हूँ। अर्गली लगा देने से किवाड़ नहीं टूटता है क्या?...

वह जल्दी से किवाड़ की अर्गली हटा देता है।

ओसारे पर कोई नहीं चढ़ा, मगर वह हड़बड़ी में होता है समझा-बुझाकर खुदा को मना लेने की, "ऐ खुदा, अधिक कहने या कुछ भी कहने की भला क्या जरूरत है मुझे। तुम खुदा हो, सब जान रहे हो, सब देख रहे हो। मैं बस इतना सुना देना चाहता हूँ कि अपने जानते किसी निर्दोष को मत मरने दो; इतना जरूर करो, ऐ खुदा। इस दंगे के दौरान क्या उस इनसान को भी मर जाने दोगे जो मुसलमानों का भला चाहता है? क्या मेरा दोस्त सुलेमान कभी चाहेगा कि मैं इस तरह मारा जाऊँ? क्या मैंने कितनी ही बार यह नहीं सोचा है आज से पहले भी कि अगर कभी मेरे गाँव में दंगा फैला, तो मैं गाँव के सकूर मियाँ और उसके परिवार वालों को अपने घर के अन्दर कर लूँगा, और अगर दंगाइयों ने उत्पात मचाने की कोशिश की, तो उनसे शरणागतों की जान लेने के पहले मैं अपनी जान ले लेने के लिए कहूँगा? अगर मैं आज मारा गया, तो कल तुम्हें पछताना पड़ेगा; मेरी इस बात का विश्वास करो, बहुत-बहुत पछताना पड़ेगा। मुझ पर रहम न आए, मगर सकूर मियाँ पर तो खयाल रखो, ऐ खुदा।"

बाहर से शोर-गुल की कुछ ऐसी आवाजें आईं कि उसका ध्यान भंग हो गया। अचानक भागाभाग की हलचल! शायद कुछ हो रहा है, शायद शुरू हो गई मार-काट, खूनखराबा।

अल्लाहोअकबर का नारा बुलन्द हुआ।

उसकी आँखों में आँसू आ गए...क्या मैं सचमुच मारा चला जाऊँगा? घरवालों को पता तक नहीं चलेगा कि मैं कहाँ गुम हो गया। लोगों के किसी ढेर में उन्हें मेरी लाश नहीं मिलेगी, न इस गाँव में न उस गाँव में। पता नहीं, कहाँ दफना दिया जाऊँगा, किस नाले में भँसा दिया जाऊँगा।...शीला! मेरी बदनसीब बीवी! कभी सोचा था कि मैं तुम्हें इस तरह छोड़कर भाग जाऊँगा? तुम बहुत रोओगी न?...मेरे बदनसीब बच्चे! अब किस तरह बड़े होंगे वे? बाप के बगैर...

वह फफककर रो पड़ा।

दूर की आवाजें उसके कानों में पड़ने लगीं। आवाजें उसके समीप आती गईं।

रोना रोककर वह खिड़की के पास जा पहुँचा। उसने देखा कि पल्लों के बीच एक पतली फाँक है जिससे बाहर का नजारा कुछ-कुछ देखा जा सकता है। उसने अपनी एक आँख उस फाँक से सटा दी। दरवाजे का एक लम्बा टुकड़ा दिखाई पड़ रहा था, उस टुकड़े में चारदीवारी का मुख्य फाटक भी। मगर उस टुकड़े में कहीं कोई आदमी नहीं दिख रहा था।

पर उसकी नजरें उस टुकड़े पर जमी रहीं। और अगले ही क्षण उसने देखा कि बूढ़ा शेख फाटक से अन्दर आया। उसने शेख को ओसारे की ओर ही आते देखा, और उसे लगा कि बूढ़ा ओसारे पर चढ़ चुका है और अब वहीं चौकी पर बैठ गया है। वह सावधान हो गया कि अब शेख किसी भी क्षण कमरे का दरवाजा खोल सकता है। आँख-मुँह अच्छी तरह पोंछकर वह अपनी जगह पर जम गया और स्वस्थ दिखने का प्रयास करने लगा। डर का कोई भूत उसे बहुत डरा रहा था। वह बार-बार अपने को काबू में रखने की कोशिश कर रहा था, और अन्त में यह निर्णय ले लिया उसने कि अब वह अपने को मरा हुआ मान ले और हिम्मत से बैठे; सिर झुकाकर कर लिया साँईं से आवेदन-निवेदन, अब सिर उठाकर करेगा शेख का सामना।

जब दरवाजा देर तक नहीं खोला गया, तो वह फिर उठकर आहिस्ते से खिड़की के पास पहुँचा और फाँक से आँख लगा दी। बूढ़ा अभी भी बाहर

चौकी पर बैठा हुआ है या कहीं बाहर निकल गया, यह जान लेने की इच्छा हो रही थी उसकी। किसी घबराहट-खड़खड़ाहट की हल्की आवाज को भी पकड़ लेने की कोशिश में वह अपने कान लगाने ही वाला था कि उसने लपझप चाल से आते हुए दो नौजवानों को फाटक के अन्दर घुसते हुए देखा, और फिर ओसारे की ओर बढ़ते हुए भी।

वह झटपट अपनी जगह पर जा बैठा।

दोनों ही ओसारे के पास आकर थम गए थे। एक की आवाज सुनाई पड़ी, "अब्बाजान..."

"हूँ," शेख बाहर ही बैठा हुआ है!

आवाज घबरायी हुई थी, "अब्बाजान, कठसरा से जो मुसलमान आए हैं, उन्हें मस्जिद में टिका दिया गया है। वे लोग छिपकर निकल भागे हैं वहाँ से। उनका पीछा तो नहीं किया गया है, मगर वहाँ का माहौल गरम है। ऐसी सूचना है कि वहाँ के हिन्दू गोल बाँध रहे हैं। मुहम्मदपुर में पुलिस पहुँच गई है। अब उधर से हमला होगा, ऐसा तो नहीं लगता, मगर कठसरा और अमवारी की ओर से हमलावर आ सकते हैं।"

"जब पुलिस किसी एक जगह भी पहुँच गई है," बूढ़ा शेख बोल रहा था, "तो अब हर जगह के हिन्दू थम जाएँगे। फिर भी हमें सावधान रहना है।"

"हमें बिलकुल तैयारी में रहना है, अब्बाजान। मैं नहीं मानता," शेख के बेटे की आवाज थी, "कि हिन्दू पुलिस हमें बचाने के लिए आई है। हम अभी खतरे में हैं। सिमरौनी और कठसरावाले तो पहले बड़गच्छी पर हमला बोलेंगे, मगर अमवारी और डूमरवालों का निशाना हमारा मुरादपुर ही होगा। डूमर के मंडल और महतों को मैं अच्छी तरह जानता हूँ। वे बहुत दिनों से हम पर नजर टिकाए हुए हैं। उन्हें शक है कि उनके चुराए गए गाय-बैल का माँस बड़गच्छी के मुसलमान मुरादपुरवालों के हाथ ही बेचते हैं। अभी वे सब सिमरौनी के संथालों को इकट्ठा कर रहे होंगे। मेरा दिल कहता है, वे अवश्य हमला करेंगे, इस मौके को हाथ से जाने नहीं देंगे वे।"

"सुन लीजिए, चचाजान," यह आवाज उस छोकरे की थी जो शेख के बेटे के साथ आया था, "मुहम्मदपुर में क्या हुआ, यह मैं नहीं जानता और कह नहीं सकता कि दोष किसका था, मगर यदि हमारे गाँव पर हमला हुआ या अब बड़गच्छी और कठसरा के मुसलमानों को मारा गया, तो हम आपके रोके भी नहीं रुकेंगे। मेरा खून खौल रहा है, चचा। मुहम्मदपुर में सात मुसलमान मारे गए हैं, मैं हर सात पर सत्तर हिन्दुओं को मारूँगा।"

"अभी उबलने की जरूरत नहीं है, रशीद," बूढ़े शेख ने कहा, "सच-झूठ का पता भी तो लगे, और फिर यह भी तो नहीं मालूम हो रहा है कि मुहम्मदपुर में बात बिगड़ी कैसे।"

साला रशीद!

"सुनने में आ रहा है," शेख का बेटा बोलने लगा, "कि बेगमगंजवाली सड़क के किनारे पीपल के एक पेड़ के नीचे बने चबूतरे पर हनुमानजी के नाम से जो पत्थर रखा हुआ है, उसी पत्थर के पास किसी ने पाखाना कर दिया था। किसी ने हल्ला उड़ा दिया कि उसने एक मुसलमान बच्चे को उस चबूतरे पर पाखाना करते हुए देखा था। इसी बात पर बात बढ़ी और फसाद शुरू हो गया।"

"यह एक बहाना था, चचा," रशीद बोलने लगा था, "रोने का मन, तो आँख में गड़ी खूँटी। साजिश बहुत कबल से चल रही थी। जब तक सब कुछ पहले से तय नहीं था, तो घंटे भर के अन्दर वहाँ सकरा से बन्दूकें कैसे पहुँच गईं? पूरी तैयारी के बाद फसाद मचाया गया है। यह जरूरी है कि हम इस हमले का जवाब दें। हमें जवाब देना चाहिए।"

"यह सब बाद में सोचा जाएगा। अभी इस वक्त जो जरूरी काम हैं, पहले उन्हें करो। मस्जिद में जो लोग ठहरे हुए हैं, उनके भोजन-पानी का इन्तजाम कर लो। वहाँ हथियार पहुँच गए हैं न?"

"हाँ, पहुँच गए हैं। चार बन्दूकें जमील के पास हैं। उसके साथ सत्तार है और उसे एक झोले में बम दे दिए गए हैं। और लोगों के पास बल्लम-बरछे हैं।"

बम, बन्दूक, बल्लम, बरछा! हिन्दुओं की हत्या के लिए शेख के पास इतने हथियार! इसी शेख ने बनवाई थी हिन्दुओं के लिए ठाकुरबाड़ी? बगला भगत! छि:, मियाँजी की ठाकुरबाड़ी!

"एक काम अब यह करो," बगला भगत बोल रहा था, "कि दस-पन्द्रह आदमी सगीर के बगीचे में तैनात हो जाओ बम और बन्दूक के साथ। दंगाई उधर से ही आएँगे और उन्हें वहीं रोक लेना है, पीछे खदेड़ देना है। इस बात पर नजर रखना कि वे किसी घर में आग लगाने न पाएँ।"

"एक और बात अभी ही तय कर लेनी है, अब्बाजान। मैं सोचता हूँ कि ज्यों ही दंगाई हमारे करीब आ जाते हैं, हम सबसे पहले अपने गाँव की मुसहरी पर हमला कर दें, उनके घरों में आग लगा दें और उन्हें गाँव से बाहर खदेड़ दें?"

"क्या बक रहे हो? क्यों खदेड़ दें?"

"वे इस गाँव के हैं, पर हैं तो हिन्दू। जब दंगाई यहाँ आकर हरहर-बमबम का नारा लगाएँगे, तब क्या मुसहरी के हिन्दू हमारी या इस गाँव की रक्षा की बात मन में लाएँगे? उल्टे ये हम पर ही टूट पड़ेंगे। तब हम घिर जाएँगे, आगे से भी और पीछे से भी। आप इस खतरे पर ध्यान नहीं दे रहे हैं।"

"मैं अभी मुसहरी से ही आ रहा हूँ। भूटो मुसहर से बात हो गई है। वे किसी के बहलाने-फुसलाने में आनेवाले नहीं हैं; उन लोगों पर किसी भी नारे का कोई असर पड़नेवाला नहीं है। वे वही करेंगे जिसमें उनका अपना भला हो। उन्हें आगे भी तो इसी गाँव में हमारे साथ रहना है।"

"मुसहरों का अपना कोई गाँव होता है क्या? देह के सिवा और क्या दौलत होती है उनके पास, कोई जर-जमीन? जहाँ काम मिलेगा, वहीं घर बसा लेंगे वे, गाँव बसा लेंगे। एक गाँव से उपटकर दूसरे गाँव जाते उन्हें कितना वक्त लगेगा? मैं हिन्दुओं पर भरोसा नहीं करता, अब्बा; हम मारे जाएँगे।"

"भरोसा तो करना ही पड़ेगा, रकीब मियाँ," शेख ने बेटे को जवाब दिया, "भरोसे पर ही तो दुनिया चल रही है। मुसहर उन हिन्दुओं का साथ देंगे जिन्होंने उन्हें उनके गाँव से खदेड़ बाहर किया था, और हम मुसलमानों के खिलाफ

हो जाएँगे जिन्होंने उन्हें इस गाँव में पनाह दी थी? यहाँ के लोग, बेवफा, नमकहराम, गद्दार, एहसानफरामोश, मगर तब इनसान को एक और भरोसा भी है, खुदा का भरोसा। तुम किसी पर नहीं, तो खुदा पर ही भरोसा रखो।"

जवाब में बेटे की कोई आवाज साफ-साफ कानों में नहीं पड़ी, मगर लगा कि वह भुनभुनाया है।

अब कोई कुछ बोल नहीं रहा था।

उसने फिर फाँक से अपनी आँख सटा दी और दोनों नौजवानों को फाटक से बाहर जाते हुए देखा।

बूढ़ा सेनापति अभी यहीं बैठा हुआ है; यहीं से बैठे-बैठे सेना का संचालन कर रहा है!

उसने फिर अपनी जगह पकड़ ली।

अल्लाहोअकबर की आवाज गूँज उठी थी। आवाज अवश्य मस्जिद की ओर से आई होगी। तो क्या अमवारी और डूमरवाले आ गए? हाँ-हाँ, आ रहे होंगे। मस्जिद की छत पर बैठे लोगों को वे दूर से ही दिख गए होंगे। और उन्होंने अल्लाहोअकबर की गोहार लगाकर मुरादपुर के सारे मुसलमानों को सावधान कर दिया है।

जय श्रीराम, जय श्रीराम! अब शीघ्र आ जाए राम की सेना, अतिशीघ्र, और मुसलमानों के कत्लगाह में कैद एक हिन्दू का उद्धार कर दे।

उद्धार!

ऐसा हुआ है।

कितनी ही बार ऐसा हुआ है कि बंदी बधभूमि की ओर ले जाए जा रहा हो और तभी उसकी मुक्ति का परवाना आ पहुँचा हो और मौत से घड़ी भर पहले कैदखाने का फाटक उद्धारकों द्वारा तोड़ डाला गया हो। ऐसा बहुत बार हुआ है।

इस बार भी ऐसा ही होगा। हर देवालय के सामने शीश झुकाने का सुफल आज उसे मिल गया। माँ दुर्गा प्रसन्न है जाप-कीर्तन से। काँवरियों की भीड़ में भी बाबा बैद्यनाथ की नजर उसकी माँ पर पड़ गई थी।

मगर खूँखार शेख अभी भी चौकी पर ही बैठा हुआ है क्या? अब क्या कर रहा है वह यहाँ? भाग़ता क्यों नहीं?

अल्लाहोअकबर!

आशा का एक झोंका आया और वह आवेश में उठ खड़ा हुआ। खिड़की के पास जा पहुँचा वह और हल्के से उसकी सिटकिनी खोली, ताकि बूढ़ा अगर अभी भी ओसारे की चौकी पर बैठा हुआ हो, तो उसे कुछ पता न चले। खिड़की के पल्ले थोड़े-से खोलकर उसने सामने सुनसान दरवाजे को देखा और फिर निर्णय लिया कि अब खुली खिड़की के सामने ही खड़ा रहकर वह सामने की सड़क पर नजर टिकाए रखे, ताकि अगर सड़क से हिन्दुओं की भीड़ गुजरे, तो वह गोहार मचा दे, "हर हर महादेव, हर हर महादेव...इधर आओ...एक हिन्दू यहाँ है मुसलमानों की कैद में... छुड़ाओ उसे...जय बजरंगबली, तोड़ दे दुश्मन की नली..."

सड़क अभी भी खाली है! वह सिहर उठता है, बूढ़े शेख के हाथ में कोई हथियार तो नहीं है? खुद भागने के पहले उसका काम तमाम कर देने की बात तो बूढ़े के मन में नहीं आ रही है? वह दरवाजे की अर्गली लगाता है। उसे राहत मिलती है कि अब बूढ़ा अन्दर नहीं आ सकता। अब अगर बूढ़ा अर्गली तक तोड़ देने की नीयत से पल्ले पर जोर लगाता है, तो वह भी अपनी पूरी ताकत से पल्ले को आगे की ओर दबाकर रखेगा, ताकि अर्गली टूटने न पाए। और फिर कब तक जोर लगाता रहेगा यह बुड्ढा? तब तक तो तेजी से आ रही भीड़ की आवाजें उसके कानों से टकराने लगेंगी, "हर हर महादेव, हर हर महादेव...।" और अब अन्दर से वह सुनाएगा शेख को, "अब भाग जाओ, यासिन मियाँ। नहीं भागे, तो जान नहीं बचेगी तुम्हारी। मूली-गाजर की तरह कतर दिए जाओगे तुम। सगीर के बगीचे में तैनात तुम्हारे सारे पहलवान अब तक चटनी हो गए होंगे। अब हिन्दू भी बेवकूफ नहीं रहे कि मुसलमानों से लड़ने के लिए घर से लाठी-कमाची लेकर निकलेंगे। अब वे भी बम और बन्दूक के साथ ही धावा बोलेंगे। भागो, भागो; मुझे तुम पर, तुम्हारे बुढ़ापे पर दया

आ रही है। नहीं भागोगे?...जय बजरंगबली, जय बजरंगबली, तोड़ दे दुश्मन की नली...।"

मगर इतना सन्नाटा! दूर-पास से कोई आवाज नहीं! कहाँ ठिठक गए अमवारी और डूमरवाले? तो क्या...?...

बूढ़ा शेख अभी भी चौकी पर बैठा हुआ होगा।

वह अचानक सोचना बन्द कर देता है, कहीं मन के अन्दर की बुदबुदाहट जिह्वा पर न आ जाए, चीख बनकर न निकल जाए। वह धीरे से खिड़की का पल्ला सटा देता है।

बहुत हताश-निराश हो जाता है, अचानक बिलकुल बुझ जाता है। उसे लगता है कि अब मौत की घड़ियाँ गिनी-चुनी हैं। वह धीरे से किवाड़ की अर्गली भी हटा देता है। वह चाहता है कि अचानक मौत आए, उससे पहले बाहर की जंजीर खोलकर शेख अन्दर उसके पास आ जाए।

मौत की घड़ियाँ गिनते हुए भी वह लगातार मौत से बचने की राह ढूँढ़ता रहा था। शेख से अर्ज करने के लिए उसने ढेर सारी बातें सोच रखी थीं, पुख्ता दलीलें जुटाई थीं, अपने जीवन का सर्वाधिक महत्त्वपूर्ण, संजीवनी भाषण तैयार किया था। वह जल्दी से शेख को सब कुछ सुना देना चाहता था। उसे डर था कि देर हुई, तो वह कोई अच्छी बात भुला सकता है, ऐसी अच्छी बात जो उसके प्राण बचा दे, जो शेख के मन में दया-करुणा उपजा दे, जो वहाँ के लोगों में उसके कम-से-कम आधा मुसलमान होने का भ्रम पैदा कर दे।

शेख एक बार भी नहीं आया अन्दर। वह भूल तो नहीं गया कि अन्दर कमरे में कोई बन्द भी है?

मगर शेख आएगा जरूर; मौत से पहले एक मुलाकात अवश्य होगी उसके साथ।

मन में आई ढेर सारी बातों को वह क्रम में सजाने लगा था...

"देखिए, शेख साहब, मैं हिन्दू तो हूँ, मगर कोई कट्टर हिन्दू नहीं। मेरे लिए तो क्या हिन्दू, क्या मुसलमान, दोनों भाई-भाई हैं। मैं अपने को किसी मुसलमान से इसलिए बड़ा नहीं मान सकता कि मैं हिन्दू हूँ। अब आपको

बताऊँ कि मेरा सबसे गहरा, दिली दोस्त एक मुसलमान है। नाम है उसका सुलेमान। सच पूछिए तो किसी हिन्दू से मेरा मन मिला ही नहीं, हिन्दुओं में कोई दोस्त बनाने लायक नहीं मिला। बचपन का सुलेमान, मेरा दोस्त, आज तक मेरे लिए वही सुलेमान, मेरा जिगरी दोस्त बना हुआ है। हिन्दुओं में किसे दोस्त बनाता मैं? किसी ब्राह्मण को? कहावत तो आपने भी सुनी ही होगी, 'ब्राह्मण का पूत, कोई जिन्न, कोई भूत।' मैं क्या जिन्न-प्रेत से दोस्ती करने जाता? तब मैं क्या यादवों से दोस्ती कर लेता? आप भी सुन लीजिए, जनाब, कि 'तरहत्थी पर उपजे बार, करो न यादव पर एतवार।' भूमिहारों के साथ दोस्ती की जा सकती थी क्या? 'रहे बजावत दुन्दुभि रावण के दरबार, से कलियुग में आई के भईल जात भुइंहार।' इस भकार-भूमिहार से मैं बराबर होशियार रहा हूँ, जनाब। और किसी कायस्थ के साथ कोई कायस्थ भी दोस्ती करता है क्या? हर एक को मालूम है, 'कायथ का बच्चा, कभी न सच्चा।' कोई बनिया भी दोस्ती बनाने के काबिल नहीं, 'ठग मारे अनजान, बनिया मारे जान।' अब बचे राजपूत। मगर कोई कैसे कर ले उससे दोस्ती जिसे जोश में होश नहीं, 'सूते रजपूत, उठे अजगूत।'

"खुदा की इतनी मेहरबानी मुझ पर हो गई कि मैं विश्वास-कुल में पैदा हुआ, जो मुसलमानों के बहुत पास-पास है और जिसके बारे में कोई कहावत नहीं है, कोई झूठ-सच नहीं कहा गया है। मुसलमान नहीं हुआ तो क्या, खुदा का शुक्रगुजार हूँ, एक मुसलमान दोस्त मिल गया। विश्वास-कुल में कोई ऐसा दोस्त मिलता मुझे? मुसलमान का तो अर्थ ही होता है मुसल्लम ईमान। यह ईमान और कहाँ किसमें मिलता भला!

"अब देखिए, जनाब, कि आज, अभी क्या हुआ! मैं मुसीबत में फँसा और आपने मुझे बचा लिया, इस कमरे में डाल दिया जहाँ मैं बिलकुल सुरक्षित हूँ। खुदा यह सब देख रहे होंगे और अपने बन्दे के काम से खुश होकर उसे आशीष दे रहे होंगे। मैं तो मानता हूँ कि मरने के बाद हर मुसलमान को जन्नत नसीब होती होगी। और, हिन्दुओं को? छिः , ये तो पापी हैं, महापापी। लाखों में कोई एक जगह पाता होगा स्वर्ग में, वह भी दो-चार-दस दिनों के

लिए, और फिर धकेल दिया जाता होगा नर्क की ओर, तामिस्र, अंधतामिस्र, रौरव, महारौरव में। आपने मेरे साथ जो सलूक किया है, उससे तो मुझे बार-बार यही एहसास होता है कि मैं अपने पिता के पास पहुँच गया हूँ। मेरा जी करता है, आपको अब्बा कहकर पुकारूँ। मैं तो खुदा से अक्सर अर्ज करता हूँ, 'ऐ खुदा! अगर इस जन्म के बाद भी मुझे इस धरती पर जन्म लेना पड़े, तो मुझे मुसलमान-कुल में जन्म देना।' पता नहीं, पिछले किस जन्म में क्या चूक हो गई मुझसे कि खुदा की इतनी मेहरबानी नहीं हुई कि सिसवन गाँव के बदले मुझे आपके मुरादपुर गाँव में पैदा करते। अगर मैं कोई मुसलमान होता और हिन्दुओं की बस्ती में इस तरह धर लिया जाता, तो क्या अब तक जिन्दा बचा रहता मैं? कब का काट-कूटकर कहीं फिंकवा दिया जाता। मैं तो आपके लिए, शेख अब्बा, रकीब की तरह हो गया हूँ।"

वह अचानक याद करता है कि एक बात तो कहना वह भूल ही रहा था जिसे अब तक कह दिया जाना था, "हिन्दू भूत क्या-क्या कुकर्म नहीं करते, किस खुटचाल से बाज आते हैं! और, यह तो हिन्दू भी मानते हैं कि मुसलमान भूत किसी को नहीं सताता। इस पूरे इलाके में हुआ है कभी किसी मुसलमान भूत का उत्पात? यह क्या सच नहीं है कि मरने के बाद भी मुसलमानों के दिल का रहम नहीं मरता?"

कतारबन्दी पूरी कर वह आगे की बातों का सिलसिला बाँधने लगता है, "मुसलमानों के प्रति मेरा यह अपनापन कोई हाल की चीज नहीं है, जनाब। यह अपनापन मुझमें मेरे बचपन से रहा है। क्या पता, मैं अपने पिछले जन्म में कोई मुसलमान ही रहा होऊँ! मेरा बचपन ननिहाल में बीता है, हथडूबा में। वहीं मेरी दोस्ती सुलेमान के साथ हुई थी। हथडूबा में दो टोले थे, पूरबी टोला और पच्छिमी टोला। मुहर्रम में दोनों टोले में ताजिये बनाए जाते थे और यह होड़ पड़ी रहती थी कि किस टोले का ताजिया अधिक बढ़िया बनता है। मुझे अच्छी तरह याद है कि मैं और लड़कों के साथ रात-रात भर जागकर बाँस की कमचियाँ तैयार करता था और उन कमचियों पर रंग-बिरंगे कागज और पन्नी आदि चिपकाया करता था। मेरे नाना-नानी ने मुझे इस खुशी में शरीक

होने से कभी नहीं रोका था। मैं मुहर्रम के जुलूस में भी शरीक हुआ करता था। हमारे मुखिया थे उस्मान मियाँ। हथडूबा से करीब आधा कोस दूर हैरपुर में मुहर्रम का मेला लगा करता था और उस मेले में आस-पास के कितने ही गाँवों से ताजिये आते थे। मुहर्रम के मेले के लिए हैरपुर में सारी तैयारी उस्मान मियाँ की देख-रेख में ही होती थी। मेले में उस्मान मियाँ की ओर से शरबत पिलाने का इन्तजाम रहा करता था। और यह शरबत पिलाने का काम मैं ही किया करता था, मैं, दीपनाथ विश्वास। ननिहाल छोड़कर सिसवन चले आने के बाद भी हैरपुर का मेला मुझसे नहीं छूटा। मुहर्रम आते ही मैं हथडूबा जाने के लिए मचल उठता था। अब भी मेरा यह मचलना रुका नहीं है। ऐसा एक-आध बार ही हुआ है कि किसी विशेष कारण से मेरा वहाँ जाना नहीं हो पाया है। ठीक मुहर्रम के एक दिन पहले मैं वहाँ पहुँचता हूँ और मुहर्रम के दूसरे दिन वहाँ से विदा हो जाता हूँ। अब तो उस्मान मियाँ बहुत बूढ़े हो गए हैं और इधर कई सालों से उनसे विदा होते वक्त यह खयाल आ जाता है कि अब अगले साल शायद इनके दर्शन नहीं हो पाएँगे। नाना के पास पहुँचते ही पहला सवाल मैं यही करता हूँ, 'उस्मान नाना जिन्दा हैं न?' और उनका हर साल बस एक ही जवाब हुआ करता है, कल पूछ रहे थे उस्मान चाचा तुम्हारे बारे में।' और जब मैं बगैर सुस्ताए पहुँचता हूँ उनके पास, तो जब तक मैं उन्हें सलाम करूँ तब तक तो वे हँसते हुए बोल पड़ते हैं, 'आ गए शरबत पिलाने?'

"यह तो ननिहाल की बात, सिसवन से बहुत दूर की बात; अब बात गाँव की, गाँव के पास की बता रहा हूँ। बड़गच्छी की मस्जिद में जो दीवाल-घड़ी टँगी हुई है और जिसकी कीमत साढ़े तीन सौ रुपये है, वह मेरी दी हुई है। अभी साल भी पूरा नहीं हुआ है वहाँ घड़ी लगाए हुए। मेरे गाँववालों ने भारी विरोध किया था इसका। वे तो यहाँ तक कहने लगे थे कि अब मैं अपना नाम बदलकर दीपनाथ विश्वास से दीपनाथ मियाँ या मोहम्मद दीपनाथ बन जाऊँ। मैंने भी खरी सुनाई थी उन्हें। मैंने कहा था, 'अगर मुझे नमाज पढ़ना आ जाए और मुसलमान भाई इजाजत दे दें, तो मैं बड़गच्छी की मस्जिद में

नमाज तक पढ़ आऊँगा। अगर मुझे नमाज पढ़ना आता तो अपने घर में भी नमाज पढ़ता मैं, पाँचों वक्त नमाज पढ़ता। खुदा की इबादत से मुझे कोई रोक नहीं सकता।' मेरे जवाब से गाँव के लोग सकते में आ गए थे। तब वे चिरौरी करने लगे थे मेरी, 'तब एक काम और कीजिए, दीपनाथ भाई। अपने गाँव की ठाकुरबाड़ी में भी कोई घड़ी नहीं है; एक घड़ी यहाँ भी लगवा दीजिए।' मैंने स्वीकार कर लिया कि घड़ी लगवा दूँगा। घड़ी मैंने खरीदकर मँगवा भी ली है, पर अभी तक वह मेरे पास घर में ही पड़ी हुई है। अब तो मैं वह घड़ी ठाकुरबाड़ी में तभी टँगवाऊँगा जब देख लूँगा कि अभी जो दंगा हुआ है उसमें उनका क्या रवैया रहा है, रंग-रवैया काबिले तारीफ रहा है या नहीं। अगर मैं जान..."

अचानक बाहर की धमाचौकड़ी से दीपनाथ का ध्यान टूटा। ढेर सारे लोगों की धब-धब और आवाजों का कोलाहल उसके कानों में पड़ा। एक साथ ढेर सारे लोग बाहर बूढ़े शेख से बतियाने लगे थे और एक साथ बूढ़ा शेख उन्हें आदेश-निर्देश दे रहा था। कोलाहल से अलग सिर्फ एक शेख की आवाजें उसके कानों से टकराने लगी थीं, "जिधर भी दंगाइयों को देखो, बम मार दो उधर...और बन्दूकें निकाल लो...कठसरा के धुएँ पर ध्यान मत दो, गाँव से बाहर नहीं जाना है...बड़गच्छी से जो भागकर आ रहे होंगे, उन्हें बचाओ... दस-पन्द्रह आदमी उस तरफ कुछ आगे बढ़ जाओ हथियार के साथ...और चूक नहीं...किसी दंगाई को गाँव की बगल से भी नहीं निकलने दो...उन्हें खदेड़कर रखो, ताकि किसी घर में आग लगाने न पाएँ...मरने-मारने के लिए तैयार हो जाओ, बेटो!..."

यह बुड्ढा तो...अरे बाप!...जी दहल गया दीपनाथ का, रोंगटे खड़े हो गए।

अब मौत बहुत दूर नहीं, उसके समीप सरक आई है, ऐसा लगा उसे। मारा गया बेचारा दीपनाथ, बेचारा दीपनाथ, बदकिस्मत, बदकिस्मत दीपनाथ... वह इस तरह जमीन पर बैठ गया कि लगा, जैसे कोई दीवार ढह पड़ी हो।

आँसू उतर आए उसकी आँखों में..."अब मैं मारा गया। ईश्वर ने मेरी नहीं सुनी। मेरा नमस्करण निरर्थक हुआ, माँ का दुर्गा जाप निष्फल हो गया,

काँवरियों की भीड़ में मौजूद मेरी माँ पर बाबा बैद्यनाथ की निगाह पड़ी ही नहीं। माँ ने तो अनगिनत देवताओं को पोस रखा था; जरा-सा भी जाड़ा-बुखार मुझे हुआ नहीं कि वह किस-किस को तो सुमिरने लगती थी, मनौतियाँ कर बैठती थी। न जाने किसका चढ़ावा भुला दिया गया, कौन-सी मनौती उतारी नहीं गई! हाँ, पीर बाबा की मजार पर कभी चादर चढ़ाने नहीं गई थी माँ। हथडूबा की उस पीर की मजार पर क्या हिन्दू, क्या मुसलमान, सब चढ़ाते थे चादर। बड़ा माहात्म्य था उस पीर का। कोई पापी-महापापी भी वहाँ से खाली हाथ नहीं लौटता था। माँ अवश्य पहुँची होगी उस पीर के पास मुझे माँगने, मेरे लिए मन्नत मानी होगी, मगर फिर उसके ध्यान में ही कभी नहीं आया कि मनौती चढ़ानी भी है। मेरे जन्म के बाद, मुझे जानकारी है, कहाँ-कहाँ गई थी वह और पक्की जानकारी है कि पीर के पास नहीं गई थी। शायद इस कारण से ही, अवश्य इसी कारण से मैं एक दंगे में मारा जा रहा हूँ, मुसलमानों के हाथ, उस पीर की रंजिश से। 'हे पीर बाबा! भूल माँ ने की, जान मेरी जा रही है। रहम करो मुझ पर, मुरीद बनकर रहूँगा मैं। जिन्दा बचकर निकल गया, तो निकलते ही तुम्हारी मजार पर चादर चढ़ाने पहुँचूँगा। यह भी नहीं कि एक साल चादर चढ़ाकर चुप लगा जाऊँगा, सालों भर तुम्हारे गुण गाऊँगा और हर साल चादर चढ़ाऊँगा। अगर ऐसा नहीं करूँ मैं, तो हे पीर! अगले किसी भी दंगे में मुझे मरवा देना, मुसलमानों के हाथों ही, आग में जलाकर, शूली पर बिठाकर। ऐसा तो नहीं होगा कि अब दंगा कभी होगा ही नहीं, कि अब हिन्दू और मुसलमान खुदगरज खूनियों की खुरचालों और खुराफातों से अपने को अलग रखकर केवल खुद की और खुदा की आवाजों पर अपने कान देंगे! अगले किसी भी दंगे के लिए मेरा यह सिर हाजिर रहेगा, पीरबाबा।'..."

मगर क्या एक अकेले पीरबाबा ही चाहकर भी उसे बचा लेंगे? दीपनाथ विश्वास को लग रहा था कि उसके अपने देवी-देवता भी उससे विमुख हो गए हैं। गुस्सा भी तो वाजिब है उनका। कम अनादर किया है उसने एक हिन्दू होकर भी हिन्दू के देवी-देवताओं का? उसे अपने पाप याद आने लगे और हर पाप उसका जी तोड़ता चला गया...

"अयोध्या में धर्मशाला निर्माण हेतु गाँव-गाँव घूम-घूमकर चन्दा उगाह रहे साधुओं को किसी भी गाँव में किसी हिन्दू ने वह सब सुनाया होगा जो उन्हें सिसवन में मेरे मुँह से सुनने को मिल गया, 'हमें आपकी अयोध्या से क्या मतलब! ढेर सारे राम हमारे इलाके में ही उपलब्ध हैं। हमारे लिए तो बेगमगंज में धर्मशाला आवश्यक है। वहाँ रुकने-टिकने के लिए कोई जगह नहीं है; बड़ा कष्ट होता है। वहाँ धर्मशाला बने, बनवाइए, तो मिल सकता है चन्दा इस घर से भी।' फिर तो सिसवन में किसी भी घर से कुछ नहीं मिला था। गाँव में तो लोगों को दो पैसे बचा लेने के लिए कोई बहाना चाहिए, लूला-लँगड़ा ही सही। लोगों ने मेरे जैसा जवाब ही देना शुरू किया, 'हमारी अपनी ठाकुरबाड़ी का उद्धार तो हो नहीं रहा है, और हम चले अयोध्या में धर्मशाला बनवाने!' लोगों ने तो सोचा होगा कि भगवान गुस्से में आए, तो बिगड़ेंगे दीपनाथ विश्वास पर, बिगाड़ेंगे उसका, और लोगों को तो उसके बहकाए हुए मान लेंगे। साधुओं ने भी तो मुझे ही श्राप दिया होगा यह सोचकर कि सारे गाँव को मैंने ही भाँग पिलाई है। क्या होता, अगर उतनी दूर से आए हुए साधुओं को एक अच्छे काम के लिए रुपये-दो रुपये दे ही देता! अब तो लगता है कि साधु के वेश में अयोध्या से राम ही आए थे। उनके तिरस्कार का दंड तो मिलना ही था, मिल गया।...

"काशी के उस मन्दिर में कितना बड़ा पाप हो गया था मुझसे। शायद वह बाबा विश्वनाथ का ही मन्दिर था। घुसते ही पुजारी ने पूजा पर बैठा लिया था। उसने एक श्लोक पढ़वाया मुझसे, दुबारा पढ़वाया, फिर तीसरी बार। जब उसने सिर्फ श्लोक पढ़ने में ध्यानमग्न पाया, तो बमक उठा, 'आप श्लोक तो बक रहे हैं, पर पैसे क्यों नहीं निकालते?' अब जाकर मुझे श्लोक में आनेवाले 'शत' शब्द का अर्थ समझ में आया। पूजा में अपने सौ रुपये बिगाड़ देने को मैं बिलकुल तैयार नहीं था, कभी नहीं होता। मैं हड़बड़ाकर आसन से उठ गया और पुजारी को साफ-साफ सुना दिया, 'पचास पैसे से अधिक की पूजा मैं नहीं कर सकता; आप पूजा बन्द कर दें।' पुजारी ने डाँट पिलाई, फिर समझाया भी कि मुझे पैसे की रसीद मिल जाएगी, मगर

मैं अपने निर्णय से टस से मस नहीं हुआ। हारकर पचास पैसे की ही पूजा पूरी की पुजारी ने अगले पाँच-सात सेकेंड के अन्दर। मैं आसन से उठा और झटपट बाहर निकल आया कि कहीं और कोई पुजारी न आ धमके किसी और पत्थर के आगे कुछ और बड़ी संख्या वाला श्लोक पढ़वाने और यह पुजारी मुझसे कुछ अधिक हठी-हुज्जती निकल आए। यह क्या किया मैंने? ईश्वर का अपमान ही तो! सौ रुपये का श्लोक बाबा विश्वनाथ को साक्षी रखकर सुनाया और निकल पड़ा पचास पैसे फेंककर! पैसे को पकड़ा और प्राण की परवाह नहीं की! बहुत हुआ कि इतने बरसों तक बाबा विश्वानाथ ने छोड़ रखा था। शायद उन्हें भी किसी दंगे की ही प्रतीक्षा थी, इच्छा रही होगी कि इस हिन्दू की हत्या किसी मुसलमान के हाथों हो।...

"एक बार...एक बार नहीं, कई बार, बार-बार...बार-बार मैंने...

"और अब खुदा ही क्यों आए उसकी मदद में, उसे मौत से बचा लेने! उनके हुजूर में ही क्या-क्या झूठ नहीं बक दिया मैंने!

"माना कि शेख को कुछ सुनाया नहीं मैंने, मुँह से बकारी नहीं फूटी है, मगर जो कहने के लिए मन में सोच लिया, उसे तो खुदा ने सुन ही लिया। देखने-सुनने के लिए खुदा को भी आँख-कान की जरूरत है क्या!

"मन में यह झूठ सजाने की क्या जरूरत थी कि मैं अभी भी मुहर्रम में ननिहाल जाता हूँ, हैरपुर मेला में शरबत पिलाने? आठ साल पहले ममेरी बहन की शादी में गया था हथडूबा। तब से जाना कहाँ हो पाया है! अब तो यह भी पता नहीं कि उस्मान मियाँ जिन्दा हैं कि मर गए। जब वहाँ था, तब भी मैं कभी नहीं जाता था हैरपुर शरबत पिलाने। शरबत पिलाने का काम तो शिवशंकर मामा के जिम्मे रहता था। यह भी झूठ ही है कि मैं रात-रात भर जागकर बाँस की कमचियाँ तैयार करता था और उन पर कागज-पन्नी चिपकाता था। यह सच है कि ढेर सारे हिन्दू बच्चे यह काम करते थे, मगर मैंने कभी नहीं किया था। मैं तो उतने दिनों में सिर्फ एक बार दिन में यह देखने गया था कि ताजिया बनाया कैसे जाता है। घंटे भर में लौट भी आया था। हैरपुर मेला भी तो मैं बस शरबत पीने के लोभ से जाए करता था।

"झूठ पर झूठ की कतारबन्दी करता चला गया, और यह नहीं सोचा कि खुदा कहीं दूर नहीं हैं और सुन-सुनकर खफा हो रहे होंगे। दीवाल घड़ी मैंने क्यों लगवाई थी बड़गच्छी की मस्जिद में, इस रहस्य का पता क्या खुदा को ही नहीं होगा? सिसवन के हिन्दू मजूर बहुत ऐंठने लगे थे, मजूरी में एक का डेढ़ माँगने लगे थे। तब मैंने बड़गच्छी के मुसलमानों को पटाया, उन्हें अपने खेत में काम देने लगा, और यह भी विश्वास दिलाया कि वक्त-जरूरत मैं उनके काम आऊँगा, कभी भी हिन्दुओं को लात मारकर उनके साथ हो जाऊँगा। तभी मुझे यह सूझा कि वहाँ की मस्जिद में एक घड़ी टँगवा दूँ। फायदे और भी तो थे। बड़गच्छी के मुसलमानों को लाज नहीं लगेगी मेरे बथान से मवेशी चुराकर ले जाते? कटनी में फसल की जो चोरी होती है, वह हो पाएगी मेरे खेतों से? एक मुसलमान दूसरे को रोक देगा; बीवी शौहर को टोक देगी। मैं यह मान लूँ कि मेरी खुदपरस्ती का पता खुदा को नहीं है? तो फिर यह खुदा की मार कैसे हो रही है?

"शेख को ही कुछ सुनाकर क्या होता! झूठ झूठ न होकर सच ही होता, तब भी क्या शेख उसकी जान बख्श देता? जिस दिल को सात मुसलमानों के कत्ल का जख्म लग चुका है, उस दिल में एक हिन्दू के लिए रहम पैदा होता कुछ भी सुनने के बाद? मुसलमान इतने दयावान तो नहीं होते।

"और फिर उसका झूठ सच बनकर टिका रहता शेख के सामने? झूठ के ढेर में न जाने किस झूठ को पहचान लेता वह, पकड़ लेता उसे! उस्मान मियाँ तो नामी-गिरामी आदमी रहे हैं। हो सकता है, उस इलाके के मुसलमानों की तरह इधर के मुसलमान भी उन्हें जानते हों। शेख ने तो अवश्य सुन रखा होगा उनके बारे में, बहुत कुछ जानता होगा। क्या पता, मेरी बात सुनकर वह हँस पड़ता, बोल उठता, 'चुप भी रहो; उस्मान मियाँ को मरे तीन साल गुजर गए। तुम्हारे ननिहाल में दस-बीस उस्मान नाना हैं क्या?' या फिर कुछ बोलने की बजाए अपने बेटे रकीब को हाँक लगा देता और उससे कहता, 'जरा पूछो तो इस हिन्दू की औलाद से कि पिछले साल कहाँ मुलाकात हुई थी इसकी हथडूबा के उस्मान मियाँ से।' या फिर बगैर पूछताछ, बिना

टोक-टाक के सब सुन लेता वह और अन्त में सुना देता, 'मरने से पहले हर मुसलमान तुम्हारी तरह ही हिन्दुओं के आगे घिघिआता-रिरिआता है, बहुत गिड़गिड़ाता है, मगर तब भी मारा जाता। तुम पर मैं रहम करूँगा, बस इतना रहम करूँगा कि सोचूँगा, तुम्हें कैसे मारा जाए।'"

कैसे मारा जाए?...कैसे मारा जाए?...

दीपनाथ विश्वास सिहर उठा, मुसलमान तो बड़े कसाई होते हैं; किस तरह मारेगा यह कसाई?

परकट्टा दल वालों की तरह क्या?

इस इलाके में परकट्टा वालों के कई दल हैं। वे हत्या में उत्सव का आनन्द उठाते हैं। वे अपने दुश्मन को पकड़कर किसी सुनसान में ले जाते हैं और वहाँ उसे एक खूँटे से बाँध देते हैं इस तरह कि अधिक हिल-डुल न कर सके। वे उसे एकबारगी नहीं मारते, धीरे-धीरे काटते हैं, रुक-रुककर, सुस्ताते हुए। वे पैर से शुरू करते हैं और पहले पैर की उँगलियाँ काट निकालते हैं। थोड़ी देर के लिए रुक जाते हैं, खैनी लटाते हैं, कुछ गप-शप करते हैं और तब टखने पर काम शुरू करते हैं और एड़ी निकाल बाहर करते हैं। अब कुछ खाना-पीना, कुछ हँसना-बोलना चलता है और फिर घुटने के जोड़ को खोलकर टाँगें हटा दी जाती हैं। उसके बाद फिर...

दीपनाथ सिहर उठता है, क्या इसी तरह मारेंगे उसे ये कसाई! शायद इसी तरह...

शेख तो कहता है कि वह रहम करेगा...

मगर तभी दूर से आ रही मियाँ रशीद की आवाज उसके कानों से टकराती हैं, "आप इस मामले में कुछ मत बोलिए, चचाजान। यह हम पर छोड़िए कि इसे कैसे मारा जाए। सात मुसलमानों की मौत का बदला लेने के लिए अभी तुरन्त सात काफिरों को हम कहाँ से लाएँ! काश, इस एक शख्स को ही सात बार मारा जा सकता! मगर यह तो हो ही सकता है कि इस एक को ही हम इस तरह मारें कि इसे एक साथ सात मौतों का दर्द हो।"

अपने अपहरित बेटे को इस दर्द से बचाने के लिए रौता के हरिवंश राय ने पत्र लिखा था परकट्टों को, "मेरे भाई, आप दिग्विजय को उठा ले गए हैं और, मैं जानता हूँ, वह अब लौटकर नहीं आएगा। मैं निस्संतान हो गया। अब मैं, बूढ़ा निस्संतान हरिवंश राय, आपसे बस इतनी प्रार्थना करता हूँ कि मेरे बेटे की मौत एक झटके में हो। मैं पत्र के साथ दस हजार रुपये भी भेज रहा हूँ।"

अनायास दीपनाथ विश्वास के दोनों हाथ जूड़ जाते हैं, "शेख साहब, मेरी बस इतनी प्रार्थना है कि...आप रशीद से कहिए न..."

रशीद की आवाज फिर गूँज जाती है, "हम इस तरह मारेंगे कि इसे एक साथ सात से अधिक, सौ से अधिक, हजार से अधिक मौतों का दर्द..."

किस मौत की बात कर रहा है यह रशीद? जो मौत इस इलाके में अब तक केवल जानवरों के हिस्से में आती रही है, वह क्या आज, अभी थोड़ी ही देर में, एक इनसान दीपनाथ विश्वनाथ के हिस्से में आनेवाली है?

बड़गच्छी के ही कुछ ऐसे कसाई मुसलमानों के किस्से सुने गए हैं जो गाय-बैल चुराते हैं, चुराकर उन्हें घर के अन्दर बाँधते हैं और फिर उनके जिन्दा रहते ही उनकी खाल उतारते हैं। मवेशी डकराना शुरू न करे, इसके लिए पहले ही वे मवेशी की जीभ बाहर खींचकर उसे काट डालते हैं। इन मवेशियों का मांस सस्ता बिकता है और बिकते देर नहीं लगती। इसे खरीदनेवाले मुसलमान भरे पड़े हैं इस इलाके में; मुसलमानों की पूरी की पूरी ढेर सारी बस्तियाँ हैं।

झुरझुरी पैदा होती है दीपनाथ के बदन में, कोई कसाई आ तो नहीं जाएगा उसे माँग ले जाने?

यों ही नहीं आ गया था यह खयाल दीपनाथ के मन में।

सुलेमान का ही एक चचेरा भाई कसाई है सहरसा में, नाम है सलामत, तन से भी कसाई जैसा। सुलेमान उस दिन सहरसा में ही था सलामत के साथ। दोनों किसी को रेलगाड़ी में चढ़ाने प्लेटफार्म पर आए थे। सलामत की जेब में आठ सौ रुपये थे। किसी जेबकतरे ने उसकी जेब काट ली। रुपये निकल गए, यह पता उसे घर लौट आने पर चला। वह बिफर उठा, किस साले

की शामत आई कि उसकी जेब में हाथ लगा दिया। वह उसी वक्त सुलेमान को साथ लिए प्लेटफॉर्म पर आया। खोज-ढूँढ़कर उसने तीन जेबकतरों को पकड़ा और भीड़ के सामने से उन्हें लिए हुए अपने घर चला आया। घर आकर पूछताछ शुरू की उसने जेबकतरों से। उनके ना-नुकर करने पर उसने उन्हें घर की एक धरन से उल्टा लटका दिया और सच बात उगलवा देने के लिए फिर से पूछताछ शुरू की। इस पूछताछ के दौरान जब-तब वह उन जेबकतरों की देह टटोलकर, उँगली कोंचकर सुलेमान से कह बैठता, "भैया, पैसा नहीं भी मिलेगा, तो कोई बात नहीं। मैं इन सबको हलाल कर इनका मांस बकरा-पाठा के मांस के साथ मिलाकर बेच डालूँगा। आठ सौ की बजाए सोलह सौ मिल जाएँगे।" जेबकतरे जानते थे सुलेमान को; वे जल्दी ही टूट गए। सलामत की पूरी रकम वापस आ गई थी।

दीपनाथ ने पूछा था सुलेमान से कि क्या सलामत सचमुच उन जेबकतरों को काट डालता? सुलेमान केवल जोर से हँसकर रह गया था। उसकी हँसी का अर्थ था कि सलामत ऐसा नहीं करता। मगर आज, अभी ऐसा लग रहा था दीपनाथ को कि सुलेमान उससे बात छुपा गया था, कि सलामत वैसा जरूर करता।

यह मान भी ले दीपनाथ कि सलामत वैसा नहीं करता, तब भी यह कैसे मान ले कि यहाँ के कसाई मुसलमान वैसा नहीं करेंगे? इन्तकाम की आग जब सुलगती है, तो बहुत तेज धधकती है। इस आग में जल रहे हैं यहाँ के मुसलमान।

खुद पर काबू खोने लगा था दीपनाथ, कुछ-कुछ बेसुध-बेहोश होने लगा था...

"रशीद भाई, मैं जिन्दा रहना चाहता हूँ, हिन्दू होकर रहूँ या मुसलमान होकर। जिन्दा रहना चाहता हूँ अपने बच्चों के लिए, अपने मासूम बच्चों के लिए। मेरे अन्दर का हिन्दू मर गया, मैं मुसलमान बन जाऊँगा। मुझे जीवन-दान दे दो; खुदा के नाम पर बचा लो मुझे।"

रशीद के होंठों पर मुस्कराहट उतर आई, वक्र, विद्रूप भरी...इस तरह मारेंगे कि...!

"नहीं, मैं मरूँगा; मैं मरने के लिए तैयार हूँ। मुसलमानों की हत्या का प्रायश्चित मैं करूँगा। ले आइए जहर का प्याला; मैं खुशी-खुशी खाली कर दूँगा।"

और फिर अनायास सिर झुकाकर वह ईश्वर से अपना उधार माँग बैठा, "मेरी और मेरी माँ की पूजा-श्रद्धा के बदले एक कष्टहीन मौत ही दे दो। अभी इस क्षण मैं बैठे-बैठे मर जाऊँ। ऐसा हुआ तो है, भय से आदमी की जान चली गई है।"

जहर का प्याला ले आया रशीद क्या? उसने नजर उठाई और देखा, रशीद हँस रहा है, कुटिल, क्रूर हँसी...एक साथ सात से अधिक!

"मैं समझ गया, भाई रशीद, कि मुसलमानों को जहर नहीं पिलाया गया था, खून बहाया गया था उनका। बहे मेरा भी खून। ले आइए कोई चाकू; मैं अपनी घोड़ानस काटकर बहा डालता हूँ बदन का सारा खून। हो, अब यही हो।"

अभी भी वह संज्ञाहीन नहीं हुआ था। हर पल पर ध्यान था उसका, कि अभी भी वह बैठे-बैठे मरा नहीं है, कि अभी मर भी नहीं रहा है।

डर गया वह। रशीद खिलखिला उठा था...डरावना अट्टहास!...सिर्फ एक मौत! सिर्फ एक मौत का दर्द!

"इस तरह मत हँसो, भाई रशीद, ले आओ तलवार और उड़ा दो मेरे सिर को धड़ से। हिन्दुओं ने खून का फौव्वारा देखा था, तुम भी देख लो। कटे सिर को मारना पैर की ठोकर, उछाल देना आसमान में। बस तो?"

रुक गया था डरावना अट्टहास; अब रशीद के चेहरे पर कोई हँसी नहीं थी, क्रूर, कुटिल; होंठों पर कोई मुस्कराहट नहीं थी, वक्र, विद्रूप भरी; मगर उसकी आँखों में खून उतरने लगा था...इन्तकाम की सुलग गई आग!...

"खुदा के नाम पर रहम करो, रशीद भाई। दिग्विजय पर परकट्टा वालों ने रहम किया था। पत्र लिख देता हूँ, पैसे मंगवा लो। प्रार्थना बस इतनी है कि..."

अब तो रशीद की आँखों से चिनगारी छूटने लगी थी...घोर घृणा! बेइंतिहा इन्तकाम!...हम तुम्हें इस तरह मारेंगे कि...

"नहीं, नहीं, नहीं," चीख-सी निकल पड़ी दीपनाथ के होंठों से और उसकी तन्द्रा भी भंग हो गई। वह जोर-जोर से काँपने लगा था। उसकी आँखों में आँसू आ गए थे। उसकी इच्छा हुई कि उठकर बन्द किवाड़ अन्दर से खटखटाए, चीख-चीखकर शेख को बुलाए, और किवाड़ खुलते ही उससे कह बैठे, "अब और नहीं। जान लेनी है, तो अभी ले लीजिए। मौत का इन्तजार मौत से अधिक कष्टदायक है, बहुत अधिक कष्टदायक।" पर वह उठ नहीं सका, चीख नहीं सका।

अचानक ही उसकी नसें ढीली हो गईं। वह सुस्त, श्रान्त, शिथिल हो गया। अब उसका ध्यान मौत पर नहीं, अपने घर पर चला गया था।

तो क्या अब तैयार था वह किसी भी मौत के लिए, कैसी भी मौत के लिए?...क्या पता!...शायद!...

मगर अब उसे याद आने लगी थी अपने बीवी-बच्चों की..."अभी क्या कर रही होगी शीला? अब तक मुहम्मदपुर के दंगे की खबर उसे मिल चुकी होगी और अवश्य चिन्तित हो उठी होगी वह। वह समय मिलाती होगी, कब दंगा शुरू हुआ, कब मैं घर से निकला, किस वक्त मुहम्मदपुर पहुँचा होऊँगा, हिन्दू भी मरे हैं क्या, कहाँ के हिन्दू, अब क्या हाल है? और फिर उसने गुड़िया को भेजा होगा नारायण साह के पास, 'बेटी, जरा पता लगाकर आओ तो, गाँव में बेगमगंज की ओर से कोई आया है या नहीं?' और फिर वह सोचने लग गई होगी, 'दंगा अब तक शान्त हो गया होगा, तब भी, संभव है, आज वे नहीं लौटें। दंगा शान्त होने के बावजूद शाम के बाद उस रास्ते से चलना ठीक नहीं है। इतनी समझदारी तो है ही उनके पास। मगर रुकेंगे कहाँ रात में? शायद झूमरमल के गोला में, या रामू झा के होटल में। कल सुबह गाँव से कोई बेगमगंज जा रहा है या नहीं? बनिए तो माल लेकर जरूर जाएँगे। पुछवाना होगा।'...रात आँखों में कटेगी अलाय-बलाय सोचते। और अगला दिन भी गुजर जाएगा इन्तजार करते।...'आज भी नहीं आए।'...बेगमगंज से बनिया लौटकर आ जाएगा और बताएगा, 'कहीं पता नहीं चला, न झूमरमल के गोला में और न रामू झा के होटल में। और भी कितने ही लोगों से पूछा,

पर किसी ने नहीं बताया कि वे बेगमगंज आए थे।'...बेगमगंज है ही कितना बड़ा कि पता लगाने में बहुत देर लगती!...गाँव में तो दूसरे ही दिन से खुसुर-फुसुर शुरू हो जाएगी, 'दीपनाथ लापता है; अवश्य मारा गया है दंगे में।...लाश?...मुसलमानों ने छिपा दी होगी, डाल दी होगी किसी गड्ढे में, भँसा दी होगी किसी नदी-पोखर में।'...और फिर रोज ही सच्ची-झूठी खबरें उड़ती-नाचती रहेंगी सिसवन में, 'पुलिस लाशों की तलाश कर रही है...एक लाश मुहम्मदपुर में पुआल के ढेर में से निकाली गई है...एक लाश बड़गच्छी के निकट...कमाल किया पुलिस ने, खेत की जमीन खोदकर अन्दर से लाश निकाल ली...अब पता चल रहा है कि केवल मुसलमान ही नहीं मारे गए हैं, बहुत-से हिन्दू भी बहुत बेरहमी से काट डाले गए हैं...सारी लाशें बेगमगंज ले जाई जा रही हैं...लाशों की पहचान हो रही है...एक कैथा विद्यालय का शिक्षक मारा गया है; चन्दवा का रहने वाला था; उस दिन विद्यालय से घर जा रहा था साइकिल से...एक बेगमगंज चौक पर दायीं ओर जो पान की दुकान है उसी दुकानवाले का भतीजा मारा गया है। वह कठसरा अपनी बहन के पास जा रहा था...अभी लाशें निकल ही रही हैं...अभी तक तो नहीं मिली है दीपनाथ की लाश...अब मिलेगी भी नहीं। पुलिस झटपट जो पता लगा ले, देर होने पर खाक पता चलेगा...'"

दीपनाथ की लाश का पता तक नहीं चलेगा? तब क्या चुप बैठा रहेगा दीपनाथ विश्वास? लाश ढूँढ़नेवालों को अपनी ही लाश का पता नहीं बता देगा वह?

ढूँढ़नेवालों की अगुआई कर बैठेगा वह, "पता कैसे नहीं चलेगा मेरी लाश का! पता चलेगा, मगर मुरादपुर में सगीर के बगीचे की ओर कोई जाए तब तो! ठीक से देखो, कौन जमीन अभी-अभी की कोड़ी हुई लगती है, ताजा खोदी हुई जमीन...हाँ, साबुत देह नहीं मिलेगी, साबुत धड़ भी नहीं। सब अंग अलग-अलग कर दिए गए हैं, पैर की उँगलियाँ अलग, एड़ी अलग, टाँग अलग...परकट्टों ने काटा है। मालूम तो होगा ही कि परकट्टे किस तरह किसी को काटते हैं...नहीं मिल रही है?...कैसे नहीं मिलेगी लाश? ठीक से

ढूँढ़ो न। जिस आदमी की चीखें न जाने कब तक गूँजती रहेंगी सगीर के बगीचे में, उस आदमी की लाश अभी ही नहीं मिल रही है! कहाँ जाएगी लाश भला!

"नहीं मिली यहाँ, तो कहीं और मिलेगी। कुछ और ठिकाने हैं। अब वहाँ ढूँढ़ो...शुक्र को बड़गच्छी की हाट लगती है, शनि को मुरादपुर की हाट, रवि को कठसरा की, रवि को ही अमवारी की भी...कसाई पट्टी में घुसो... खस्सी-पाठा के लटकाए पंजर देखकर किसी भ्रम में न रहो...मांस के हर टुकड़े पर ध्यान देना। इस मांस में किसी आदमी की उँगली की हड्डी मिल सकती है...'पकड़ो...पकड़ो...भागने न पाए...आदमी का मांस!...मुरादपुर का कसाई है...एक लापता आदमी की लाश अभी तक नहीं मिली थी... कोई सिसवन का था...क्या तो नाम था उसका...कोई विश्वास, दीपनाथ या देवनाथ या दयानाथ...'

"हंगामा मच जाएगा हाट में, भयंकर शोर-गुल होगा...

"यह शोर सिसवन तक पहुँच जाएगा। शीला तक तो नहीं पहुँचेगा न? तुम्हें ऐसी खबर भी मिले, शीला, तो इसे अफवाह मान लेना। एक उँगली की हड्डी देखकर पहचान लोगी कि यह तुम्हारे उनके हाथ की उँगली है! इस तरह नहीं पहचाना जाता। तुम बस इतना भर जानो कि तुम्हारा आदमी लापता हो गया है; हाँ, यह भी कि वह मर गया। बस। कैसे मरा, यह जानकर क्या करोगी?

"आज भी नहीं आए! गुड़िया पूछ बैठेगी माँ से, 'माँ, बाबू आज भी नहीं आए। मेरा रिबन बेगमगंज में नहीं मिला क्या? हाँ, तुम्हारी चूड़ियाँ नहीं मिली होंगी। बाबू पूर्णिया चले गए होंगे।' शीला खुद को कोसने लगेगी, क्यों कह दिया चूड़ियाँ ले आने को!

"राजू बच्चा तो है, मगर इतना बच्चा नहीं कि लोग उसे बहलाएँ, 'तुम्हारे बाबू दूर, बहुत दूर, भगवान के घर चले गए हैं...वह देखो, आसमान में वह तारा चमक रहा है न, वही है तुम्हारा बाबू...'

"अहाहा! बच्चे को थप्पड़ क्यों मार दिया? बाप मर गया, तो अब क्या माँ भी थप्पड़ मारे? संगी-साथियों ने कुछ बताया होगा उसे और वह तुमसे ही पूछ बैठा, 'माँ, बाबू मर गए?' बस, इतनी-सी बात पर थप्पड़ चला

दिया और फिर थप्पड़ मारकर चुप रह गई। नहीं मारना था थप्पड़ और उस बच्चे को बता भी देना था कि उसका बाप मर गया। उस बच्चे को भी तो अभी से तैयारी करनी है उस जिन्दगी के लिए जिसमें बेटे के सिर पर बाप का साया नहीं रहता।

"किस-किस को मारोगी थप्पड़? जो चर्चा गाँव-गाँव में होगी, वह सिसवन तक भी पहुँचेगी कि मुरादपुर में किसी सगीर मियाँ के बगीचे में एक भूत का वास हो गया है जो सड़क के सुनसान पड़ते ही या धुँधलका उतरते ही सड़क पर चला आता है, जो हर राहगीर को इशारे से अपने पीछे आने को कहता है, जो देवी-देवताओं के नाम बुदबुदाने पर बमकता है और हनुमान चालीसा पढ़नेवालों को बहुत दूर तक खदेड़ता है, कि यह भूत दंगा के बाद प्रकट हुआ है। तब क्या तुम चीख पड़ोगी, 'यह उनका भूत नहीं है?'

"किस-किस को मना करोगी अब? अब मान जाओ, शीला। देखो गुड़िया भी कह रही है, 'माँ, अब मान जाओ कि बाबू मर गए। अब फोड़ डालो हाथ की चूड़ियाँ; माथे का सिन्दूर पोंछ डालो। यह अच्छा नहीं लगता कि...'

"गुड़िया की बात पर तुम्हारी आँखें डबडबा आती हैं, तुम उस पर थप्पड़ नहीं चलातीं, उसे कलेजे से लगा लेती हो, और फफककर रोना शुरू कर देती। मगर हाथों की चूड़ियाँ तुम नहीं फोड़तीं और उस दिन भी सिन्दूर की मोटी-लम्बी रेखा तुम लेप लेती हो अपनी माँग में। यह जिद है, शीला।

"ऐसी जिद कोई करता है क्या? क्यों नहीं छोड़ती अपनी जिद? जहाँ इतने लोग बोल रहे हैं, वहाँ झूठ भी सच होगा, झूठ को भी सच मान लेना पड़ेगा। आखिर कब तक जिद पकड़कर पड़ी होगी? एक साल, दो साल, चार साल? बारह साल? फिर तो विधवा का रूप स्वीकार करना ही पड़ेगा तुम्हें। तब तो चूड़ी और सिन्दूर त्यागने ही होंगे। उस दिन भी कोई जिद कर बैठोगी क्या?

"उस दिन शायद तुम कह बैठो, 'मैं नहीं मानती बारह-साल का विधि-विधान। जब आदमी मरा ही नहीं, तब क्या बारह, क्या चौबीस! क्रिया-कर्म नहीं होगा; नहीं फोड़ूँगी मैं चूड़ियाँ, बन्द नहीं करूँगी माँग में सिन्दूर लगाना।'

"तब लोग समझाएँगे तुम्हें, 'जो आदमी वापस नहीं आया, बारह साल तक नहीं आया, उसे तो मरा हुआ ही माना जाएगा, उसकी तो अन्त्येष्टि होनी ही चाहिए। हम अपने शास्त्रों से विमुख तो नहीं हो सकते।'

"तब भी शायद आँखों में आँसू भरकर तुम बोल पड़ोगी, 'जिस आदमी की लाश नहीं मिली, जिसे मरा हुआ किसी ने देखा नहीं, कैसे मान लूँ कि वह मर गया? पोथी-पुराण की बात मान लूँ और अपने दिल की बात नहीं मानूँ मैं? मेरा दिल कहता है, उनकी मौत नहीं हुई है। हुआ यह है कि उन्होंने किसी की खून से लथपथ लाश देखी है, किसी को बेरहमी से कटते हुए देख लिया है और इस दुनिया से दिल टूट गया उनका, मन वैरागी हो उठा है, और तब लौटकर घर आने की बजाए वे मन की शान्ति के लिए कहीं और निकल गए हैं, शायद काशी की ओर, शायद अयोध्या की ओर। जब मन शान्त हो जाएगा, वे जरूर घर लौट आएँगे। मेरे लिए खरीदी गई चूड़ियाँ अभी भी उनके झोले में पड़ी होंगी और उस झोले को साथ लिए हुए वे घूम रहे होंगे काशी, प्रयाग, वृन्दावन, हरिद्वार। वे चूड़ियाँ ही उन्हें घर ले आएँगी। ऐसा हो ही नहीं सकता कि उन चूड़ियों को फेंक दिया होगा उन्होंने, फोड़ दिया होगा। और जब वैरागी ने झोले की चूड़ियाँ नहीं फोड़ीं, तो मैं कैसे फोड़ दूँ हाथ की चूड़ियाँ!'

"तुम्हें समझाकर थक जाएँगे लोग और तब तुम्हारे बेटे पर जोर लगाएँगे, 'रे राजू, तुम्हारी माँ तो पगला गई है, हम उसे समझा नहीं सकते। तुम कोशिश करो कि वह मान जाए। अब बच्चे नहीं रहे तुम, समझदार हुए, लम्ब-तड़ंग हो गए हो। तुम अपने बहनोई को भी बुला लो, उनसे भी राय ले लो। वे तो पढ़े-लिखे, समझदार हैं, सुखी-सम्पन्न, अपनी और तुम्हारी प्रतिष्ठा को ध्यान में रखकर कोई अच्छी राय ही देंगे। उनकी बात तो मानोगे? उनकी बात नहीं मानेगी तुम्हारी माँ?'

"क्या सचमुच ऐसा होगा? बिना बाप का बेटा भी खा-पीकर लम्ब-तड़ंग हो जाएगा? क्या इतने पैसे रहेंगे शीला के पास कि वह बेटी का ब्याह अच्छा घर-वर देखकर कर सके?

"शीला जब-तब टोकती रही है, 'कभी ध्यान इस ओर गया है कि गुड़िया किस तेजी से बढ़ती जा रही है? आपको कभी उसके ब्याह की चर्चा तक करते नहीं देख रही हूँ। जिसके घर में बेटी हो, वह भला इस तरह बेफिक्र रहेगा! समय गुजरते देर नहीं लगती। तिलक-दहेज का जमाना है। अभी से कुछ-कुछ बचाकर रखते चलिए।'

"और मैं हर बार हँसकर, खिलखिलाकर रह गया हूँ, 'मेरी बेफिक्री में कोई फर्क नहीं आएगा, जान लो। ब्याह का समय आएगा, तो हाथ के पैसे गिनूँगा और उतने का वर खरीद लाऊँगा। अब बेटी का भाग्य कि उसे कोई रिक्शावाला मिलता है या ताँगेवाला। हाथ बिलकुल खाली रहा, तो कोई ऐसा दूल्हा ढूँढ़ निकालूँगा जो बिना तिलक-दहेज के तैयार हो जाए।'

"बिगड़ उठती थी शीला, 'चुप भी रहिए। अकेली तो मेरी लाड़ली, राजकुमारी, उसके लिए इतने अशुभ बोल! मैं तो खुद घर-वर देखकर बेटी का ब्याह रचाऊँगी। हजारों घरों में एक घर, हजारों वरों में एक वर—कोई राजकुमार ले जाएगा मेरी राजकुमारी को।'

"यह क्या मेरे मन में नहीं रहा है? गुड़िया बेटी तो दिल का टुकड़ा है। क्या नहीं करता मैं उसके लिए! लाखों में एक ढूँढ़ता। मगर अब?

"अब तो सचमुच तुम्हें ही ढूँढ़ना होगा घर-वर। ढूँढ़ पाओगी न अच्छा घर, अच्छा वर?

"बिना बाप का राजू भी लम्ब-तड़ंग हो जाएगा? हो जाए, हो जाए!

"मगर तब, सुन लो, शीला, तुम्हें बहुत होशियार-खबरदार रहना पड़ेगा। मेरे मरने पर ढेर सारे लोग तुम पर अपनापन जताने लगेंगे, अपने को तुम्हारा हितैषी बताने लगेंगे। बिना सोचे-समझे उनकी बातों में मत आ जाना। एक विधवा को लूटने-ठगने, नोंचने-खसोटने की कोशिश हर कोई करने लगता है। तुम्हें मर्द बनकर रहना पड़ेगा, मुसम्मात बनकर नहीं, कदम-कदम पर चौकस-चौकन्ना।

"मैं जानता हूँ यहाँ के धूर्त जंतुओं को। मेरे मरते ही उनकी ठगलीला शुरू हो जाएगी। वे पहुँचेंगे तुम्हारे पास, कोई बहुत जल्दी और कोई जरा देर

से, और बताएँगे तुम्हें कि मैंने उनसे रुपये लिए थे। कोई हथउधार की बात करेगा और तुमसे कहेगा कि मेरी आत्मा की शान्ति के लिए तुम उन्हें पैसे चुका दो। कोई-कोई तो कागज पर मेरे अँगूठे का निशान या मेरे दस्तखत तक दिखा देगा और डराएगा तुम्हें तरह-तरह से। तुम इनकी ठगाठगी से बचना और एक भी पैसा चुकाने से साफ मुकर जाना। पहली बात तो यह सुन लो कि मैं किसी साले का कर्ज खाकर इस दुनिया से कूच नहीं कर रहा हूँ। और दूसरी बात यह कि अपनी इस मौत के बाद अब मुझे ऐसी किसी शान्ति की तलाश नहीं जो लोगों की दुआ-दया या तुम्हारे दान-दक्षिणा से मिले। मेरी तो शान्ति बस इसमें है कि मेरा बेटा लम्ब-तड़ंग होकर मेरी तरह समर्थ हो जाए और मेरी बेटी का ब्याह किसी सुखी-सम्पन्न घर में किसी सुन्दर-सुशील वर के साथ हो जाए। सच कहता हूँ, शीला, कि अगर मेरे सिर पर कर्ज का बोझ भी रहता, तो भी मरने के बाद उसे चुकाने से इन्कार कर देने के लिए कहता मैं तुमसे। कर्ज का बोझ पाप का बोझ बन जाता है, तो बने। अब किस पाप का डर करूँ मैं? किस पाप से मेरी अकाल मौत हो रही है? अब और कौन पाप क्या अधिक बिगाड़ेगा मेरा? अब कैसी मौत मारेगा मुझे कोई भगवान ही? किस बड़े नर्क में पहुँचाया जाएगा मुझे? तुम मेरे बेटे को, मेरी बेटी को संभाल लो, शीला; मैं सारे पाप झेल लूँगा, भोग लूँगा नर्क, रौरव, महारौरव।

"मेरे बच्चों को उस दुर्भाग्य से बचाकर रखना, शीला, जिसका मैं शिकार हो गया। जरा भी असावधानी नहीं, थोड़ी भी चूक नहीं। हर सुबह उठकर पता लगा लेना, रात में कहीं दंगा तो नहीं हुआ है? हर रोज यह खबर लेना कि नेताओं के क्या भाषण हो रहे हैं, पंडितों-पुजारियों का क्या प्रचार हो रहा है, मुसलमानों की बस्तियों में क्या षट्चक्र खड़ा किया जा रहा है। हरिचरण सिसवन हाट चला जाए करेगा जहाँ हर शाम इलाके की सारी खबरें बँटती हैं और जलीसा तुम्हें बता दिया करेगी कि बड़गच्छी में क्या हाँड़ी पक रही है। बच्चे शाम के बाद गाँव में रहें, घर में रहें। बेगमगंज की इस सड़क से उन्हें कभी गुजरने मत देना। बहुत जरूरी हो उन्हें जाना

बेगमगंज, तो जमुनिया, रौता, कैथा होकर जाएँ, अमवारी और मुरादपुर होकर नहीं। इस सड़क पर सात मुसलमानों के वध का प्रतिशोध घूम रहा है, न जाने कब तक घूमता रहेगा। बूढ़े शेख का बेटा कैसी-कैसी बातें कर रहा था, वह सब क्या सुनाऊँ तुम्हें!

"यह तुम जानो, तुम सोचो कि अपने हाथ की चूड़ियाँ तुम फोड़ोगी या नहीं, माँग में सिन्दूर भरना छोड़ोगी या नहीं; इस बाबत मुझे कुछ नहीं बोलना है। मगर तुम्हें जब मेरे मर जाने का विश्वास हो जाए और तुम मेरा क्रिया-कर्म करवाने को तैयार हो जाओ, तो इसे जैसे-तैसे निपटा लेना। किसी भोज-भात और दान-दक्षिणा की जरूर नहीं है। लोगों के बहकावे में मत आना कि यह सब नहीं करने से मुझे सदा प्रेतावस्था में रहना पड़ेगा। मैं क्या बूढ़ा होकर मरा हूँ, पोते-पड़पोते देखकर, सुख की मौत, कि मेरे बच्चे खुशियाँ मनाएँ? कैसी मौत मर रहा हूँ मैं! खुशियाँ मनाओगी? भोज तो मैं देता तुम्हारे मरने पर, अगर तुम झुलझुल बूढ़ी होकर मरतीं, पोते-पोतियों को देखकर, ऐसा भोज कि आस-पास के साठ गाँवों के लोग सजन मेहता का श्राद्ध-भोज भूल जाते। मेरे बच्चों को दुर्भाग्य की सेंक न लगे, सौभाग्य का सहारा मिल जाए, फिर तो मैं सूर्यलोक से ध्रुवलोक तक विचरता रहूँगा अपनी इस घिनौनी, अकाल मौत के बाद भी।

"तुम सारे कष्ट झेल सको, विपदा से उबर जाओ और बच्चों को पार लगा दो, इसके लिए मैं मरने के पहले बार-बार भगवान से प्रार्थना कर रहा हूँ। मैं फिर उसी भगवान का सुमिरन कर रहा हूँ, शीला, जिसने मेरी सारी प्रार्थनाओं को ठुकरा दिया है, और मुझे बहुत ही घिनौनी, पीड़ादायक मौत दी है। क्या करूँ, भगवान के ऊपर तो कोई भगवान नहीं है!

"हाँ, यह तुम्हें कैसे सूझ गया कि मैं हूँ तो जिन्दा, मगर किसी का खून देखकर वैरागी हो गया हूँ और अशान्त मन को शान्ति देने के लिए काशी-प्रयाग की ओर निकल गया हूँ? मैं वैरागी हो सकता हूँ क्या? तुम्हें छोड़कर वैरागी? गुड़िया-राजू से अलग मैं काशी-प्रयाग में रह सकता हूँ? रह सकता हूँ क्या? एक दिन से अधिक कभी पूर्णिया में भी मेरा रहना हो पाया है अकेले?

गाँव-समाज को चाहे जो जवाब दे डालो, मगर अपने मन में इस बात को नहीं जमने देना तुम। अगर लोगों ने जान लिया कि तुम सचमुच इस भ्रम में जी रही हो, तो मुफ्तखोर मँडराने लगेंगे।

"गेनालाल तो पिंड पड़ जाएगा, 'राजू की माँ, मेरा साला चरित्तर, जो साल भर पहले तक यहीं रह रहा था और जिसे दीपनाथ बहुत मानता था, एक खबर लेकर आया हुआ है। वह अपने गाँव के कुछ लोगों के साथ काशी गया हुआ था और कल ही लौटा है। वहाँ उसने गंगा-स्नान कर लौट रहे साधुओं की जमात में दीपनाथ को देखा था। चरित्तर ने उसका पीछा तो किया, मगर, लगता है दीपनाथ की नजर भी उस पर पड़ गई थी और वह चरित्तर से पीछा छुड़ाने के लिए किसी गली में लुप्त हो गया था। गाँववाले लौट आने की जल्दी नहीं मचाते, तो दो-चार दिन रुककर भी चरित्तर उसे ढूँढ़ निकालता और पकड़कर साथ ले आता। मैं तो कह रहा हूँ कि तुम मुन्ने को साथ लेकर चलो और मैं चरित्तर को साथ ले लेता हूँ। हजार रुपये का खर्च आएगा, मगर अभी इस हजार को देखोगी कि घर के आदमी को? अभी काशी में है, तो पकड़ में आ जाएगा; वहाँ से निकल गया, तो फिर कहाँ ढूँढ़ा जाएगा, कहाँ-कहाँ? अभी तो नया-नया है, घर की याद भी आती होगी, राजू को देखते ही दौड़कर आ जाएगा उसे गले लगाने; देर होने पर अगर उधर ही दिल लग गया उसका, तब क्या ठीक कि लौटे, न लौटे या कब लौटे! और लौटे भी, तो फिर टिके, न टिके। पिपरा का एक मेहता साधु घर से भागा तो बीस बरस बाद लौटा, और लौटा तो देखा कि गाँव में कोई घर ही नहीं है उसका और पूरा परिवार उपटकर कहाँ तो चला गया है।'

"साफ कह देना गेनालाल से कि पैसे का जुगाड़ नहीं हो पाया।

"पीताम्बर पीछे नहीं रहेगा गेनालाल से। वह भी आ धमकेगा, 'राजू की माँ, एक बड़ा भारी यज्ञ हो रहा है प्रयाग में। हिमालय के साधु-संन्यासी तक आ रहे हैं, निकल चुके हैं अपनी-अपनी गुफा-कन्दरा से प्रयाग के लिए। दीपनाथ किसी भी कोने में होगा, तो अवश्य पहुँचेगा प्रयाग अपनी मंडली के साथ। मुझे तो पैसे का जुगाड़...'"

हुर्र हो जाती है अचानक दीपनाथ के दिमाग में इकट्ठी हो रही मुफ्तखोरों की भीड़। उसके कान खड़े हो जाते हैं और बाहर हो रही गुफ्तगू को वह कान पातकर सुनने लगता है...

रकीब खबर दे रहा था अपने बाप को, "अब्बा, मुसहरों के अलावे जो तीन-चार घरों में हिन्दू हैं यहाँ, वे सब दाँवपेंच चल रहे हैं मुरादपुर से निकल जाने के लिए। प्रभुदयाल भगत बाल-बच्चों के साथ कब तो निकल भागा। राधेश्याम साह, जियालाल भगत और रामावतार चौधरी भी तैयारी कर रहे हैं निकल भागने की।"

'तो क्या वे टिके रहें,' गुस्सा उमड़ आया दीपनाथ विश्वास में, 'बाल-बच्चों के साथ तुम्हारे हाथों कट जाने के लिए? रुक जाएँ गिद्धों के बीच लाश बनने के इन्तजार में? भाग्यवान था भगत जो निकल भागा; निकल भागने में कामयाब हो गए अगर साह और चौधरी, तो कमा-खा लेंगे, बाल-बच्चों को पाल-पोस लेंगे किसी और पुर में, नगर में। अभागा तो मैं हूँ,' खुद पर गुस्सा आ गया उसे, 'कि अपना वध कराने सिसवन से मुरादपुर दौड़ा आया और अब कसाई शेख के चंगुल में इस तरह फँसा हूँ कि जान निकलेगी, मैं नहीं निकल सकता।'

बेटे से खबर सुनकर बूढ़े शेख ने पूछा, "भाग रहे हैं? पूछा नहीं कि भाग क्यों रहे हैं?"

"हाँ, पूछा," बेटे ने जवाब दिया, "मगर सच तो वे बताने से रहे! राधेश्याम ने बताया कि उसकी सास मर गई है और उसे बाल-बच्चे समेत जाना है। जियालाल भगत ने बेटे के मुंडन का बहाना बनाया है; वह जा रहा है सिंहेश्वर पूरे परिवार के साथ। और रामावतार चौधरी की बीवी के पेट में रात से ही जानलेवा दर्द हो रहा है। चौधरीजी इलाज के लिए पूरे कुनबे के साथ पूर्णिया जा रहे हैं बीवी की इस ख्वाहिश का ख्याल रखते हुए कि जब भी वे मरें तो बाल-बच्चों के मुँह देखते हुए।"

"प्रभुदयाल क्या बोलकर भागा है?" बूढ़े शेख की आवाज में गुस्सा था।

"उससे तो कुछ पूछा भी नहीं जा सका," रकीब कुछ परेशान आवाज में बोल रहा था, "वह कब निकल भागा, पता तक नहीं चला हमें।"

“यह अच्छा नहीं हुआ। उसे भागने नहीं देना था। भागा तो होगा यही सोचकर कि यहाँ उसे काट डाला जाएगा! मगर अभी इस गाँव से बाहर क्या उस पर आफत नहीं आएगी? कौन-सा रास्ता, जिस पर वह निकल गया है, सुरक्षित है उसके लिए? इस गाँव से निकल भागा है, तो क्या फिर लौटकर नहीं आएगा यहाँ?”

‘नहीं आएगा, नहीं आएगा,’ दीपनाथ विश्वास रोक नहीं सका अपनी बुदबुदाहट को, ‘वह तुम्हें पहचानता था, समय पर निकल भागा। लौटकर नहीं आएगा मुरादपुर; मेरी तरह अभागा है क्या!’

शेख ने अपनी बात पूरी की, “अगर इस गाँव में रहने से डर गया है वह, तो फिर ऐसे आदमी को इस गाँव में फिर बसने देना नहीं चाहिए।”

“जला दूँ उसका घर?” रकीब बोल उठा, “सब भाग जाएँ, फिर जला देंगे सबके घर।”

“तुम्हें किसी बात की तुरन्त हड़बड़ी क्यों हो जाती है? अभी तुरन्त तो इसकी जरूरत नहीं है,” शेख ने बेटे को फटकारा और फिर पूछा, “प्रभुदयाल कितनी देर पहले और किस तरफ भागा है?”

‘ठीक-ठीक पता नहीं। सुनने में आया है,’ रकीब ने जवाब दिया, “कि अमवारी की ठाकुरबाड़ी में कुछ हिन्दू परिवार टिके हुए हैं। बड़गच्छी के हिन्दू अमवारी की ओर ही भागे हैं। मुझे लग् रहा है कि प्रभुदयाल भी उधर ही गए होंगे।”

“मुझे एक बार अमवारी जाना पड़ेगा।” शेख बोला।

‘जाओ, जाओ, एक बार हो आओ,’ दीपनाथ मन ही मन बुदबुदा पड़ा, ‘तब अपने मारे जाने का गम मुझे थोड़ा कम होगा। अपनी मौत के पहले तुम्हारी मौत की खबर सुन लूँगा, तो दिल को बहुत राहत मिल जाएगी।’

रकीब ने बाप को रोक लिया, “अमवारी? नहीं, अभी यहाँ से कहीं जाना ठीक नहीं होगा।”

बेटे की बात मान लेने के लिए बाप पहले से ही तैयार था, “ठीक है, नहीं जाऊँगा।” और फिर उसने बेटे के मन की बात कह दी, “राधेश्याम, जियालाल और रामावतार भागने न पाएँ।”

"और अगर वे जिद कर बैठें तो?" बेटे ने पूछा।

बाप ने जवाब दिया, "तलवार चमका देना; फिर तो जिद नहीं करेंगे।"

"तलवार!" रिस मारकर रह जाना पड़ा बेबस दीपनाथ विश्वास को, "शेख तलवार चमका रहा है! इसी शेख ने ठाकुरबाड़ी बनवाई थी, मियाँजी की ठाकुरबाड़ी! जब-तब ठीक ही सुनने को मिला है कि अब केवल 'बाड़ी' बची हुई है, 'ठाकुर' कबके भाग चुके हैं। कुटिल, कपटी, बगला भगत! हीरालाल सेठ की गद्‌दी पर मसनद लगाकर बैठता है यह। जीवकान्त मिश्र दौरा करने जब भी इलाके में आते हैं, तो इस शेख के दर्शन किए बगैर दिल्ली वापस नहीं जाते। इसकी और विक्रमसिंह की तो दाँतकाटी रोटी है। तिलेश्वर यादव तो इस शैतान को भगवान ही मानता है। इनमें से किसी को भी पता होगा कि यह बूढ़ा शेख किस तरह तलवार चमका सकता है! किसी को भी पता होगा कि इस शेख के साथ गुजारे गए उसके ढेर सारे क्षण तलवार की छाँह में गुजरे हैं! आज अगर मेरी जगह इनमें से ही कोई रहता, तो क्या बच निकलता? नहीं, मारा जाता, मेरी ही तरह मारा जाता।

"इस जालिम शेख के घर में ही क्यों," अचानक दीपनाथ का ध्यान अपने जिगरी दोस्त पर चला गया, "अगर इस दंगे में इस तरह मैं सुलेमान के घर में ही रहता, तो क्या बच निकलता?...शायद मारा जाता...मारा जाता... एक दिली दोस्त का सिर! खुदा को एक लाजवाब तोहफा!...मारा जाता...

"...शायद नहीं मारा जाता," अचानक पुरानी यादों में डूब गया दीपनाथ विश्वास, "हथडूबा में नहीं मारा जाता। हथडूबा में? नहीं, नहीं...

"अल्लाहोअकबर और जय बजरंग बली के नारे बुलन्द आवाजों में लगाकर क्या हथडूबा के हिन्दू और मुसलमान मार-काट मचाते?...ढोलकिया माधो तनकर खड़ा हो जाता, तनतना दिखाता, 'कौन मारेगा खलील मियाँ को? हथडूबा के जिस हारमोनियम मास्टर का इस इलाके में जोड़ नहीं है, वह हथडूबा में मरेगा? दो-चार दिनों की मार-काट के बाद तो इलाके भर के हिन्दू भी मुझे थू-थू करेंगे कि साला ढोलकिया कैसा था जिसने अपने मास्टर को नहीं बचाया। अब क्या यहाँ हारमोनियम कभी नहीं बजेगा? किस मुँह

से जाएगा कोई इस-उस गाँव हारमोनियम मास्टर की तलाश में!'...हथडूबा नाट्य परिषद् के सारे हिन्दू युवक दौड़ पड़ते मजीद मियाँ उर्फ परशुराम के घर की ओर, 'खबरदार! परशुराम मारा नहीं जाएगा।' जिस परशुराम के लिए लगभग हर साल मंच की चौकियों में उन्हें हिलने-टूटने से बचाने के लिए अलग से कीलें ठोंकी जातीं और खड़ाऊँ का नया, मजबूत जोड़ा तैयार किया जाता, वह भी मारा जाता? अगले साल हजारों की संख्या में आए दर्शकों की फुसफुसाहटें शोर में बदल जातीं, 'खाक देखोगे नाटक! यह असली परशुराम नहीं है। लो, सुनो! साले हिन्दुओं ने ही अपने परशुराम को मार डाला!'...मजीद मियाँ नहीं मरेंगे, तो क्या खिलाड़ी हासिम मारा जाएगा? अरे, इस मियाँ को तो किसी दूसरे गाँव का हिन्दू भी नहीं मारेगा। किस साल किस गाँव का आदमी नहीं आता है इस हासिम को ले जाकर अपनी टीम की ओर से फुटबाल खेलाने के लिए!...मार दो मन्तरिया फैयाज को, और अब जो किसी को साँप काटे, तो लादकर ले जाओ उसे भिट्ठा-बोचाही के मन्तरिया के पास; तब मुरदा पर मंतर मारेगा मन्तरिया।...ना, बाबा! यूनुस के घरवालों पर कौन हाथ उठाएगा! उसकी घरवाली तो हर साल छठ पूजा करती है, सूरज भगवान को अर्घ देती है।...'हसनेन मारा जा सकता है, क्यों, भाई?'...'वाह! कैसे मारा जा सकता है!...'

"'तब तो कोई मरेगा नहीं,' कोई बोल सकता है, 'मगर बदनामी हो जाएगी इस गाँव की। इलाके के हिन्दू तो यही कहेंगे कि हथडूबा के हिन्दुओं का खून पानी हो गया है।'

"बदनामी हथडूबा के मुसलमानों की भी कम नहीं होगी। इलाके के मुसलमान लानत भेजेंगे यहाँ के मुसलमानों पर कि जब पूरे इलाके में खुदा के बन्दों के सिर कटते रहे, तब हथडूबा के गद्दार मुसलमान किसी एक हिन्दू की भी गर्दन काटने घर से बाहर नहीं निकले।...घर से निकलकर किस घर की ओर बढ़ते वे?...मजार में सोया पीर रोने लगेगा। किस हिन्दू के घर से चादर नहीं चढ़ाई गई होगी उस मजार पर! पीर की बद्दुआ भला कौन मुसलमान लेगा!...उस्मान मियाँ अगली होली के पहले अपनी मौत माँग लेंगे खुदा से।

कड़ाहों में रंग भरकर वे किनके आने का इन्तजार करेंगे?...ताजिया के बाँस की कमचियाँ बनाने और रात-रात भर जागकर उन कमचियों पर कागज-पन्नी चिपकाने वाले हिन्दू बच्चे क्या मुसलमान बच्चों से बिलकुल जुदा हैं, कहीं से भी मुसलमान नहीं हैं! उन्हें कत्ल किया जा सकता है क्या?...हैरपुर के मेले में हथडूबा का एक भी हिन्दू नहीं! 'यह कौन पिला रहा है शरबत? पहले जैसी मिठास नहीं है इस शरबत में।'...यह गाँव का कैसा त्यौहार है कि गाँव में ढेर सारे घरों के दरवाजे बन्द कर दिए गए हैं? यह हथडूबा ही है न?...

"...यह हथडूबा ही है। मैं सुलेमान के घर में हूँ। हाथ में तलवार लिए सुलेमान दरवाजे पर पहरा दे रहा है। अगर दंगाई आए, तो वह उन्हें रोक लेगा और उनसे साफ-साफ कहेगा, 'तुम लोग मेरे दोस्त को छू नहीं सकते। उसके लिए पहले मेरा कत्ल करना होगा।'...

"सुलेमन पहरा दे रहा है!...यह सपना तो नहीं है?...यह हथडूबा..."

धड़कते दिल से धीरे-धीरे खिड़की खोल देता है दीपनाथ विश्वास और देर तक बाहर अपनी दृष्टि गड़ाए रह जाता है, "नहीं...यह हथडूबा नहीं है...घर से बेगमगंज के लिए निकला था मैं...मुरादपुर में...मैं यासिन शेख के घर में हूँ...पहरा यासिन शेख दे रहा है...कब निकला था घर से मैं! अब तो शाम हो गई। अँधेरा सिर्फ कमरे में ही नहीं; बाहर भी धुँधलका फैल गया है..."

खिड़की से कुछ दिखाई नहीं पड़ा उसे, पर कुछ पैरों की आहट पाई उसने।

तभी किवाड़ की जंजीर खनखनाई और बूढ़ा शेख कमरे में आया।

वह सरककर पीछे आ गया और धीरे-धीरे चौकी पर बैठ गया।

यह बात उसके मन में जम गई थी कि जब भी शेख उस कमरे में आएगा, तो वह अकेला नहीं होगा, उसके साथ होगी एक भीड़ जिसमें रकीब होगा, रशीद होगा और शायद कोई कसाई भी। मगर अकेला शेख ही नजर आया था उसे।

उसने कातर निगाहों से शेख की ओर देखा।

और चित्रलिखित-सा सुनने लगा शेख को, "आपको तकलीफ हो गई। ऐसी मजबूरी हो जाती है कभी-कभी कि आदमी मेहमान की खातिर तक

करने से चूक जाता है। अब देखिए कि हमें इतना तक खयाल नहीं रहा कि आपको भूख-प्यास..."

दीपनाथ विश्वास अब सुन नहीं रहा था शेख की, अपनी सोच रहा था, "क्या यह शेख क्षण-दो क्षण के लिए भी यहाँ से हट नहीं सकता? शायद अँधेरे में खिसक जाना संभव हो जाए! एक बार इस चारदीवारी से निकल तो जाऊँ, फिर तो...। मेरे पीछे जरूर दौड़ेंगे ये सब। याद नहीं कि पिछली बार मैं कब दौड़ा था, कितने साल पहले, मगर, जब मौत दौड़ी आ रही होगी मेरे पीछे, तो क्या मैं सबसे तेज नहीं दौड़ूँगा?...शेख बाहर जा रहा है क्या?...हे ईश्वर! हे ईश्वर!..."

शेख दरवाजे तक जाकर रुक गया था। उसने किसी को एक लालटेन ले आने के लिए आवाज लगाई और फिर वापस आ गया।

दीपनाथ तेजी से सोचने लगा था, 'इस बुड्ढे को मैं उठाकर पटक दूँ? और इससे पहले कि वह चीखे, उसके मुँह में कपड़ा ठूँस दूँ। मगर, कौन-सा कपड़ा? कमीज उतारकर रख लेनी थी।...इसकी नाक पर अगर एक जबरदस्त मुक्का मारूँ, तो क्या यह बेहोश हो जाएगा? मगर शेख सयाना है; मेरे दिल के भाव को मेरे चेहरे से ताड़ गया होगा; सावधान तो होगा ही; मेरा मुक्का ठीक इसकी नाक पर बैठे, यह मौका नहीं देगा। और फिर, पता नहीं, बाहर में कौन-कौन हैं, किस-किस को कहाँ-कहाँ बैठा रखा है इस निर्दयी ने। नहीं, शेख पर हमला नहीं किया जा सकता।'

शेख फिर बोलने लेगा था, "यह रात अब जल्द कट जाए, जल्द सुबह हो। रात बहुत भारी लग रही है..."

'रात बहुत भारी लग रही है,' शेख की इस 'रात' पर अटक गया वह। उसने खुफिया निगाहों से शेख के चेहरे को दोखा, 'क्या बोल गया शेख! रात बहुत भारी...' और फिर वह अन्दर ही अन्दर कलपने लगा, "इस शेख के जनानखाने में क्या कोई औरत नहीं है, न कोई माँ, न कोई बहन? कोई माँ इस बूढ़े का रास्ता नहीं रोक सकती, कह नहीं सकती?—'मैं एक माँ हूँ; मेरे भी बेटे हैं। जब तक मेरे बेटे सलामत हैं, आप किसी के बेटे पर हाथ

न उठाएँ। मैं एक माँ का दर्द जानती हूँ। जिस माँ का यह बेटा है, उसकी आह पड़ेगी मुझ पर। माँ हिन्दू या मुसलमान नहीं होती; माँ के लिए बेटा हिन्दू या मुसलमान नहीं होता। सुनिए, सुनते क्यों नहीं, खुदा मुसलमान नहीं है, वह माँ है...'

"कोई बहन इस बूढ़े के पैरों पर गिरकर उन्हें जकड़ नहीं सकती?—'यह भी तो किसी बहन का भाई है। मेरी ही तरह इसकी बहन भी तो अपने भाई के लिए खून दे सकती है, जान दे सकती है। मेरी तरह उसने भी तो दुआ माँगी होगी खुदा से अपने भाई के लिए। इस भाई पर रहम कीजिए, जान बख्श दीजिए इसकी।'

"नहीं," लम्बी साँस लेकर छोड़ी उसने, "इस जनानखाने में कोई औरत नहीं, कोई माँ, कोई बहन नहीं।"

शेख क्या-क्या तो बोले जा रहा था!

माँ की याद आ गई दीपनाथ को।

किस-किस के कोप से, कैसे-कैसे प्रकोप से बचा कर रखा था माँ ने उसे! आज माँ नहीं है न, माँ की गोद नहीं है न! न जाने किन-किन लोकों में दौड़ लगाकर ढूँढ़ निकाला होगा उसने पिताजी को और पूछा होगा, "मैं सिसवन गई थी। दीपू नहीं है वहाँ। कहाँ है, सिसवन में किसी को पता नहीं। कुछ पता है आपको?" इच्छा होती है उसकी, चीख पड़े वह, "मैं यहाँ हूँ, माँ, मुरादपुर में, एक कसाई के कब्जे में," अपनी चीख उस लोक तक पहुँचा दे जहाँ अभी भी उसकी माँ हर बरस जिताष्टमी करती होगी, मगर नहीं चाहता वह माँ को दुखी करना; चाहता है, अब माँ भूल जाए उसे।

उसे फूलो दीदी की याद आ गई।

ज्वरग्रस्त भाई के सिरहाने रात भर बहन जगी रह गई थी। उसने कहा था, "दीदी, अब तुम सो जाओ; मैं ठीक हूँ;" दीदी ने जवाब दिया था, "तुम बिलकुल ठीक हो जाओ, भैया; फिर मैं खूब सो लूँगी।" न जाने कब तक जगी रह जाएगी दीदी! कौन कहेगा उससे, "तुम सो जाओ; दीपू बिलकुल ठीक है?"

क्या-क्या तो बके जा रहा था शेख! तभी शेख का नौकर लालटेन लिए आया। ओसारे पर लालटेन रखकर वह जाने लगा, तो शेख ने उससे कहा, "नाश्ता तैयार हो गया होगा; ले आओ।"

लालटेन की रोशनी में शेख को अब दीपनाथ का चेहरा अधिक साफ नजर आ रहा था। शेख सुनाने लगा उसे दंगा के बारे में, इनसान-हैवान मुसलमान के बारे में, पीर-फकीर और खुदा के बारे में।

मुँह से निकलने के पहले मन की बात पर कितना मुलम्मा चढ़ाया जा सकता है!

हलुआ आया था दीपनाथ के लिए!

भूख उसे लगी थी क्या? मगर, प्यास जोरों की लगी थी। शेख के आग्रह पर उसने थाड़ा-सा हलुआ भी निगल लिया था।

शेख बाहर जाने के लिए उठते हुए बोला, "खाना जल्द ही तैयार हो जाएगा। आप खा-पीकर आराम से सो रहें। हम लोग तो आज रात सो नहीं पाएँगे। पूरे गाँव में रतजगा होगा। आप बेफिक्र होकर सोयें। सिसवन की ओर से किसी वारदात की खबर नहीं आई है।" और फिर उसने जाते-जाते कहा, "मैं लालटेन ओसारे पर ही रहने देता हूँ, और किवाड़ की जंजीर बाहर से लगा देता हूँ। जंजीर लगी रहे, तो इस कमरे में कोई नहीं आएगा।"

किवाड़ बन्द होने के बाद देर तक उसका दिमाग बिलकुल खाली रहा, मगर फिर उसमें ढेर सारी बातें आने लगीं और वह अपने आप पर झुँझला पड़ा, "मैं क्या बिलकुल बिसर गया कि मैं मौत की गिरफ्त में हूँ और मुझे अभी भी इस गिरफ्त से बाहर निकल जाने की कोशिश करनी चाहिए! मुसीबत के क्षणों में तो मूढ़-मतिहीन की खोपड़ी में भी जान बचाने की युक्ति कौंध जाती है, मगर मैं हूँ कि हूँ तो बुद्धिवाला, लेकिन बुद्धि पर पाला पड़ गया है। मैं शायद बिलकुल निराश हो गया हूँ, मगर आदमी को अन्त तक निराश नहीं होना चाहिए।"

आँखें मूँदकर और लम्बी साँस लेकर उसने अपनी बुद्धि और शक्ति का आह्वान किया और फिर अचानक एकदम ढीला होकर निरीह स्वर में अपने आप से पूछ बैठा, "मगर मैं क्या कर सकता हूँ?"

"मरता क्या नहीं करता!" उसने अपने आप को जवाब दिया, "कुछ कर सकता हूँ।" और कुछ कर गुजरने की कारगुजारी करिश्मा बन जाने के लिए उसके दिमाग में कुलबुलाने लगी, "ज्यों ही बूढ़े ने किवाड़ खोला था, उसे धक्का देकर निकल जाना था। होगा बाहर में शेख का नौकर अब्बास, कुछ और भी होंगे, मगर वे कुछ बेखबर होते और मैं पत्तातोड़ भागता। मर तो रहा ही हूँ; भागते हुए अगर पकड़ भी लिया जाता, तो एक के बाद कोई दूसरी मौत नहीं होती। और अगर भागने में कामयाब हो जाता, तो?...सिसवन... शीला...गुड़िया...राजू...!

"क्या यह आखिरी मौका था जो हाथ से निकल गया?...हे ईश्वर! एक मौका और।...बोलकर गया है, तो खाना लेकर जरूर आएगा।..."

और फिर मुक्तिमार्ग की ओर ले जानेवाले एक-एक कदम पर उसका ध्यान तेजी से जाने लगा,...धक्का, मुक्का, छलाँग, फलाँग, उड़ान, लँगी, पेच, पैतरा...जय बजरंग बली। अपने पूर्वाभ्यास में देर तक उलझा रह गया वह।

किवाड़ की जंजीर खनखनाई।

सारी शक्ति समेटकर तैयार हो गया वह।

दरवाजा खुला।

प्रकट हुआ शेख और उसके पीछे अब्बास।

वह पहला कदम उठाने ही जा रहा था कि शेख बोल गया, "खाना तैयार है; आप मैदान भी जाएँगे?"

क्या सचमुच?...ईश्वर ने सुन ली क्या?

बूढ़ा बोल रहा था, "अगर जाना हो, तो हो आएँ; पिछवाड़े में ही बगीचा है।"

"हाँ, जाऊँगा," उसने स्वर को भरसक संयत रखते हुए जवाब दिया, मगर बोलकर डर भी गया कि कहीं बूढ़ा खिलखिलाकर हँस न पड़े और हँसकर कह न बैठे, "यह संभव है क्या? जिस शख्स को अब तक कमरे में बन्द रखा, उसे खुले मैदान में जाने की इजाजत दे सकता हूँ?"

ऐसा कुछ नहीं कहा बूढ़े ने; उसने नौकर से कहा, "जाओ, एक लोटा पानी और टॉर्च ले आओ!"

आसमान में तारे निकल आए थे।

जिस बगीचे की ओर बूढ़े ने इशारा किया था, वह करीब एक फर्लांग की दूरी पर था। वह एक हाथ में टॉर्च और दूसरे में पानी भरा लोटा लेकर उधर बढ़ा।

बगीचे की ओर बढ़ते ही यह संशय उसके साथ हो गया कि अवश्य उसके पीछे-पीछे उस पर नजर रखता हुआ कोई आएगा और फिर लगा कि सचमुच कोई आ रहा है। पलटकर पीछे देखने की हिम्मत नहीं हुई उसे। बगीचे में घुसते ही उसने टॉर्च बुझा दिया।

अब वह खड़ा हो गया और पलटकर पीछे की ओर देखा।

निगाह मुरादपुर की मस्जिद पर चली गई। मस्जिद के ऊपर चारों कोनों पर चार मशाल जल रही थी। ऐसा लगता नहीं था कि वहाँ दूसरे गाँवों से आए हुए ढेर मुसलमान टिके हुए हैं। छत पर इक्के-दुक्के लोग टहलते हुए नजर आ रहे थे। कोई शोर नहीं था वहाँ; शायद बच्चे तक चुप थे।

फिर उसकी निगाह गाँव के दोनों छोरों पर गई। एक ओर आठ-दस छोटी-छोटी झोंपड़ियाँ थीं जिनसे करीब पन्द्रह-बीस हाथ की दूरी पर एक बड़ी-सी मशाल जल रही था जिसका प्रकाश काफी दूर तक फैला हुआ था। लगता था, घर के सारे लोग घर के बाहर हों, मुस्तैद, तैनात; घुसते-निकलते किसी को देखा नहीं जा रहा था। गाँव के दूसरे छोर पर एक बगीचा था। शायद सगीर का बगीचा यही था। बगीचा के सामने पाँच-सात मशाल जल रही थीं। बगीचे में लोगों की चहल-पहल स्पष्ट नजर आ रही थी।

ऐसा नजारा उसने जीवन में और कभी नहीं देखा था। उसे कुछ अजीब-सा लगने लगा था, लग रहा था कि वह सपनों में विचर रहा हो, किसी दूसरे लोक में चल रहा हो। वह सोच में पड़ गया, क्या इसी लोक में कहीं उसका सिसवन भी है जहाँ उसकी पत्नी और उसके बच्चे रह रहे हैं? कहीं ऐसा तो नहीं, वह संशयग्रस्त हो उठा, कि वह मारा जा चुका है और मरकर इस लोक में आ पहुँचा है?

उस स्वप्न लोक में भी उसने सिसवन का मुँह किया, कुछ और कदम चलकर बगीचे के पश्चिमी छोर पर आ खड़ा हुआ। बुत की तरह कुछ देर तक खड़ा रह गया था वह।

फिर वह झाड़ा फिरने की मुद्रा में बैठ गया। लोटा के साथ टॉर्च भी जमीन पर रख दी उसने, और फिर पैर से चप्पल भी निकाल डाली। धड़कते दिल से वह अँधेरे में चारों ओर झाँका और फिर उठ खड़ा हुआ।

चौकन्नी निगाहों से चारों ओर निहारते हुए उसने चार-पाँच लम्बे डग भरे और फिर बगटुट भागा पच्छिम की ओर, अपने सिसवन की ओर।

आगे खुला मैदान था, खुले खेत, कोई बंसवाड़ी-अमराई तक नहीं। बस एक डर अभी भी साथ चल रहा था कि अचानक किसी ओर से उस पर टॉर्च की रोशनी न फेंकी जाए। डर धीरे-धीरे पीछे छूटता जा रहा था उस बगीचे की तरह जो अब अँधेरे में आँखों से ओझल हो चुका था।

जब उसे लगा कि शेख की पकड़ ढीली हो चुकी है और वह उस पकड़ से फिसलकर बाहर निकल आया है, कि अमवारी और डूमरवालों के धावा बोल देने से मुरादपुरवाले गाँव छोड़कर उसके पीछे नहीं दौड़ पड़ेंगे, कि अब उसका पीछा नहीं किया जा रहा है, तब उसे थोड़ी देर सुस्ता लेने की इच्छा हुई।

वह रुककर दम लेने लगा।

अचानक अँधेरे में रोशनी चमकी, मगर दूर, उधर जिधर से आया था वह, बगीचे के आस-पास...नहीं, बगीचे में ही। एक साथ कई टॉर्च जल उठे थे। उधर से अस्पष्ट आवाजें आने लगी थीं। निगाह टिक गई उधर, कान उठ गए कुछ सुन लेने को, कौन हो सकते हैं ये सब, क्या कर रहे हैं?

उसे शंका हुई, उसकी खोज तो नहीं हो रही है!

बूढ़े शेख की तेज आवाज उसके कानों में पड़ी; वह सावधान हो गया। चार-पाँच मिनटों के बाद रोशनी बगीचे से बाहर आ गई, उसकी ओर बढ़ने लगी।

उसे पक्का विश्वास हो गया, उसकी ही खोज हो रही है।

वह सरपट भागा, तब तक भागता रहा जब तक उसके लिए रोशनी बुझ नहीं गई, किसी आवाज का आना बन्द नहीं हो गया। और तब उसे खयाल आया कि अभी तक लोग खेत-बहियार की ओर निकले हुए ही होंगे, अभी इतनी रात नहीं हो गई है कि उनका आना-जाना बन्द हो गया हो। वह डरा, कहीं ऐसा न हो कि उसे भागते हुए कोई देख ले, पकड़ ले, शोर मचा दे। मुसलमानों की बस्तियाँ बिखरी पड़ी हैं इस इलाके में। शोर सुनकर दौड़े आ गए लोगों की भीड़, क्या पता, मुसलमानों की ही हो! एक दीपनाथ विश्वास को मारने के लिए क्या किसी भीड़ की जरूरत है? हाथ में हथियार हो, तो एक मुसलमान काफी है उसके लिए। हथियार न हो, मुस्टंड ही हो वह मुसलमान; पटककर दुगदुगी तो दबा ही सकता है।

किसी सुरक्षित जगह में रुककर रात काट देने की इच्छा जोर मारने लगी उसके मन में। वह उन क्षणों की कल्पना करने लगा जब रात बीत गई होगी, वह घर पहुँच गया होगा, बीची-बच्चे उसे घेरकर बैठे हुए होंगे और वह उन्हें कत्लगाह से अपने बचकर निकल आने का पूरा किस्सा सुना रहा होगा...

वे क्षण आएँगे तो! उन क्षणों का सुख उसे छूने लगा था।

उसने देखा कि उसकी बायीं ओर कुछ दूर पर एक विशाल पेड़ खड़ा है। वह उधर ही बढ़ गया। पेड़ से पहले एक कच्ची सड़क मिल गई। वह ठिठककर सोचने लगा, वह कौन-सी सड़क है, कहाँ से कहाँ जाती है, आस-पास कोई टोला-बस्ती तो नहीं है। कुछ भी अन्दाजा नहीं लगा पाया वह।

वह सड़क पार कर पेड़ के पास जा पहुँचा।

कोई और वक्त रहता, वह देखता कि पेड़ कौन-सा है, बरगद, पीपल या आम का; वह डरता कि पेड़ पर किसी भूत-प्रेत का वास तो नहीं है; वह जाँचता कि पेड़ में कोई खोड़रा तो नहीं है जिसमें कोई विषधर बैठा हुआ हो। कुछ देखा-सोचा नहीं उसने और झटपट पेड़ पर चढ़ गया।

बिना गिरे-फिसले पूरी रात गुजारने के इरादे से अभी उसने एक मोटी डाल पर आसन जमाया ही था कि कानों में टुनटुन की ध्वनि पड़ी। वह चौंक

गया, घंटी गाछ पर टुनटुनाई है क्या? वह थरथरा गया, कूद पड़े नीचे? गिर न पड़े, इसलिए दोनों हाथों से कसकर डाल पकड़ ली उसने।

घंटी फिर टुनटुनाई, लगातार टुनटुनाने लगी।

उसने गौर किया, आवाज दूर से आ रही थी, मगर बढ़ी आ रही थी उसकी ही ओर। उसने आवाज की दिशा में निगाह दौड़ाई। अँधेरे में भला क्या सूझता! मगर सूझा, एक भुक! लुत्ती की तरह कुछ जल उठा था, फिर बुझ गया, और फिर भुक।

उसके बदन में झुरझुरी पैदा हो गई; यह राकस है क्या? इस गाछ पर ही तो नहीं रहता है? कब निकला था जो अभी ही वापस आ रहा है? इस गाछ पर ही अब चढ़ेगा क्या?

वह दम साधे उस भुक की ओर देखता रहा और सोचता रहा कि अब निस्तार नहीं है।

अचानक अँधेरे में भुक से कुछ अधिक दिख गया उसे। लो! यह तो बैलगाड़ी चली आ रही है। बैलों के गले में घंटियाँ बँधी थीं और गाड़ीवान सुट्टे मार-मारकर बीड़ी पी रहा था।

अब मन में कुछ और ही मंथन शुरू हआ—कहाँ से आ रही है यह टप्परवाली बैलगाड़ी और जा कहाँ रही है? क्या गाड़ीवान को पता नहीं कि इलाके में दंगा फैला हुआ है? वह हिन्दू है या मुसलमान? टप्पर के भीतर कौन हैं, औरत? लठैत-भड़ैत तो नहीं? हथियार तो नहीं ढोए जा रहे हैं एक गाँव से दूसरे गाँव?

दीपनाथ इन्हीं प्रश्नों में उलझा रहा और बैलगाड़ी सामने से गुजरकर दूर चली गई। उसने मन को पक्का किया कि अब किसी आवाज पर, कुछ देखकर, किसी आफत में घबराएगा नहीं।

भोर होने के बाद क्या कोई खतरा नहीं है? अचानक यह प्रश्न बिजली की तरह कौंधा उसके मस्तिष्क में। आज की रात न जाने कितने घर जलेंगे, कितनी हत्याएँ होंगी! भोर तक सब शान्त हो जाएगा क्या? बदले की आग सुबह होने तक बुझ जाएगी? मुसलमानों की बस्ती होकर वह बेखौफ गुजर

सकेगा? मुसलमान डरेंगे सूरज से? नहीं, उसने अच्छी तरह सोचकर देख लिया, ऐसा नहीं होगा। अभी तो लोग कई-कई दिनों तक राह-पगडंडी पर पैर नहीं धरेंगे। तो फिर क्या सोचकर वह बैठ गया गाछ पर?

जिस फुरती से वह गाछ पर चढ़ा था, उससे कुछ अधिक फुरती से वह नीचे उतरा और पच्छिम की राह पकड़ ली। करीब आधा कोस निकल जाने के बाद अचानक मन में खटका हुआ कि वह सही दिशा में बढ़ रहा है या नहीं। रुककर सोचने लगा वह। वह भ्रमित हुआ और उसे कई पच्छिम नजर आने लगे। उसे याद आया कि वह बिलकुल नाक की सीध में नहीं बढ़ा था, कई जगह मेड़ों पर चला था जो बिलकुल सीधी नहीं थीं। और गाछ से उतरने के बाद जिस दिशा को पच्छिम मानकर चला था, वह क्या सचमुच पच्छिम था? उसने आसमान की ओर देखा, मगर वहाँ सूरज नहीं था, तारे जगमगा रहे थे, और तारे देखकर दिशा का पता लगा लेना उसने सीखा नहीं था। वह असमंजस में पड़ गया, अब क्या होगा? उसे डर हुआ, कहीं ऐसा न हो कि घूमते-घामते वह फिर मुरादपुर पहुँच जाए, उसी बगीचे के पास जहाँ से निकल भागा है वह, या इस बार शायद सगीर के बगीचे में जहाँ अब सारे कातिल मशाल बुझाकर बैठे हुए होंगे।

हर बगीचा मुसलमान हो गया उसके लिए!

जी को कड़ा कर उसने एक दिशा को पच्छिम माना और उधर बढ़ गया।

कुछ देर चलते रहने पर उसके कान में कुत्तों के भूँकने की आवाज आई। वह समझ गया कि पास ही कोई गाँव है, और उसकी इच्छा यह पता लगा लेने की हुई कि गाँव हिन्दुओं का है या मुसलमानों का। वह कुत्तों की ओर यह सोचकर बढ़ा कि कुछ दूर से ही देख लेगा कि गाँव में कोई मन्दिर है या नहीं, मन्दिर का कलश नजरों में आ रहा है या नहीं, हनुमान-ध्वजा वाला बाँस किसी आँगन में गड़ा हुआ है या नहीं।

कुछ दूर से कुछ भी दृष्टिगोचर नहीं हुआ उसे और हिम्मत नहीं हुई कुछ और समीप चले जाने की। हो सकता है, गाँव मुसलमानों का हो। उसे

डर हुआ कि अगर एक कुत्ते की नजर भी उस पर पड़ गई, तो फिर देर नहीं लगेगी गाँव के सारे कुत्तों को उसकी तरफ दौड़ आने में। इतने सारे कुत्तों की भों-भों सुनकर कौन सोया रहेगा घर के अन्दर! और घर से बाहर निकलेगा कोई बगैर हथियार के? तब वह भाग पाएगा? मुसलमान तो बाद में, पहले तो मुसलमानों के कुत्ते ही उसे खदेड़कर चीथ डालेंगे।

उसने कदम लौटा लिए। जिस जान को बहुत सँभालकर लाया था वह यहाँ तक, उसे किसी बेवकूफी में गँवा देना नहीं चाहता था। यहाँ से अपना सिसवन अब दूर ही कितना होगा, उसने अनुमान लगाया, कोस-डेढ़ कोस, घंटा-डेढ़ घंटा।

उसने फिर सिसवन की राह पकड़ ली।

थोड़ी ही दूर चला था वह कि उसके कानों में किसी चिड़िया के बहुत बुरी तरह चीखने की आवाज पड़ी। उसके कदम आप से आप रुक गए। इस चीख ने उसे डरा दिया था। आवाज कुछ दूर से आई थी, मगर बहुत तेज, बहुत कर्कश थी। वह सोच में पड़ गया, क्या यह चिड़िया रात के इस पहर में हर रात इसी तरह चीखती है या...? कुछ कह तो नहीं रही है चिड़िया उससे? आगे कोई खतरा तो नहीं है?

चिड़िया की चीख दुबारा नहीं सुनी उसने। दुबारा चीखकर भी चिड़िया शायद उसे नहीं रोक पाती। कैसे जान पाता वह कि चिड़िया हिन्दू थी या मुसलमान! वह आगे बढ़ गया।

चलते हुए उसने नजर दौड़ाई, तो नहर दिख गई, सिमरौनीवाली नहर। नहर पकड़ लेने का खयाल उसके दिमाग में आया। कोस-डेढ़ कोस का चक्कर जरूर था, मगर तब राह भटकने की गुंजाइश नहीं थी। वह नहर की ओर बढ़ गया, मगर नहर पर चढ़ते ही उसे अपनी भूल का अहसास हुआ और वह झटपट नीचे उतर आया। इलाके में नहर के रास्ते रात भर चालू रहते थे, मगर उन पर केवल चोर-डाकुओं का आना-जाना होता था। और फिर आज की रात, उसने मन में सोचा, दंगे के डर से जो इधर-उधर भागे होंगे, वे सबके सब नहर पर ही आ गए होंगे। जिस बड़गच्छी की बगल

से गुजरती है यह नहर, वहाँ के मुसलमानों की नजर क्या इस नहर पर नहीं होगी! नहर मुसलमान हो गई थी।

नहर से उतरते वक्त वह फिसलकर एक गड्ढे में गिर गया। गड्ढा मामूली था, मगर उसमें पड़ी कुछ सूखी काँटेदार टहनियों से खरोंचें लग गई थीं उसे। काँटों से खुद को छुड़ाकर और गिरने से देह में लग आई मिट्टी को झाड़कर किसी चोट या दर्द से बेखबर वह आगे बढ़ने लगा।

अब वह तेज-तेज चलने लगा था।

अचानक झटका लगा और पाँव रुक गए उसके। सामने कुछ दूर अँधेरे में एक विशाल आकृति पर नजर पड़ गई थी। कोई दैत्य कमर पर हाथ बाँधे खड़ा था। दैत्य का मुँह बिलकुल उसकी ओर तो नहीं था, पर शायद वह कनखियों से उसे देख रहा था। उसके देवता कूच कर गए, देह बोझिल होने लगी और दम सूखने लगा। उससे पीछे भागते नहीं बना। दैत्य बिलकुल हिल-डुल नहीं रहा था। मगर उसका एक कदम भी दीपनाथ की ओर बढ़ता, तो शायद दीपनाथ अपनी चीख रोक नहीं पाता और मूर्च्छा खाकर गिर पड़ता। वह निश्चेष्ट-सा धीरे-धीरे जमीन पर बैठ गया। उसे डर लग रहा था कि रास्ता रोककर खड़ा यह दैत्य उसे लड़ने के लिए ललकार न बैठे। बैठे-बैठे ही कुछ तिरछा होकर वह पीछे की ओर सरकने लगा। देर तक सरकता रह गया था वह। जब उसे लगा कि अब वह दैत्य की नजरों से ओझल हो गया है, तो वह उठ खड़ा हुआ और लपझप चाल से पच्छिम की ओर भागा।

पानी में पैर पड़ते ही वह चौंक गया। कुछ अगल-बगल चलकर देख आया वह, पानी ही पानी। लगता था, कोई लम्बी धार हो। वह सोच में पड़ गया, सिसवन के रास्ते में धार? यह कहाँ आ गया वह? सिसवन पीछे तो नहीं छूट गया? यह विश्वास तो था उसे कि वह कहीं सिसवन के आस-पास ही है, मगर कहाँ, यह जानकारी नहीं हो रही थी उसे। और तब उसे उस दैत्य का खयाल आ गया जो अब उसके लिए कोई दैत्य नहीं, रातों में विचरण करनेवाला वह पिशाच था जो राहगीरों को भटकाते हैं, उन्हें पानी के पास ले

आते हैं और पानी में घुसते ही उन्हें दबोचकर पानी के अन्दर की जमीन पर मुँह रगड़ते हैं और पानी पिला-पिलाकर मार डालते हैं।

वह हड़बड़ाकर कई कदम पीछे लौट आया।

अब क्या करे वह? अगर पिशाच ने उसे पानी तक पहुँचाया है, तो अवश्य वह यहीं कहीं आस-पास होगा। अगर मौत आगे है, तो पीछे भी है। उसने हिम्मत बटोरी, इस बात पर ध्यान रखा कि वह होश में रहे, भीमकाय पिशाच से लड़ने के लिए मुट्ठियाँ बाँध लीं और आगे की ओर कदम बढ़ा दिया।

हर कदम सँभालकर रख रहा था वह, बार-बार पीछे की ओर मुड़कर देखते हुए।

पानी बढ़ता ही जा रहा था।

यह कोई नदी नहीं थी, ऐसा लगा उसे। पानी की सतह पर घास-पौद नजर आ रही थी। यह विश्वास किया जा सकता था कि अगले कदम पर पानी कम मिले, पानी कमता चला जाए और फिर सूखी जमीन मिल जाए पाँव रखने के लिए।

पानी में उगे झाड़-झंखाड़ों से खरोंच खाते हुए वह छाती तक पानी में पहुँच गया।

पिशाच अब तक नहीं आया था।

रुआँसा हो उठा वह। उसने निर्णय लिया गले तक पानी में उतरने का, उसके बाद नहीं। तैरना उसे नहीं आता था।

बहुत सावधानीपूर्वक उसने कदम बढ़ाया, पहला, दूसरा, तीसरा, और फिर धड़धड़ाते हुए पानी पार कर सूखी जमीन पर आ गया।

ऊपर आते ही वह धम्म से जमीन पर बैठ नहीं गया, गिर गया। वह लस्त-पस्त हो गया था। थोड़ी देर सुस्ता लेने की इच्छा हो रही थी उसकी। उसने आसमान की ओर देखा और अपने चारों ओर घिरे अँधेरे को। उसे लगा कि रात आधी बीत चुकी है। सुस्ताने का खयाल उसने झटक दिया; नींद आ जाने का डर था। उसे डर था कि अगर नींद आ गई, तो सुबह से

पहले नहीं टूटेगी। उसे डर था कि सूरज के उगते ही वह एक की बजाए सौ पिशाचों से घिर जाएगा।

वह उठ खड़ा हुआ और आगे बढ़ा।

अरे, पानी!

चारों ओर पानी। जिस सूखी जमीन पर पहुँचा था वह, धार के बीच उग आया एक टीला था वह तो। कुछ सोचने के लिए वह रुका नहीं। मगर दो-चार कदम चलते ही उसे लगा कि वह किसी गड्ढे की ओर बढ़ रहा है। उसने कुछ दाएँ-बाएँ चलकर भी देख लिया, गहराई हर जगह बराबर थी। छाती भर पानी के बाद, लगा, हाथी का डुबाव था। वह घबराकर पीछे लौट आया।

अब वह अकबकाया-घबराया हुआ था। उसे लगा कि उसकी सारी शक्ति निचुड़ गई है और अब वह अपनी प्राण-रक्षा नहीं कर सकता; लगा कि अब अगर पानी में पैर बढ़ाया उसने, तो अवश्य जल-कुंड में जा डूबेगा। हाथी-डुबाव पानी अब उसे यहीं रोककर रखे रहेगा, आगे बढ़ने नहीं देगा, ऐसा विश्वास हो गया उसे।

वह रोने लगा। दीपनाथ विश्वास शीला और बच्चों को याद कर सिसकियाँ भरने लगा।

सिसकियाँ धीरे-धीरे बन्द हो गईं; रोना रुक गया। उसने आँसू पोंछकर अँधेरे में चारों ओर नजर दौड़ाई। दूर, बहुत दूर, दक्षिण दिशा में प्रकाश की एक क्षीण रेखा दिखाई पड़ी। वहाँ किसी टोला-बस्ती का अहसास हुआ उसे। उसके मन में आया कि वह चीख-चीखकर अपनी आवाज उस बस्ती के लोगों तक पहुँचाए। मगर क्या यह सम्भव है? वह सोचने लगा, यह सम्भव है कि उसकी चीख इतनी दूर तक पहुँच जाएगी? रात में सिमरौनी के ढोल की आवाज सिसवन तक पहुँच जाती है। तब जरूर उसकी चीख भी इतनी दूरी तय कर लेगी। मरता हुआ आदमी किसी भी ढोल से अधिक चीखेगा। तो क्या वह चीखे?...ब...चा...ओ...

मुरादपुर से निकल भागने के साथ ही उसके दिमाग में यह बात आ गई थी कि दंगे की आग में अब पूरा इलाका जल रहा होगा। लोग रात की

तैयारियों में जुट गए होंगे, जान बचाने के लिए, जान मारने के लिए। आग खबर ले रही होगी कि फूस कहाँ-कहाँ है। फौजें तैयार की जा रही होंगी, हथियार जुटाए जा रहे होंगे। मन्दिरों और मस्जिदों में गहमागहमी होगी। सोये देवता जगाए जा रहे होंगे, खुदा को हंकार पड़ रही होगी।

और ऐसे में कहीं, कभी, किसी ओर से उसके कानों में आवाज पहुँचेगी, 'हर हर महादेव।' और तब, उसने सोच लिया था, वह अपना रास्ता छोड़कर उस आवाज की ओर दौड़ पड़ेगा अपनी आवाज बुलन्द करते हुए।

मगर, उसने देखा, सब कुछ गुपचुप चल रहा था। सोये देवता टहोका देकर जगा दिए गए थे; खुदा के कानों में फुसफुसाहटें पहुँची होंगी।

ऐसे में वह चीखे? उसकी चीख पर 'हर हर महादेव' की बजाए 'अल्लाहोअकबर' आ गया, तो?

रात की कालिमा धीरे-धीरे फटने लगी थी।

उसने निर्णय लिया कि वह वापस लौट जाए और फिर धार के किनारे-किनारे वहाँ तक चलता जाए जहाँ इसका पानी कम हो और इसे बिना किसी खतरे के पार कर लिया जाए। ऐसी जगह जरूर होगी और, उसे विश्वास था, इतनी दूर नहीं होगी कि चलते-चलते भोर हो जाए। उसने मान लिया, रात अभी बहुत बाकी है।

लौटने के क्रम में वह टीले से बायीं ओर चल पड़ा। पानी कम ही था। चलते हुए वह दो-एक कदम बगल में बढ़ाकर पानी की थाह लेता रहा। उसे महसूस हुआ कि जिस गड्ढे से वह बाहर निकल आया था, वैसा गड्ढा उधर नहीं है।

उसे वापस लौटना नहीं पड़ा। उसने ढूँढ़ लिया एक नया देश, एक नया महादेश।

और इस नए महादेश में आते ही वह फिर पच्छिम की ओर भागने लगा।

उसे बेहद थकान का अनुभव होने लगा था, पैर भारी लगने लगे थे और यह डर सताने लगा था कि कहीं वह गिर न पड़े, इस तरह कि उठना और आगे बढ़ना असम्भव हो जाए। वह गिरा, कितनी ही बार गिरा, मगर

हर बार मन को समझाया कि अभी उसके पाँवों में बल है, अभी वह बहुत दूर तक चल सकता है, कि वह गिर तो पड़ा था कोई ठोकर लग जाने से।

हर बार वह जोर लगाकर उठ खड़ा होता, चल पड़ता, दौड़ पड़ता। और अब उसे महसूस हो रहा था कि उस निस्तब्ध, निर्जन रात्रि में उसके साथ इतिहास दौड़ रहा है, नियति दौड़ रही है।

और, यह क्या, आगे-आगे एक सियार भी दौड़ रहा है!

सियार पर नजर पड़ी नहीं कि उसके पाँव आप से आप रुक गए। जो सियार आगे-आगे दौड़ रहा था, उसने उलटकर देखा और वह भी रुक गया। शरीर में सनसनी-सी महसूस हुई दीपनाथ विश्वास को, यह क्या हो रहा है? कब से दौड़ा चला आ रहा है यह सियार? अगल-बगल भागता क्यों नहीं? किस आशा में दौड़ रहा है वह साथ-साथ?

एक दृश्य उभर आता है उसके दिमाग में—कहीं किसी निर्जन झाड़ी-मैदान में एक आदमी अधमरा पड़ा है, जिसके प्राण तो हैं, मगर कोई शक्ति शेष नहीं है। गीदड़-सियार पहुँच जाते हैं उसके पास और उसे बेजान जानकर अपना आहार बना लेना चाहते हैं। वे दाँत गड़ाते हैं; अधमरे के शरीर में हरकत होती है; वे कुछ पीछे सरककर देखते हैं कि सुगबुगाने भर से अधिक का सामर्थ्य तो नहीं है उसके पास। आश्वस्त होकर वे फिर आगे बढ़ते हैं, दाँत गड़ाते हैं उसकी देह में, जिधर जी चाहे घसीट ले जाते हैं और चीथ देते हैं उस देह को।

खौफ समा जाता है दीपनाथ के मन में—क्यों दौड़ रहा है यह सियार मेरे साथ-साथ? क्या इसने मुझे गिरते देख लिया है? क्या यह इस लोभ में दौड़ रहा है कि मैं दूसरी बार कब गिरता हूँ, कब इस तरह गिरता हूँ कि फिर उठ नहीं पाता? इस सियार को कोई ऐसी गन्ध तो नहीं मिल गई है कि मैं अब गिरने ही वाला हूँ।

सावधान हो जाता है दीपनाथ, सुस्ताता है थोड़ी देर, हिम्मत और ताकत बटोरता है। और फिर खेत से मिट्टी का एक ढेला उठाकर उस दिशा में फेंकता है जिधर सियार आगे बढ़ गया है। मिट्टी के तीन-चार ढेले हाथों में रख लेता है वह और बहुत सँभल-सँभलकर, आहिस्ते-आहिस्ते अपने कदम

आगे बढ़ाता है। नजर दौड़ाने पर भी अँधेरे में कोई सियार उसे नहीं सूझता, मगर उसे लगता है कि उसकी नजरों से बचकर अँधेरे की ओट में सियार अभी भी उसे घूरते हुए साथ-साथ चल रहा है।

उसे महसूस होता है कि थककर चूर हो गया है वह और एक-एक कदम जोर लगाकर उठाना पड़ रहा है उसे। ऐसे में, थाह नहीं पाता वह, कितनी देर, कितनी दूर तक चल पाएगा! सिहरता है वह, न जाने कितनी दूर है सिसवन, उतनी दूर तो नहीं जहाँ इस पच्छिम का भी अन्त हो जाता है!

वह डगमगाता है जरूर, मगर ठेलता है अपने आप को आगे की ओर। और अब उसे लगता है कि वह अपनी शक्ति से नहीं चल रहा है, किसी ईश्वरीय शक्ति से भी नहीं; अब यह शक्ति सिसवन से मिल रही है उसे, शीला से, गुड़िया से, राजू से। पैरों में कोई अदृश्य डोर बँध गई है और वह खिंचा जा रहा है अपने घर की ओर।

किसी पेड़ पर कोई चुहचुही बोली।

अँधेरा खिसकने लग गया था और फैलते उजास में कुछ दूर तक देख पा रहा था अब वह। पेड़-पौधे, झाड़-पात स्पष्ट नजर आने लगे थे उसे।

कच्ची, चौड़ी सड़क दूर से ही दीख गई उसे। इलाके की हर सड़क से परिचित वह तुरन्त जान गया कि इतनी चौड़ी सड़क बस एक ही है इस इलाके में, सिसवन से सिमरौनी जानेवाली सड़क।

और तब यह भी तुरन्त जान गया कि वह भटक गया है, मुरादपुर से सीधे अमवारी और डूमर की बगल से गुजरने की बजाए वह बड़गच्छी की बगल से गुजरा है, खतरों के बीच से होते हुए। उसे लगा कि अभी वह डूमर-सिमरौनी के बीच में कहीं है, शायद कुरथी के आस-पास। उसने अन्दाजा लगाया कि उसे कोस-दो कोस का चक्कर लग गया है और अगर वह भटका नहीं होता, तो अब तक सिसवन पहुँच गया होता। उस सड़क से आगे बढ़ने में अभी भी खतरा था, सड़क के किनारे आगे भी मुसलमानों की बस्तियाँ थीं। मगर इस सड़क को अब वह छोड़ नहीं सकता था; इसी सड़क पर कहीं उसका सिसवन था।

सड़क से कुछ दूर रहकर सड़क के साथ-साथ चलने लगा वह।

थोड़ी दूर चला था वह कि उसकी नजर एक बगीचे पर चली गई। बड़ा-सा आम का बगीचा। उसने बगीचे पर आँख गड़ाई और सोचने लगा, यह भैरो सिंह का बगीचा तो नहीं है? वह कुछ और आगे बढ़ा, तो आह्लादित हो उठा उसका मन...हाँ, कुआँ भी है, मचान भी है, और उधर वह कटहल का पेड़...

यह बगीचा हिन्दू था। जो पगडंडी यहाँ से सिसवन जाती थी, वह उसकी देखी हुई थी; सिसवन जानेवाली सड़क से अधिक वह इस पगडंडी को पहचानता था।

शक्ति का ऐसा संचार हुआ उसमें कि उसे लगा, अब वह दौड़ लगा सकता है यहाँ से सिसवन तक, कि अब उसे दौड़ जाना चाहिए। यह सोचकर मुस्करा उठा वह कि इस पगडंडी पर, बगीचे से घर तक की, बचपन की एक और दौड़ बाकी ही रह गई थी, जिसे अब पूरी कर लेनी है उसे।

लपझप चाल से, लगभग दौड़ता हुआ, वह आगे बढ़ता है। वह हाँफता है, गिरता है, रुककर कभी-कभी दम भी लेता है, मगर फिर दौड़ता है अपने सिसवन की ओर।

घड़ी भर के लिए उसके मन में खयाल आता है कि वह सचमुच दौड़ रहा है या किसी एक ही जगह खड़ा होकर कवायद कर रहा है, एक दो एक, एक दो एक। वह अगल-बगल झाँककर देखता है, खेत-पतार पीछे छूट रहे हैं, पेड़-पौधे पीछे भाग रहे हैं...तो फिर, वह खुश होता है, वह जरूर आगे बढ़ रहा है।

सिसवन का विद्यालय है तो गाँव से बाहर, मगर दूर नहीं। यहाँ से गाँव तक आने में लगते होंगे पाँच-सात मिनट, दौड़कर आने में उससे आधा। गाँव में घुस जाने पर उसके घर की दूरी दो या तीन मिनट की।

दीपनाथ दौड़ते हुए विद्यालय तक पहुँच जाता है, मगर यहाँ पहुँचते ही जमीन पर गिर पड़ता है वह, बगैर किसी ठोकर के।

कोई घबराहट नहीं होती उसके मन में, अब घर है ही कितनी दूर! इस बार जो उठकर दौड़ेगा वह, वह जानता है, तो घर तक पहुँचने के बहुत

पहले ही घर का दरवाजा ठकठकाने के लिए उसका हाथ उठ जाएगा... शीला! दरवाजा खोलो...

वह उठता है...नहीं, उठता नहीं, उठने की कोशिश करता है। हे राम! यह क्या हो गया? जाँघों में कोई जान ही नहीं, बिलकुल भोथरी! सारी शक्ति शेष हो गई क्या अपने गाँव को देखकर? मगर, घबराहट होती है उसे, अभी वह अपने घर नहीं पहुँचा है, और जब दंगा फैला हुआ है, तो जो घर में नहीं है, वह घर के पास होकर भी दूर है।

तो क्या वह चीखे? चीखने का खयाल आता है उसके मन में—हाँ, अब वह चीख सकता है। मगर क्या चीखे, हर हर महादेव?...कुछ भी। अब क्या डर? चीख पर सैकड़ों लोग दौड़ पड़ेंगे, 'हर हर महादेव, हर हर महादेव...' और कोई नहीं, तो रुदल साह अवश्य जगा होगा। गाँव का पहला घर उसी का है, चोर-डाकुओं का भय सबसे अधिक उसे ही सताता है, और आधी रात के बाद रात आँखों में काट लेता है वह।

वह चीखता है...नहीं, चीखता नहीं, चीखने की कोशिश करता है...हो ऊँ ऊँ ऊँ...यह क्या? आवाज क्यों नहीं निकलती?...

कुछ देर सुस्ताकर फिर चीखता है वह; ऊँ ऊँ से शुरू होकर आवाज ऊँ ऊँ में खत्म हो जाती है। वह चीख नहीं पाता।

उठने के लिए फिर जोर लगाता है वह, उठ नहीं पाता, उठने की कोशिश में आगे घिसट पड़ता है।

वह घिसटते हुए आगे बढ़ने लगता है।

रुकते, सुस्ताते, दम लेते घंटा गुजर जाता है उसे घिसटते हुए।

गाँव का पहला घर दिखाई पड़ता है उसे। उसे पता भी नहीं चलता कि कब से आँखों से आँसू बहते चले आ रहे हैं।

दम फूलने लगता है उसका। रुदल साह का घर जब पन्द्रह-बीस हाथ की दूरी पर होता है, तो वह कुछ अधिक देर तक रुककर अच्छी तरह सुस्ता लेना चाहता है। इस बात पर लज्जा आती है उसे कि वह घिसटते हुए घर पहुँचेगा। उसे डर होता है कि झाबो मंडल का कुत्ता उसे अवश्य घेरेगा।

उठने की एक और कोशिश; चीखने की एक और कोशिश। हर कोशिश बेकार जाती है।

लम्बी साँस छोड़कर फिर आगे बढ़ता है वह।

"कौन?" एक आवाज टकराती है उससे।

आवाज रुदल साह की नहीं है।

वह सिर उठाकर देखता है, बिलकुल सामने आ खड़ा हुआ है हाथ में हथियार लिए एक मुस्टंड मुसलमान!

एक गुँगुआती चीख के साथ वह अचेत हो जाता है।

बेहोशी के बाद का किस्सा दीपनाथ को उसकी पत्नी ने सुनाया था, "रोज की तरह सकूर मियाँ हाथ में लाठी लिए अपने खेतों की ओर निकला था। उसने बहुत दूर से ही आपको घिसट-घिसटकर आते देख लिया था। देर तक तो वह यही सोचता रह गया कि इस तरह चलनेवाला कोई आदमी है या जानवर। जब उसने देख लिया कि यह आदमी ही है, तो वह सोच में पड़ गया। वह सोचने लगा कि गाँव में तो ऐसा लँगड़ा कोई नहीं है और बाहर से कोई लँगड़ा इस वक्त गाँव में क्यों घुसेगा! तब उसे शंका हुई कि अवश्य यह कोई डाकू है जो रात में आस-पास के किसी गाँव में डाका डालने के दौरान जख्मी हुआ है और अपने दल से पिछड़कर अब जान बचाने के लिए कोई ठौर खोजने इधर बढ़ता चला आ रहा है। तब भी सकूर तुरन्त आपकी ओर नहीं बढ़ गया, क्योंकि उसे डर था कि दल के और लोग अवश्य उसे ढूँढ़ रहे होंगे और ढूँढ़ते हुए भी वहाँ पहुँच जाएँगे। वह छिपकर आपको देखने लगा था। जब बिलकुल गाँव के मुँह पर आकर आप सुस्ताने लगे थे और सकूर ने देख लिया कि आपके पीछे दूर तक कोई नहीं है, तो वह आपके पास तक चला गया और पूछ बैठा, 'कौन?'

"सकूर की आवाज पर आपने उसकी ओर नजर उठाई थी, उसे घूरा था, और एक दर्दनाक चीख के साथ आप बेहोश हो गए थे। शायद

आपने उसे कोई भूत समझ लिया था। सकूर ने तब तक नहीं पहचाना था आपको। वह दौड़ा-दौड़ा गाँव आया और ढेर सारे लोगों को साथ लेकर आपके पास पहुँचा। लोगों ने आपको पहचाना और तब कंधे पर लादकर यहाँ ले आए।"

दीपनाथ होश में आया था बिस्तर पर डाल दिए जाने के थोड़ी देर बाद। आँखें खोलते ही उसने देखा कि कमरा लोगों से अँटा पड़ा है, शीला की आँखों से आँसू बह रहे हैं और गुड़िया-राजू बिलख-बिलखकर रो रहे हैं। वह किसी इशारे से रोक नहीं पा रहा था उन्हें रोने से और केवल टुकुर-टुकुर निहार रहा था उन्हें।

उसका उपचार शुरू हो गया था। पानी-मिट्टी से सने उसके कपड़े बदल दिए गए और गरम पानी से उसका पूरा शरीर धो डाला गया। फिर सरसों तेल से उसके शरीर की मालिश की गई। उसके तलुवों से सौ से ऊपर काँटे निकाले गए।

रह-रहकर उसकी आँखें बन्द हो जाती थीं और फिर देर तक बन्द रह जाने के बाद कभी किसी आवाज पर या अपने ही अंगों के हिल-डोल पर खुल जाती थीं। कभी-कभी यह अन्तराल इतना लम्बा होता कि उसे नींद पड़ जाती और तब वह दु:स्वप्नों से ग्रस्त हो जाता। ऐसे में कभी तो वह अपना हाथ या पैर जोर से झटकता और कभी-कभी गुँगुआने लगता।

दीपनाथ की दशा देखकर बहुत पहले ही लोग इस निष्कर्ष पर पहुँच चुके थे कि उसके साथ भूतों ने उठा-पटक की है और रात भर वह भूतों की गिरफ्त में रहा है। आस-पास के ओझा-गुणियों को बुला लाने के लिए लोग रवाना कर दिए गए।

दीपनाथ लगातार गुमसुम लेटा रहा। उसके होश में आने के बाद भी देर तक इलाके के भूतों की चर्चा उसके सामने होती रही, मगर वह बोला नहीं कि मामला भूत का नहीं है। ओझा-गुणियों को बुला लाने के लिए जब लोग चले, तब भी उन्हें जाने से मना करने के लिए न तो वह कुछ बोला और न कोई इशारा ही किया। कभी-कभी जब उसकी नजरें लोगों से टकरातीं और

लोग पूछ बैठते कि तबियत कैसी है, या उसे कुछ याद आ रहा है या नहीं कि उसके साथ क्या हुआ था, तो वह कोई जवाब देने की बजाए अपनी नजरें घुमा लेता या धीरे-धीरे मूँद लेता अपनी आँखें।

भोर का प्रकाश फैलने लगा था।

उसका कंठ उसकी रुलाई के साथ फूटा।

पत्नी पर निगाहें टिकाकर बहुत देर तक निहारता रह गया था वह उसे और फिर अपनी दोनों बाँहें उसकी ओर फैला दी थीं। शीला उसकी ओर झुक आई थी। पत्नी के कंधे पर सिर रखकर वह फूट-फूटकर रोने लगा था। उसके बोल फूट चुके थे। उसने बच्चों को अपनी ओर खींचा, उन्हें कलेजे से चिपकाया और फिर उन्हें चुप किया, "अब मैं ठीक हूँ, बेटे; मैं बिलकुल ठीक हूँ।" इस बार जब पत्नी ने उससे पूछा कि कुछ खाने की इच्छा उसे हो रही है या नहीं, तो पहले की तरह वह चुप नहीं रह गया, बोला, "हाँ, शीला, कुछ खाऊँगा; मुझे भूख लगी है।"

उसे नींद भी लगी थी; बेहद थका हुआ था वह। मगर वह सोने से डर रहा था। उसे डर लग रहा था कि नींद पड़ते ही वह मुरादपुर पहुँच जाएगा, वह किसी गड्ढे में गिर जाएगा, किसी भूत से टकरा जाएगा, किसी कसाई द्वारा गाछ से उल्टा लटका दिया जाएगा और मौत से पहले की तड़प उसे इस तरह जकड़ लेगी कि, क्या पता, फिर आँख खुले न खुले। जिस यातना को भोगकर आ चुका था वह, अब स्वप्न में भी उसका सामना करने की हिम्मत नहीं थी उसमें। वह तो अपना किस्सा तक बयान करने से घबरा रहा था। पत्नी के कई बार पूछने पर भी वह बस इतना कह पाता था, "मैं बच गया, शीला, मैं बच गया।"

लोगों का आना-जाना अभी भी बन्द नहीं हुआ था। उसने पत्नी से कहा, "अब इस कमरे का दरवाजा बन्द कर दो, शीला। अब यहाँ कोई नहीं आए। इस कमरे में मेरे पास अब सिर्फ तुम रहो, गुड़िया रहे, राजू रहे। मुझे आराम मिलेगा। अब मैं बिलकुल ठीक हूँ, अपने घर में, तुम्हारे पास।"

घंटा भर आराम करने के बाद ही वह इतना स्वस्थ हो गया कि पत्नी और बच्चों को रात का किस्सा सुना देने की इच्छा हो गई उसे।

अभी उसने रात का किस्सा शुरू ही किया था कि बाहर से आवाज आई, "भौजी! जरा दरवाजा खोलिए।"

आवाज कृपाकर की थी। शीला ने उठकर दरवाजा खोला और पूछा, "क्या बात है?"

"मुरादपुर का चौकीदार आया है," कृपाकर ने बताया, "उसके साथ मुरादपुर का ही एक और आदमी है। वे दोनों भैया से मिलना चाहते हैं।"

शीला ने घूमकर पति की ओर देखा और फिर कृपाकर से पूछा, "बात क्या है?"

मुरादपुर का नाम सुनते ही दीपनाथ के माथे पर बल पड़ गए।

कृपाकर ने आगे बताया, "हम लोगों को वे कुछ बता नहीं रहे हैं। उनसे कहा भी गया कि भैया अभी अस्वस्थ हैं और किसी से नहीं मिलेंगे, मगर वे सिर्फ एक बार भैया को देख लेने की जिद पकड़े हुए हैं। भैया के परिचित नहीं हैं वे, भैया को पहचानते तक नहीं और यहाँ तक आए भी हैं अजीब-सा पता पूछ-पूछकर—सिसवन में किसी साह का टोला, बाप का नाम कोई विश्वास, और भैया का नाम बता रहे हैं दीपनाथ या देवनाथ विश्वास।"

"मुरादपुर से आए हैं?" इस बार कृपाकर से खुद दीपनाथ ने ही पूछा।

"हाँ," जवाब देते हुए कृपाकर कमरे के अन्दर आ गया।

"हिन्दू हैं या मुसलमान?"

"दोनों हिन्दू हैं।"

"मुरादपुर से भागकर आए हुए लगते हैं क्या?"

"नहीं," कृपाकर बोला, "उन्हें वापस मुरादपुर जाने की हड़बड़ी है। वे आपको केवल देख भर लेना चाहते हैं। हो सकता है, आपके साथ कुछ बातचीत करने की भी इच्छा हो उनकी।"

"ठीक है, ले आओ उन्हें।"

कृपाकर निकला और तुरन्त उन दोनों को लेकर आ गया। उनके पीछे गाँव के भी कई लोग आँगन तक आ गए थे। मुरादपुर वालों को अन्दर कमरे में बुला लिया गया। उनके अन्दर आते ही दीपनाथ ने उन्हें तेज निगाहों से घूरा और फिर आहिस्ते से पूछा, "क्या बात है, भाई?"

उनमें से एक बोला, "आपका नाम देवनाथ विश्वास है न, मालिक?"

"नहीं, दीपनाथ विश्वास।"

"आप कल शाम मुरादपुर में थे?"

"हाँ।"

"यासिन शेख के घर में?"

दीपनाथ ने उस पर अपनी तीखी निग़ाह गड़ा दी और हाँ में सिर हिला दिया।

"हाँ, दीपनाथ विश्वास ही," वह आदमी बड़बड़ाया और फिर दीपनाथ से बोला, "मुझे शेख साहब ने भेजा है आपकी खैरियत जानने।"

"मेरी खैरियत?"

"जी, मालिक।"

"कौन हो तुम?"

"मैं मुरादपुर का चौकीदार हूँ, मालिक। यह भी," उसने अपने साथ आए आदमी की ओर इशारा करते हुए बताया, "मुरादपुर का ही रहने वाला है; नाम है इसका भूटो मुसहर।"

"यासिन शेख को मेरी खैरियत से क्या मतलब?" दीपनाथ बोल गया, "यह बताओ कि मुरादपुर के मुसहर खैरियत से तो हैं?"

"वहाँ सब ठीक-ठाक है, मालिक," भूटो मुसहर ने जवाब दिया, "सिर्फ आपकी खैरियत का पता लगाने के लिए भेजा है हमें शेख साहब ने। हमें आपके कुशलमंगल की खबर पहुँचानी है वहाँ। वहाँ भयंकर हंगामा मचा हुआ है। वहाँ लोग हमारा इन्तजार कर रहे होंगे।"

"वहाँ हंगामा मचा हुआ है!...किस बात का?" दीपनाथ ने पूछा।

"मैं शाम में फिर आ जाऊँगा, मालिक," चौकीदार बोला, "तब सब कुछ विस्तार से बता दूँगा। अभी हमें मत रोकिए।"

"नहीं-नहीं," दीपनाथ जिद कर बैठा, "अब मुझे सब कुछ बताकर ही जाओ। यह तो जान ही लूँ कि कैसा हंगामा मचा हुआ है मुरादपुर में।"

तब चौकीदार ने भूटो से कहा, "एक आदमी को तो चटपट लौट ही जाना है। तुम बढ़ो, मैं पीछे से आ रहा हूँ।"

भूटो को लौटाकर चौकीदार बहुत देर तक रुका रहा और दीपनाथ की पूछपाछ का जवाब देते हुए कत्लगाह का पूरा किस्सा सुना दिया—

"जब झाड़ा फिरकर बगीचे से लौटने में आपको देर हुई, तो शेख साहब ने अपने नौकर अब्बास को बगीचे की ओर आपको देख आने के लिए भेजा। बगीचे में अब्बास को आप मिले नहीं; उसे मिला लोटा और टॉर्च। वह दौड़ता-भागता मालिक के पास पहुँचा। उसकी खबर पर शेख साहब लगभग चीख ही पड़े थे और बगीचे की ओर दौड़ गए थे। उनके पीछे और भी कितने ही लोग दौड़े। वहाँ खोज-ढूँढ़ हुई आपकी, मगर आपका कोई पता नहीं चला। बगीचे के बाहर भी अगल-बगल दूर-दूर तक देख लिया लोगों ने। जर्रा-जर्रा जमीन और पत्ता-पत्ता गाछ देख लेने के बाद शेख साहब कुछ-कुछ बदहवासी में बड़बड़ाने लगे, 'वह मारा गया, जरूर वह मारा गया है।' उनकी बूढ़ी देह काँपने लगी थी और चलते हुए पाँव डगमगाने लगे थे। अचानक वे निढाल हो जमीन पर बैठ गए और फफककर रो पड़े, 'रे रकीब! यह क्या किया रे? यह क्या किया तुमने?'

"लोग हैरान थे शेख साहब की हालत पर। उन्होंने शेख को उदास-परेशान देखा था, बीमार-बेहाल देखा था, मगर रोते हुए किसी ने कभी नहीं देखा था। लोग उन्हें तरह-तरह से समझाने लगे, मनाने लगे, मगर किसी की बात जैसे उनके कानों में पड़ ही नहीं रही थी। और जब किसी ने यह सन्देह जाहिर किया कि जिस आदमी की तलाश हो रही है, वह, हो सकता है, कुछ सोचकर खुद ही भाग गया हो, तो शेख साहब चिचिया उठे, 'नहीं हो सकता है, नहीं हो सकता है ऐसा। अँधेरे में कोई टॉर्च साथ ले जाएगा कि फेंककर भागेगा? दंगा फैला हुआ है, तब क्या कोई महफूज जगह को छोड़कर खतरे की ओर दौड़ पड़ेगा? इस अंधेरी रात में भागकर सिसवन

जाने की बात उसके जेहन में आई होगी एक भी बार? वह मारा गया है, वह मारा गया है।'

"रह-रहकर वे अब्बास को कोंचने लगते थे, 'खोजो, उस आदमी की लाश खोजो। मैं तब तक नहीं उठूँगा यहाँ से जब तक उसकी लाश मुझे मिल नहीं जाती है। मैं भूखा-प्यासा प्राण दे दूँगा यहीं बैठे-बैठे।' और सिसकियाँ लेते हुए वे बड़बड़ाते रहे थे, 'कल से मैं अपना मुँह किस तरह किसी को दिखाऊँगा? अब इस मुरादपुर को ही मैं किस मुँह से बचाऊँगा? रे रकीब, यह क्या किया तुमने?'

"रकीब वहाँ नहीं था। लोग हैरान थे, अब किस तरह बूढ़े को यहाँ से उठाकर ले जाए जाए!

"तभी अचानक कठसरा की ओर से 'हर हर महादेव' की आवाज कानों में पड़ी। शेख साहब को जैसे बिजली का झटका लगा और वे उठकर सरपट सगीर के बगीचे की ओर दौड़ गए। लोग हल्ला मचाते हुए उनके पीछे-पीछे दौड़ रहे थे।

"सगीर के बगीचे में रकीब और रशीद अपने दल के साथ पहले से मौजूद थे। भूटो मुसहर भी अपने दस जवान मुसहरों के साथ तैनात था बाहर से आक्रमण करने आने वाली किसी भी भीड़ को खदेड़ देने के लिए। वहाँ पहुँचते ही शेख साहब ने कमान सँभाल ली।

"अब सिर्फ 'हर हर महादेव' के बोल ही सुनाई नहीं पड़ रहे थे, ढेर सारी मशाल लिए बढ़ती आ रही भीड़ भी नजर आने लगी थी। अभी भीड़ कुछ दूर ही थी कि सगीर के बगीचे से भूटो मुसहर ने 'हर हर महादेव' का नारा बुलन्द किया। सारे के सारे मुसहर 'हर हर महादेव' की आवाज के साथ उछलने-कूदने लगे थे।

"ये आवाजें भीड़ तक पहुँच गई थीं और भीड़ ठमक गई। मगर यह ठमकना थोड़ी देर के लिए हुआ था, कुछ सोच-विचार के लिए। इस बार जब भीड़ आगे बढ़ी, तो शेख ने आवाज लगाई, 'अल्लाहोअकबर।' और इसके साथ ही, लगा, खेत-बहियार तक चिल्लाने लगे, 'अल्लाहोअकबर।'

"और फिर तो मुरादपुर की गड्डमड्ड आवाजें आकाश में गूँजने लगीं, 'अल्लाहोअकबर, हर हर महादेव, अल्लाहोअकबर, हर हर महादेव, अल्लाहो अकबर, हर हर महादंव, अकबर महादेव, अकबर महादेव, अकबर...'

"मुरादपुर के मुसहर गद्दार निकल गए, ऐसा सोचा होगा कठसरावालों की भीड़ ने। अब वे हर हर महादेव का नारा लगाने की बजाए चीख-चीखकर मुरादपुर के मुसहरों को गालियाँ देने लगे थे।

"और फिर भीड़ ने अपनी मशालें बुझा दीं।

"शेख साहब को शक हुआ कि अँधेरे में कुछ और पास आकर कठसरावाले तीर चला सकते हैं। डर इस बात का भी था कि दंगाई चोरी-चुपके गाँव में घुसकर फूस के घरों में आग लगाने की कोशिश कर सकते हैं। उन्होंने रकीब को हवाई फायर करने का आदेश दिया। वहाँ गोली दगते ही जमील ने गाँव के दूसरे छोर से गोली दागी। तुरन्त ही एक गोली मस्जिद से दागी गई और एक गोली मुसहरी से सत्तार ने दागी।

"कठसरावाले कब तो लौट गए, मगर शेख साहब की चौकसी में भोर तक ढील नहीं आई।

"भोर होते ही हर जगह का जमावड़ा टूटा; लोग नींद लेने अपने-अपने घर की ओर चले।

"शेख साहब को नींद कहाँ! वे फिर लपककर पहुँचे अपने पिछवाड़े वाले बगीचे में, वहाँ देर तक चक्कर लगाते रहे और फिर लौट आए। दरवाजे के ओसारे पर देर तक गुमसुम बैठे रह गए थे वे और फिर उन्होंने अपने बेटे रकीब को बुलवाया।

"रकीब के आते ही वे उसे ओसारे वाले कमरे के अन्दर ले गए और उससे पूछा, 'वह आदमी कहाँ है?'

"'कौन, अब्बा?'

"'वही आदमी जिसने कल हमारे यहाँ पनाह ली थी और जो शाम में बगीचे से गायब हो गया। वह हमारा मेहमान था।'

"'मुझे नहीं पता, अब्बाजान।' रकीब ने अपनी अनभिज्ञता प्रकट की।

'तुम्हें पता है,' शेख साहब चीख उठे, 'तुम्हें सब पता है।'

"शेख की चीख जिसके भी कानों में पड़ी वह दौड़ा चला आया। भीड़ जमा होने लगी थी।

"रकीब हतप्रभ था; 'मैं सच कहता हूँ, अब्बा, मैं कुछ नहीं जानता।'

"'कुछ भी नहीं जानते? कुछ भी नहीं?' बोलकर बूढ़े ने कमरे का दरवाजा भिड़का दिया, चौकी पर लगे बिछावन के नीचे से एक लम्बी तलवार निकाली और बेटे पर तलवार तानकर बोला, 'अब बताओ कि उस आदमी का क्या हुआ?'

"खुली खिड़की से बाहर की भीड़ ने अन्दर का दृश्य देखा और वहाँ हाय-हाय मच गई।

"रकीब के चेहरे का रंग उड़ गया था, मगर उसने काफी संयम के साथ कहा, 'मैं फिर कहता हूँ, अब्बा, मैं कुछ नहीं जानता। आप गुस्से में मत आइए। मैं तो शुरू से ही सगीर के बगीचे में था। सिर्फ एक बार मस्जिद की ओर आया था।"

"'मुझे तुम्हारी बातों पर यकीन नहीं,' शेख जोर-जोर से बोल रहा था, 'मुझे उस वक्त ही शक हो गया था जब मैंने तुम्हारे चेहरे पर मुहम्मदपुर के सात मुसलमानों की मौत का गुस्सा देख लिया था, जब मैंने तुम्हारी आँखों में इन्तकाम की धधकती आग देख ली थी, जब तुम्हें मुरादपुर का हर हिन्दू हर मुसलमान का दुश्मन नजर आने लगा था, जब रशीद यहाँ तक कह गया कि किसी वक्त वह मेरा हुक्म भी मानने से इन्कार कर देगा। तुम लोगों ने मिलकर उस मेहमान की हत्या कर दी है। मुझे लाश चाहिए।'

"जिस भीड़ में अब तक हाय-हाय मची हुई थी, वह अब झल्लाने-झुँझलाने लगी थी। कई-कई लोग एक साथ शेख को सुनाने लगे थे, 'आप गलती कर रहे हैं, साहिब। किसी का भी ध्यान उस हिन्दू की ओर नहीं था। वह भाग गया है।'

"'नहीं भागा है, नहीं भागा है,' चीखकर जवाब देते थे शेख साहब, 'भागना ही होता, तो वह मेरे घर में पनाह लेने क्यों आता? उसे डर होता हमारा, डर होता यहाँ के मुसलमानों का, तो क्यों जान बचाने की जगह खोजता एक मुसलमान के घर में? मुझ पर भरोसा था, तभी तो वह मेरे घर आया; मुसहरी के हिन्दुओं के पास क्यों नहीं भागकर गया वह?' और फिर बड़बड़ाने लगे शेख साहब, 'उफ्! शैतान मेरी जीभ पर था कि मैंने उसे अकेले बगीचे की ओर जाने दिया। मैं खुदा को क्या जवाब दूँगा?'

"पूरा गाँव उमड़कर आ गया था।

"भीड़ अब उबलने लगी थी, 'यह सरासर जुल्म है। शेख साहिब सनक गए हैं। जो बेटा बाप से पूछे बगैर एक डग आगे नहीं बढ़ाता, उस पर यह बदगुमानी बेजा है। रकीब ने कभी चर्चा तक नहीं की थी कि कोई हिन्दू उसके घर में पड़ा है। जिस मुरादपुर में शेख साहिब की मर्जी के खिलाफ एक पत्ता तक नहीं हिल सकता, वहाँ बगैर उनके हुक्म के किसी इनसान का कत्ल कैसे हो जाएगा! साहिब को हिन्दुओं का डर है, खुदा का डर नहीं। अगर सनक में कुछ कर बैठे वे, तो उन्हें पछताना पड़ेगा।'

"रकीब बार-बार कहे जा रहा था, 'अब्बा, मेरी बातों का यकीन कीजिए। उस आदमी का कत्ल नहीं हुआ है। वह खुद चला गया है यहाँ से।'

"भीड़ का एक हिस्सा कुछ अधिक ही भड़क उठा था, 'क्या हुआ अगर वह मारा ही गया तो! इतने मुसलमान मारे गए, उनके लिए कोई गम नहीं, कोई गुस्सा नहीं, मगर एक हिन्दू की मौत पर इतना गम, इतना गुस्सा कि अपनी औलाद पर ही तलवार चमकाई जा रही है! मुनासिब तो यही होता कि उस शख्स का कत्ल कर दिया जाता। जिस शख्स के दिल में इतना मैल था कि मौका मिलते ही छिटक गया, जो हमें इस कदर खतरनाक मान रहा था कि दंगे की रात का खतरा उठाकर भी भाग जाने में अपनी बेहतरी देखी, उस शख्स को बचकर निकलने नहीं देना था। वह क्या किसी मुसलमान के साथ वही सलूक करता जो हमने उसके साथ किया? हरगिज नहीं।'

"भीड़ की आवाजें शेख साहब के कानों में पड़ती रही थीं।

"शेख साहब कुछ श्रांत-शिथिल पड़ गए थे। ढीले हाथ में नंगी तलवार लिए वे कमरे से बाहर आ गए और भीड़ से कहा, 'कत्ल को लेकर मैं किसी से कुछ नहीं कह रहा हूँ, मगर मुझे उस आदमी की लाश चाहिए।'

"रकीब कमरे से बाहर नहीं आया और वहीं से चिल्लाकर सुनाता रहा, 'उस आदमी का कत्ल नहीं किया गया है। कहाँ से आएगी उसकी लाश?'

"भीड़ में से कोई बोल उठा, 'और कोई कहीं मर ही गया, तो हमें उसकी लाश से क्या लेना-देना!'

"'मुझे लेना-देना है,' शेख साहब चीख पड़े, 'मैं वह लाश उसके घरवालों को सौंप दूँगा और उनसे कहूँगा कि मैं कातिल हूँ और अपने कसूर की सजा पाने आपके पास अकेला आया हूँ। आराम से मरने के लिए मुझे उस आदमी की लाश चाहिए।'

"लोग हक्का-बक्का हो गए, सिर फिर गया है शेख साहिब का।

"कुछ देर तक गहरी खामोशी छाई रही, और तब किसी ने कहा, 'यहाँ मारा नहीं गया है वह, मगर, क्या पता, यहाँ से निकलने के बाद कहीं रास्ते में कुछ हो गया हो उसके साथ, कत्ल हो गया हो उसका!'

"रकीब ने अन्तिम बार चिल्लाकर कहा, 'खुदा कसम, अब्बा, वह आदमी नहीं मारा गया यहाँ।'

"शेख साहब का तेज ऐसा लुप्त हुआ कि वे निढाल हो जमीन पर बैठ गए और घुटनों में सिर डालकर बिलखने लगे।

"अचानक भीड़ गमगीन हो गई; उसकी आँखों में आँसू आ गए।

"कोई बोल उठा, 'हो सकता है, वह आदमी अब तक अपने घर पहुँच चुका हो, घर में आराम कर रहा हो। हो सकता है ऐसा। पहले इसी बात का पता क्यों नहीं लगा लिया जाए?'

"'कौन आदमी था वह, किसी को क्या पता?'

"'पता है,' रोना बन्द कर अचानक बोल पड़े शेख साहब, 'पता है उसका मेरे पास।'

"उसी पते पर," किस्से का अन्त करते हुए चौकीदार बोला, "मैं भूटो को साथ लेकर आप तक पहुँचा हूँ। भूटो को तुरन्त वापस भेज देना कितना जरूरी था, यह अब आप समझ गए होंगे।"

इतना बोलकर वह चुप हो गया, देर तक चुप रह गया और फिर धीरे से बोला, "एक बात कहूँ, मालिक?"

दीपनाथ ने अपना झुका हुआ सिर उठाया और मरी हुई आवाज में बोला, "क्या?"

मलिनमुख दीपनाथ की ओर देर तक ताकते रह जाने के बाद चौकीदार बोला, "शेख साहब इनसान नहीं, कोई पीर-पैगम्बर हैं। यह पीर आपके लिए रो रहा था और, अगर आपको कुछ हो गया रहता तो, तो शायद कब्र में भी इन्हें चैन नहीं मिलता, इनका रोना नहीं रुकता। मैं और भूटो रास्ते भर आपकी कुशलता के लिए भगवान से प्रार्थना करते आए हैं।"

और फिर सलज्ज मुस्कराहट के साथ वह बोल गया, "आप उदास मत होइए, मालिक। अगर आपके साथ कुछ हो भी गया रहता, तो यहाँ से जाकर वहाँ हम यही सुनाते कि आप सही-सलामत अपने घर पहुँच गए हैं।"

क्या बोल गया चौकीदार?

दीपनाथ की गीली आँखों से आँसू टपकने लगे थे...चौकीदार बोल गया था, "अगर आपके साथ कुछ हो भी गया रहता..." तो क्या उसके साथ कुछ भी नहीं हुआ है?...हुआ है; दीपनाथ, वह दीपनाथ...उसकी इच्छा हुई कि वह चौकीदार से कहे, "वह दीपनाथ जिन्दा नहीं है, वह मर गया। उसकी लाश शेख साहिब के कमरे में ही कहीं पड़ी होगी। तुम उस पीर से कहना कि वह उस लाश को दफन कर दे...जला दे..."

नेत्र-दान

छप्पड़ टूट पड़ा पबिया की माँ पर। परसों ब्याह है बेटी का और आज ऐसी बुरी खबर! पाँच थान गहने नहीं पहुँच जाएँगे, तो बारात नहीं आएगी! अब क्या करे बेचारी अबला? पाँच थान गहने भला कहाँ से आएँगे?

जिस किसी ने सुना वही पूछने चला आया पबिया के मामा से, "क्यों, कुंजबिहारी लाल जी, यह क्या सुन रहे हैं हम सब? क्या बात हुई थी लड़केवालों के साथ? आपने साफ-साफ बात की थी या नहीं? फिर यह लफड़ा क्यों?..."

पबिया के मामा की हवाई गुम।

अगुआ कुंजबिहारी लाल ही थे इस शादी में। पबिया की माँ के पास पैसा तो नहीं था, पर उसकी बेटी बहुत सुन्दर थी, साक्षात् दुर्गा माता। कुंजबिहारी लाल ने लड़के का ऐसा पेंच घुमाया कि वह लड़की देखने पर राजी हो गया। और फिर तो उन्होंने खाली बातों से ही उसे सिद्ध कर लिया। रिश्ता पक्का कर जब वे भरौली आए, तो बहुत ही हँसकर उन्होंने लोगों को सुनाया कि बेटे ने बाप के कान तक यह बात पहुँचा दी थी कि वह जब भी शादी करेगा, भरौली में ही करेगा। यह कहते हुए वे ठठाकर हँसे थे कि बेटे के आगे बाप की एक न चली।

बहुत चालाकी से कुंजबिहारी लाल ने यह काम सर पहुँचाया था, मगर सारे किए-धरे पर हरताल लग गई। भरौली के जो लोग विवाह की इस ठहरौनी

से इतने प्रभावित हुए थे कि मन ही मन यह निर्णय भी ले लिया था कि अपनी बहन या बेटी की शादी में वे श्री कुंजबिहारी लाल जी को ही अपनी ओर से घटक बनाएँगे, वही अब वक्र होंठों में मुस्कराने लगे थे और एक-दूसरे को सुनाने भी लगे थे, "अब जरा चलकर पूछा जाए बाबू कुंजबिहारी लाल से कि बेटे के आगे बाप की चली या नहीं...हुँह, सूखे में नाव चलाने चले थे। वही हुआ, टाँय टाँय फिस...ऐसा बरेखिया रहे, तो किसी की नाक सलामत न रहे..."

सातों भूल कर कुंजबिहारी लाल गुमसुम बैठे थे। जो लोग पबिया की माँ को अड़ी-घड़ी में लग्गे से भी पानी पिलाना स्वीकार नहीं करते, वही लोग पबिया के मामा के पास आ धमके और बोली में झाल देकर उन्हें सुनाने लगे, "आपने लड़के या उसके बाप के साथ क्या बात की है, यह तो आप जानें, कुंजबिहारी बाबू, मगर आपने कोई कसर छोड़ी है जरूर कि आज हमारी नाक कट रही है, पूरे गाँव की नाक। अब आप धावा मारकर जाएँ यहाँ से और ऐसी कोशिश करें कि बारात समय पर यहाँ आ जाए।"

अब अकेले जाने में कुंजबिहारी लाल का दम निकल रहा था। वे भरौली के पाँच भले आदमियों को साथ लेकर जाना चाहते थे, ताकि लड़के के बाप पर समझा-बुझाकर और डरा-धमका कर भी जोर पहुँचाया जा सके। मगर अब भरौली का कोई आदमी क्यों जाए? भरौली में भला आदमी रहा कौन? सबको तो आज तक साग-पात समझती रही पबिया की माँ। कभी किसी की बात में रही है क्या? अगर गाँव के लोगों की बात मान कर चली होती, तो कबके हाथ पीले हो गए रहते पबिया के। पोटा तर नहीं और बेटी बिना बाप की, फिर क्या जरूरत थी सपने देखने की कि चाँद-सा दुलहा हो, सोने की अटारी, चन्दन का पलना और रेशम की डोरी, और उसमें बैठकर झूला झूले पाबो रानी! अब मामा झुलाए झूला। बावन वीर बनने चले थे कुंजबिहारी लाल, तो अब क्यों जरूरत हो गई भरौली के पाँच आदमियों की?

और अब म्याऊँ का मुँह पकड़ने कोई कैसे जाए? न जाने कुंजबिहारी लाल क्या-क्या बतिया कर आए हैं वहाँ से! लड़के के बाप का दिमाग यों

ही चढ़ा रहता है। कुछ अनाप-शनाप बक दे, रे-बे ही कर बैठे, तो कौन सुनेगा और सुन कर बरदाश्त कर लेगा? आदमी वहाँ जाए जहाँ बात बनने की गुंजाइश हो, जबान खर्च करने से काम चले। बेटे की कीमत भला कौन बाप छोड़ देगा? तो फिर उससे कौन सिर फोड़े! जादू जमाकर आए थे कुंजबिहारी लाल जी, तो अब आगे भी जादू वही दिखाएँ। पवित्तर साह, जिसकी छाती के अन्दर ढेंकी कुटी जाने लगी थी कि उसकी कुलच्छनी बेटी ने किसी पबिया-फबिया से कम सुन्दर नहीं होने के बावजूद उसकी तीन बीघे जमीन अपनी शादी में पिछले ही साल बिकवा दी थी, ने साफ-साफ सुना दिया, "सुन लीजिए, बाबू कुंजबिहारी लाल, अब अपना सिर नंगा करके यहाँ से कोई नहीं जाएगा। लड़के वालों के पास अब आपको अकेले ही जाना पड़ेगा।"

पबिया की माँ ने भरौली दुर्गाथान के पुजारीजी को साथ ले जाने की सलाह दी। कहने पर पुजारीजी अवश्य जाते, आग और पानी में कूदने तक के लिए तैयार हो जाते, मगर दुख और गुस्से में कुंजबिहारी लाल ने अकेले ही जाना तय किया। जब दैव ही लग जाएगा, तो फिर पुजारीजी ही जाकर क्या कर लेंगे! जाते हुए इतनी भर आशा थी कुंजबिहारी लाल के मन में कि जब वे लड़के के बाप के पैर पकड़ लेंगे, तब संभव है, वह मान जाए। यह आशा भी बहुत क्षीण थी।

जिन लोगों ने कुंजबिहारी लाल को विदा किया वे जान रहे थे कि जिस तरह पहले कुंजबिहारी लाल धूल की रस्सी बाँट कर आए थे उसी तरह इस बार भी वे धूल की रस्सी ही बाँटने गए हैं। मामला मामूली मोल-तोल का हो, तो पट जाए, मगर बेटा-धन कोई ऐसे कैसे गँवा देगा! भुथरी छुरी से अपना गला रेतने कौन देगा, बेटे का बाप? नाउम्मीदी तो ऐसी थी कि परमेसर भगत ने अपना घोड़ा तक देने में आनाकानी की थी। कुलदीप चाचा के कान में उसने तो फुसफुसा कर कहा भी था, "कहीं ऐसा तो न होगा, चाचा, कि लड़केवाले मेरा घोड़ा जब्त कर लेंगे और फिर इस कुंजबिहारी से कहेंगे, 'घोड़े को एक थान मान लिया; जाओ, अब शेष चार थान जेवर

लेकर आओ।' अब तक शादी की तैयारी में लड़केवाले का भी तो कुछ खर्च हो ही गया होगा।"

कुंजबिहारी लाल सूरज उगने से पहले रवाना हुए और सूरज के डूबते-डूबते वापस भी आ गए थे। जितना वे कर सकते थे, किया; लड़केवाले के पैर भी पकड़े, मगर सब बेकार गया। उनकी हर बात का एक टुक्का-सा जवाब, "जब तक सोने के पाँच थान जेवर नहीं आ जाते, बारात नहीं जाएगी।" रिरियाने-घिघियाने पर भी वही बोली, "जब तक...जब तक...जब..." लड़के से मिलने की उनकी कोशिश बेकार गई। वहाँ बिरादरी के कुछ लोगों को भी उन्होंने अपना दुखड़ा सुनाया, बिरादरी की नाक की तरफ उनका ध्यान खींचा, मगर उनकी पट्टी में कोई नहीं आया। एक बाप की नाक तो कट ही जाती। कौन जाता उसके पास अपना मुँह दगवाने! फिट्टा मुँह लिए वापस लौट आए बाबू कुंजबिहारी लाल।

जब तक कुंजबिहारी लाल लौटकर नहीं आए थे, भरौली दुर्गाथान के पुजारीजी पबिया की माँ को आशा की डोर से बाँध कर रखे रहे; लगातार ढाढ़स बँधाते रहे थे, "ऐसे मत घबराओ, पाबो की माँ। कुंजबिहारी बाबू गए ही हैं; सब ठीक-ठाक हो जाएगा। सुन लेना, किसी दुश्मन ने झूठी खबर भिजवाई है। कोई भला आदमी आज के दिन ऐसा संवाद नहीं भिजवाएगा। तुम धीरज धरो। ऐसा जुल्म माँ दुर्गा कभी नहीं होने देगी। बारात जरूर आएगी।" मगर जब कुंजबिहारी लाल ने लौट कर बताया कि बारात सचमुच नहीं आएगी, तो पबिया की माँ पछाड़ खाकर गिर पड़ी।

बारात सचमुच नहीं आएगी?...हाँ, कहाँ से आएँगे पाँच थान गहने?

पबिया की माँ के पास चाँदी के तीन-चार थान गहने थे, सोने का एक भी नहीं। पबिया के बाप को कमाई-धमाई से कोई मतलब रहा नहीं, दिन-रात भजन-कीर्तन में मस्त। बेटी के ब्याह के लिए भी कुछ छोड़ कर नहीं मरा था वह। पबिया का मामा भी कच्ची गृहस्थी का मालिक था। बहन का सारा खर्च उठा लेना सम्भव नहीं था उसके लिए; कुछ अनाज-पानी भिजवा दिया करता था हर साल। बहुत मुश्किल से गुजारा चल रहा था माँ-बेटी का। थोड़ी-सी

खेती थी जो उस विधवा को बिलकुल उघार होने से बचा लेती थी। बेटी की शादी के लिए कभी कुछ जोड़ नहीं पाई पबिया की माँ। बेटी को विदा भर कर देने का इन्तजाम कर पाई थी वह। बारात में आने वाले दस जनों का मुँह जूठा करवाने का जुगाड़ भर कर लिया था उसने।

इस तिलक-दहेज के जमाने में बिना पैसे का कैसे हो बेटी का ब्याह! पबिया की माँ मदद माँगने अपनी जेठानी के पास गई थी, मगर बेकार ही अपना मुँह खोला। एक सयानी औरत की तरह जेठानी ने पैसे की तंगी का हाल बयान किया और फिर बड़ी ही आत्मीयता से सुझाया, "मैंने जिस लड़के का पता दिया है उसे अपना दामाद बना लो, पाबो की माँ। भटकती रहोगी, तो बेटी का ब्याह कभी नहीं होगा। कहाँ से जुगाड़ करोगी तिलक-दहेज का? वह लड़का अभी मेरे हाथ में है। कब तक मेरे कहने पर रुका रहेगा? उसे भी तो दस लड़कीवाले घेर रहे हैं। कहो, तो खबर भिजवाऊँ उन लोगों को।" जेठ सारी बातें सुन कर चुप ही रहे। पैसा पानी में तो नहीं फेंका जा सकता! क्या ठिकाना कि इस औरत के मरने के बाद छोटे भाई का डीह-डावर हाथ लगेगा ही! इस गुमसुम औरत के मन में क्या है, कौन जाने? क्या पता, बेटी के ब्याह तक रुकी हुई है, उसके बाद सब कुछ बेच-बूच कर अपने नैहर ही भाग जाए।

बिरादरी के सबसे अमीर राघो चौधरी के पास भी गई थी पबिया की माँ। राघो चौधरी ने सूखा जवाब दिया, "बँटवारे के समय मैंने त्रिवेणी को बुला कर कहा था कि बेईमानी हो रही है, पंचायत बुला लो, मगर उस दिन त्रिवेणी ने मुझे साफ-साफ सुना दिया कि भैया पर वह बेईमानी का इल्जाम नहीं लगा सकता। तब तो बड़ा भाई पिता के थान था। आज क्या हो गया बड़े भाई को? जब वह ईमानदार भाई ही कोई मदद नहीं कर सकता, तो कोई और क्या करेगा? मेरी तो अभी यों भी ऐसी हालत नहीं है कि अपनी पूँजी से सौ-पचास रुपये भी निकाल सकूँ।"

पबिया की माँ अपनी भौजाई के पास भी गई थी मदद की आशा में, मगर भौजाई तो अपना ही रोना लेकर बैठ गई, "हम लोग तो जितनी मदद

संभव हुई करते ही आ रहे हैं। अब और कुछ हम कहाँ से कर सकेंगे? श्यामा जवान होती जा रही है, तो चिन्ता खाए जा रही है हमें कि इसके लिए कैसा घर-वर मिलेगा। उसके बाद भी दो-दो बेटियाँ हैं। हमें तो जमीन ही बेचनी पड़ेगी इनके कारण, या फिर ऐसे घर-वर को ही ढूँढ़ना पड़ेगा जहाँ मुफ्त में ब्याह हो जाए। बिन ब्याही बेटी को कब तक रखे रहेंगे अपने पास? अभी तो पाबो के लिए एक लड़का है मेरे भी हाथ में। अगर कहो, तो बात चलाऊँ। लड़का देखने-सुनने में अच्छा ही है..."

कुंजबिहारी लाल की लाई हुई खबर सुनने के लिए जो लोगों की छोटी-सी भीड़ जमा हुई थी, वह खबर सुनते ही हुर्र हो गई। ऐसा कोई काम था भी नहीं जिसके लिए लोग रुकते। अब जो पिट्टस मचनेवाली है उसमें पबिया की माँ का साथ देने के लिए भाई कुंजबिहारी लाल और भरौली दुर्गाथान के पुजारी श्री कमलाकान्त मिश्र हैं ही।

पुजारी कमलाकान्त मिश्र इतने आहत हो चुके थे कि इस संरोदन में भाग लेने के लिए भी नहीं रुके। वे सीधे अपने दुर्गाथान चले आए और माँ की वेदी के आगे माथा टेककर कहा, "ऐसा मत करो, माँ; तुम्हें ऐसा नहीं करना चाहिए।"

कमलाकान्त मिश्र भरौली के दुर्गाथान में पिछले बीस बरसों से पुजारी थे। दुर्गा माँ के साथ ऐसा नाता हो चला था उनका कि अब वे माँ के साथ रूठ भी सकते थे। इसी नाते को ध्यान में रखकर उन्होंने माँ से बहुत दुखी स्वर में कहा था, "तुम्हें ऐसा नहीं करना चाहिए, माँ।"

माँ के साथ यह रिश्ता त्रिवेणी चौधरी ने भी कायम कर लिया था। पुजारीजी के पुराने संगतिया थे त्रिवेणी चौधरी। शुरू से पूजा-पाठ में मन लगाते रहे थे। पुजारीजी के पिता की भजन-मंडली में वे भी शरीक थे और उस मंडली के साथ न्यौता पाकर दूर-दूर के गाँवों तक त्रिकुंज, नौकुंज या भजन-पूजन के अन्य कार्यक्रमों में शरीक होने जाते थे। जब से पंडित कमलाकान्त मिश्र भरौली के दुर्गाथान के पुजारी नियुक्त हुए, त्रिवेणी चौधरी का आधे से अधिक समय उनके साथ दुर्गाथान में ही गुजरने लगा। वे दुर्गाथान

को ही अगोरे रहते। माँ के भजन-पूजन में ऐसे लीन हुए त्रिवेणी चौधरी कि सारी दुनिया से कट गए, हर चिन्ता से मुक्त हो गए।

माँ से ऐसा नाता जोड़ लिया था त्रिवेणी चौधरी ने कि संसार के हर दुख, हर चिन्ता को उसने माँ की इच्छा मान लिया, और माँ की इच्छा को इस तरह स्वीकार करता रहा कि कभी किसी बात पर गुर्राया-गुस्साया नहीं, कभी भुनभुनाया तक नहीं। बँटवारे के समय पुजारीजी ने भी त्रिवेणी को समझाया था कि वह उस जमीन पर भी अपना हक जाहिर करे जिसे उसके बड़े भाई ने अपनी पत्नी के नाम से खरीदा था, मगर त्रिवेणी ने वहाँ भी माँ दुर्गा को बीच में डाल दिया, "भैया ने कुछ रख भी लिया तो समझिए, पुजारीजी, कि माँ दुर्गा की यही इच्छा है। माँ दुर्गा का आशीर्वाद होना चाहिए, फिर मुझे चिन्ता ही किस बात की है! उनके रहते मैं भैया से जमीन-जाल के लिए लड़ूँ, यह अच्छा तो नहीं लगता है।" माँ दुर्गा के भरोसे ही तो वह अपनी पबिया और उसकी माँ को हमेशा के लिए छोड़कर चला गया है। मरने से पहले उसने एक दिन पुजारीजी से कहा था, "मैंने पबिया और उसकी माँ के लिए कोई सम्पत्ति अर्जित नहीं की, केवल भजन-कीर्तन किया है। अब उन दोनों को माँ दुर्गा के हवाले ही करके जा रहा हूँ, पुजारीजी। कभी दुख पड़े इन पर, तो माँ को इस भजनानंदी की याद जरूर दिला दीजिएगा।"

इस माँ को पबिया की माँ ने भी नहीं भुलाया। जवान पति छिन गया, तब भी माँ से मुँह नहीं मोड़ा उसने। रोज ही कभी पबिया को साथ लिए और कभी अकेली ही जरूर चली जाती थी वह दुर्गाथान माँ को अपनी याद दिलाने। पति की बात उसने गिरह बाँध ली थी, "मैं अब नहीं बचूँगा, पाबो की माँ, मगर तुम घबराना नहीं, माँ दुर्गा कभी नहीं मरेगी तुम्हारे लिए, वह तुम्हारा खयाल जरूर रखेगी।"

पबिया का बाप मरा था, तो पबिया के मामा आए थे और क्रिया-कर्म के बाद पबिया की माँ अपने मायके गई थी। मगर अधिक दिनों तक नहीं रुकी थी वह वहाँ और जल्दी ही लौट आई थी। भौजाई ने उसकी दूसरी शादी की बात चलाई थी, मगर पबिया की माँ ने रोकर इंकार कर दिया था।

भरौली की कुछ औरतों ने भी उसे यह सलाह दी थी, मगर उसने चुपचाप सुन लिया था। पुजारीजी के कानों में यह बात पहुँची थी और एक दिन, जब पबिया की माँ दुर्गाथान आई थी, उन्होंने सहमते हुए उससे पूछा भी था, "कुछ लोग मुझसे कह रहे थे कि तुम्हें दूसरी शादी कर लेनी चाहिए। मैं इसे बुरा नहीं मानता। त्रिवेणी को जवाब मैं दे दूँगा; वह हमेशा तुम्हें सुखी देखना चाहता था।" पबिया की माँ कुछ देर तक सिर झुकाए खड़ी रही थी और फिर अपना छोटा-सा जवाब दिया था, "पबिया के बाबू ने तो ऐसा कुछ नहीं कहा था। माँ दुर्गा कोई सपना देगी, तो सोचूँगी।" माँ दुर्गा ऐसा कोई सपना भला कैसे देती! त्रिवेणी तो पबिया की माँ से कह कर गया था, "मेरे रहने पर ही तुम्हें कौन-सा सुख मिल रहा था! और फिर मुझे मरा ही क्यों समझोगी? समझ लेना, कहीं कीर्तन-भजन करने निकल गया हूँ।" माँ दुर्गा में अटूट श्रद्धा, अगाध विश्वास जितना त्रिवेणी चौधरी के मन में था उससे जरा भी कम उसकी घरवाली में नहीं हुआ।

भजनानंदी की याद दिलाई पुजारीजी ने माँ दुर्गा को, "तुम्हें ऐसा नहीं करना चाहिए, माँ..."

अब क्या होगा?—सोचने लगे पुजारीजी।

कौन बेटी कुँवारी रही है! पबिया के लिए भी तो रिश्ते आए ही थे, मगर...

जेठानी अपनी देवरानी के घर आई थी कहने, "पाबो की माँ, पाबो के ब्याह की चिन्ता जितनी तुम्हें है उससे जरा भी कम मुझे नहीं। इस बार मैं नैहर गई थी, तो पाबो के ब्याह की बात चलाई थी। एक लड़का तो देखकर भी आई हूँ। पाबो राज करेगी उस घर में। सौ बीघे की जोत है, बाग-बगीचा है, पोखर है, पक्के का दुतल्ला मकान है। पाबो कितना सुख करेगी, सोचो। शादी का सारा खर्च उसका। तुम्हें धेला भी नहीं लगाना पड़ेगा अपने घर से। बस, एक कमी है; अगर उधर से आँख फेर लो, तो..." पबिया की माँ तैयार नहीं हुई। तैयार हो गई रहती, तो यह आज का दिन देखना नहीं पड़ता। मगर कैसे तैयार हो जाती वह! हिया फट नहीं जाता? फूल-सी पबिया को... वर बीसा बीसा बीसा; तीन बीस, माने उम्र साठ साल।...जेठानी शायद कल

फिर पहुँचेगी देवरानी के पास और कहेगी, "भगवान की मरजी कबूल कर लो, पाबो की माँ। कब तक बिनब्याही बेटी घर बैठाए रहोगी? बेटी जवान है, कभी पाँव ऊँच-नीच पड़ गए, तो कहीं की न रहोगी। अभी भी उस लड़के का ब्याह नहीं हुआ है अब चुनां-चुनीं मत करो; बेटी के दो बोल पढ़वाकर छुट्टी पा जाओ। कहो, तो किसी को भेजकर खबर लूँ।" कल क्या जवाब देगी पाबो की माँ?...घर बीसा बीसा बीसा, तीन बीस।

वर ताके एक्के दीसा!—ऐसे एक वर की सूचना रामपुरवाली चाची ने दी, "लड़कीवाले तो बहुत आ रहे थे उसके पास और मुँहमाँगा तिलक-दहेज देने की बात भी कर रहे थे, मगर मैंने पाबो के रूप-गुण का ऐसा बखान किया उस लड़के के पास कि अब वह मेरी मुट्ठी में है और बिना किसी तिलक-दहेज के भी पाबो के साथ शादी के लिए तैयार हो गया है। उसके बाप-भाई कुछ ना-नुकर जरूर करेंगे, मगर जब लड़की देखेंगे तब वे भी खुश हो जाएँगे। अगर तुम हाँ कर दो, तो मैं खुद जाऊँ उस लड़के के पास। मेरे मामा का बेटा है। तुम्हें लड़का खूब पसन्द आएगा। नाक-नक्शा से दुरुस्त है, बस पहली नजर में एक ही चीज तुम्हें पसन्द नहीं आएगी। मगर उस पर ध्यान देना तो बेकार है। शादी के बाद भी तो किसी कारण ऐसा हो सकता है..." वह ताके एक्के दीसा, माने वर एक आँख से काना है।... कल फिर आएगी रामपुरवाली चाची, "सुन लो, पाबो की माँ, जैसा काछा काछिए वैसा नाच नाचिए। मेरी बात मानो तो हसब हैसियत अपनी गुड़िया सँवार दो। थैली का मुँह खोलो, फिर खोजो लड़का आँख-कान से दुरुस्त। उसके बाद भी कोई ठीक है कि उसकी आँख में कभी खोंच नहीं लगेगी। पता नहीं, उस लड़के की बात कहीं पक्की तो नहीं हो गई! अब क्या बेटी को बुढ़िया बनाकर शादी करोगी? तब क्या कोई कृष्ण-कन्हैया मिल जाएगा उसे? अब मैं नहीं रुकूँगी; पबिया मेरी भी तो कुछ लगती है। बाप मर गया, तो सब मर गए क्या? मैं आज ही खबर करती हूँ लड़के को। क्या सोच रही हो?"...वर ताके एक्के दीसा!...रुको, चाची, कुछ दिन और रुक जाओ। बेटी का नसीब...बेटी का नसीब बहुत अच्छा है, पाबो की माँ। साक्षात् दुर्गा

का नसीब बुरा कैसे होगा? अभी तो बहुत बच्ची है पबिया। माँ दुर्गा कोई जुल्म होने नहीं देगी।

पुटकी पड़े हरजाई सितवा की महतारी पर। न जाने किस जनम का वैर चुकाना चाह रही थी! भला किस मुँह से बोला गया, "हाथी के साथ गन्ने खाने का सपना मत देखो, पाबो की माँ। लड़का सुन्दर ही है; इसी के पल्ले बाँध दो बेटी को।" सचमुच कितना सुन्दर है लड़का! देह में चमके हीरे-मोती! झाड़ू मारकर निकाल देना था उस कसबिन को। जिस लड़के से कोई शादी न करे, उसके पल्ले बाँध दे अपनी पबिया को जो जिस घर जाएगी वहीं नूर बरसाएगी? क्या माँ दुर्गा की यही मरजी है? एक क्षण तो ठक रह गई थी पबिया की माँ। जोर-जोर से रोने का मन हो गया था। रोई नहीं, अपने को सँभाला और बोली, "ऐसा क्यों बोलती हो, बहन? पबिया तुम्हारी बेटी होती, तो कर देती उस लड़के के साथ शादी? ऐसा ही करना होगा, तो गला दबा दूँगी उसका, मगर..." ऐसा सुन्दर लड़का! देह में चमके हीरे-मोती, माने चर्म रोग से ग्रस्त।...ऐ पाबो की माँ, इस कसबिन को भगाती क्यों नहीं? झाड़ू मारकर भगाओ इसे। माँ दुर्गा सब देख रही है। पबिया को अच्छा घर मिलेगा, अच्छा वर मिलेगा।

एक अच्छा वर मिला भी तो घर अच्छा नहीं मिला। घर में सूरज-चाँद की ज्योति!...पबिया की माँ अपने भाई के पास पहुँची थी मदद के लिए, तो भौजाई ने हाथ में एक लड़का होने की बात बताई थी। लड़का देखने में ठीक-ठाक है, गुणी भी है—बताया था भोजाई ने—और शादी भी मुफ्त में हो जाएगी। मगर...भौजाई ने समझाया भी था, "घर के पीछे अब दौड़ने का समय नहीं है, ननदजी। सर अवसर समझो और बेटी का ब्याह ठहरा दो। लड़का होनहार है; भगवान ने चाहा, तो पैसा कमा ही लेगा। पाबो जैसी लक्ष्मी उस घर में जाएगी, तो वहाँ बरकत ही बरकत है। देख लेना, हुन बरसेगा उस घर में। भगवान का नाम लेकर हाँ बोल दो; मैं बात चलाती हूँ। बात पक्की ही समझो।" पबिया की माँ सुगबुगाई जरूर थी, लड़का ठीक-ठाक है, गुणी भी है, मगर...मगर एकदम ऐसे घर में कैसे डाल दे बेटी को जहाँ घर में

सूरज-चाँद की ज्योति, माने छप्पर पर फूस तक नहीं है। क्या करे वह? हाँ कर दे?...किसी ने रोक लिया, "रुको, पाबो की माँ, ऐसे दुख में मत डालो बेटी को। माँ दुर्गा अब आँखें खोलने ही वाली है।"

कब खुलेगी माँ दुर्गा की आँख? अब भला कब खुलेगी?—यही सोचते हुए पुजारी कमलाकान्त मिश्र दुर्गाथान से घर की ओर चले। वे अन्दर से बहुत बेचैन थे। रह-रहकर कलेजे में एक टीस-सी उठती थी। ऐसी वेदना जीवन में और कभी नहीं हुई थी। उन्हें अपना ही अस्तित्व हवा में घुलता हुआ नजर आ रहा था; महसूस हो रहा था कि खुद उनका ही लोप हुआ जा रहा है। कैसे-कैसे तो विचार आने लगे थे उनके मन में...

...जिस दिन त्रिवेणी ने कहा था, "मैं पबिया और उसकी माँ को माँ दुर्गा के हवाले ही करके जा रहा हूँ," उस दिन उसे सुना देना था, "अब किसी बेटी का ब्याह किसी दुर्गा-काली के वश की बात नहीं है; पहले बेटी का ब्याह कर दो, फिर मरो।"...किसी भी दिन पबिया की माँ से कह देना था, "अब मोह-ममता छोड़ दो, पाबो की माँ। कब तक दुर्गा-काली का आसरा देखोगी? वर तीन बीसा है, तो क्या हुआ? कर दो हाथ पीले उसी के साथ... हाँ-हाँ, रिश्ता तय करो। ताके एक्के दीसा, तब भी तय करो। अब कौन है आफत में हथेली देनेवाला? भूलो मत कि विधवा हो, हतदैव हो; बेटी बिना बाप की है... देह में चमके हीरे-मोती! चमकने दो। जाओ, सितवा की माँ को बुला लाओ; मैं बात कर लेता हूँ।...क्या सोच रही हो? अब देर मत करो। बेटी तड़तड़ जवान हो गई है। अब ऐंठ मत दिखाओ।...अब किसका भरोसा? किस बात का इन्तजार? अब कब खुलेंगी माँ दुर्गा की आँखें?..."

मन में कैसे-कैसे तो विचार लाते हुए पुजारी कमलाकान्त मिश्र अपने घर पहुँचे। घर आकर अपने बिस्तर पर जा पड़े और करवटें बदलने लगे...

...माँ दुर्गा ने अचानक आँखें खोल दीं...पुजारीजी की आँखों के सामने माँ दुर्गा के कई-कई थान गहने चमक उठे...दिल जोर-जोर से धड़कने लगा था...

दुर्गा माँ को नथ चढ़ाया था टिकुलिया के बाबू रामवचन सिंह ने। बहुत मन्नत-मनौती के बाद पोता हुआ था उनके घर में। सपरिवार आए थे बाबू

रामवचन सिंह भरौली के दुर्गाथान में माँ के लिए सोने की नथ लेकर... माँ की वह नथ अब बेटी पहनेगी, बेटी पबिया...क्या बतिया रही हो अपनी जेठानी से पाबो की माँ?...सौ बीघे की जोत, बाग-बगीचा, पोखर, पक्के का दुतल्ला मकान...कोई जरूरत नहीं है अब बतियाने की। पबिया नहीं जाएगी तीन बीसा के घर में राज करने। कितने गहने चाहिए पबिया के लिए, पाँच थान ही न? रुको, हड़बड़ाओ नहीं; हो रहा है इन्तजाम...

बभनी के जयचन्दर महतो बाजा-गाजा के साथ आए थे माँ के दरबार में। उनके बेटे को दारोगा की नौकरी मिल गई थी। अब तो वे किसी को भी बँधवा सकते थे। खानदान में आज तक कोई सिपाही-दफादार भी नहीं हुआ था। उन्होंने माँ दुर्गा के लिए मनटीका गढ़वाया...माँ के लिए तो क्या, बेटी पबिया के लिए!...ऐ पाबो की माँ, विदा करो रामपुरवाली को। जो लड़का उसकी मुट्ठी में है उसके लिए कहीं और ढूँढ़े वह लड़की...हाँ-हाँ, ऐसा लड़का जिसकी आँख में कभी खोंच नहीं लगेगी मिल जाएगा पबिया के लिए...देखो तो यह मनटीका; पबिया को तो खूब फबेगा...

तेतरी के सकलदीप यादव ने हार चढ़ाया था भरौली की दुर्गा को। उन्होंने इस बार मुखिया के चुनाव में राजो सिंह को पछाड़ दिया था। जीवन सफल हो गया उनका। आस-पास के बीस गाँवों में कोई मुखिया यादव नहीं है। अब कम-से-कम तेतरी में उनका राज होगा बाभन-राजपूतों पर।...रे सेनमा, सोनमा, जरा बमभोली मिसर को बुला लाओ तो; कहना, मुखिया ने बुलाया है।...जिस माँ दुर्गा की कृपा से यह सुख मिला, उसे सोने का हार कैसे नहीं चढ़ाए सकलदीप यादव!...हार तो माँ दुर्गा ने बेटी पबिया के लिए माँगा था, नहीं तो क्या जरूरत थी राजो सिंह को हराकर यादवजी को मुखिया बनाने की? अब तक तो किसी मिसर-सिंह ने नहीं चढ़ाया था हार; मुफ्त में मुखिया बनते रहे।...अरे ओ पाबो की माँ, कहाँ जा रही हो उधर सितवा की महतारी के पास? लौटो। वह तो किसी पूर्व जन्म की बैरन है। क्या बतियाने जा रही हो? झाड़ू मारो उस कसबिन को। पबिया के लिए पाँच थान गहने नहीं होंगे क्या? त्रिवेणी सब इन्तजाम करके मरा है...समदा के बाबू भूपनारायण...

बस-बस, बुलाओ पबिया को। वह भी लड़का देख ले। उसकी हाँ पर ही शादी होगी।...इन्तजाम पूरा हो गया है...

ब्राह्मणी ने पुजारीजी को देर से किसी सोच में पड़े देखा, तो पास आकर पूछ बैठी, "बहुत चिन्तित देख रही हूँ; कोई बात है क्या?" पुजारीजी का ध्यान भंग हुआ। एक क्षण तो चुप रह गए वे, और फिर जवाब दिया, "कोई बात नहीं है। यों ही जरा आराम कर रहा हूँ। अब शरीर बूढ़ा हुआ न; जरा-सा चलने-फिरने से भी थक जाता हूँ।"

ब्राह्मणी के वहाँ से हटते ही समदा के भूपनारायण बाबू, बभनी के जयचन्दर महतो, टिकुलिया के बाबू रामवचन सिंह और तेतरी के सकलदीप यादव, सबके सब घेर लेते हैं उन्हें...दुर्गा माँ ने आँखें खोल दी, तो अब क्या सोच रहे हैं? दे आइए सारे गहने। माँ ने आँखें खोलीं, तो मेरे घर पोता हुआ...माँ ने इस बार आँखें खोलीं और मैंने पछाड़ दिया राजो सिंह को... अब माँ ने आँख खोली है, तो पबिया का ब्याह भी धूम-धाम से होगा। राम-सीता की जोड़ी होनी चाहिए। सिर्फ पाँच थान गहने? और क्यों नहीं ले जाते पुजारीजी? त्रिवेणी चौधरी तो जीवन-भर पूजता रहा माँ को; माँ की आँखें कब तक बन्द रहतीं?...

मगर...मगर ऐसा सम्भव है क्या?...क्या कहेगी दुनिया...सारा गाँव... सारे लोग...?...

श्री कमलाकान्त मिश्र पिछले बीस बरसों से भरौली के दुर्गाथान में पुजारी हैं। माँ दुर्गा को चढ़ाए सारे गहने इनके ही पास रहते हैं। गाँव के लिए वे देव-तुल्य हैं। उनका-सा निष्कलुष चरित्र इस गाँव में तो क्या, इस इलाके में शायद ही किसी का हो। उनकी नेकनीयती और ईमानदारी में कभी किसी को सन्देह नहीं हुआ। पुजारीजी ने भी अपने मन में कभी कोई पाप आने नहीं दिया। घर-संसार में रहते हुए भी वे धन्धक-धोरी नहीं हुए, विरक्त-अनासक्त हो चुके थे; लोभ-मोह, छल-कपट, राग-द्वेष सबसे वे दूर जा चुके थे।...आज क्या हो रहा था उन्हें?...माँ दुर्गा ने सचमुच आँख खोली है क्या?...

...क्या कहेगी दुनिया?...सारे लोग...सारा गाँव?...जब लोग पूछेंगे, "माँ दुर्गा के गहने क्या हुए?" तब क्या जवाब देंगे वे?...सिर झुकाए खड़े हो जाएँगे...कुछ बोलते नहीं बनेगा...सिर्फ सुनते रहेंगे...

"हे भगवान! मुझे तो यह सुनकर कँपकँपी हो रही है कि माँ दुर्गा के गहने..." संतलाल साह जरूर लोगों को सुनाएगा, "एक बार मैं पूरे परिवार के साथ गंगा-स्नान के लिए जा रहा था, तो अपने सारे गहने-जेवर इसी पुजारी को सौंपकर गया था और कहा था कि जहाँ दुर्गा माता के गहने रहते हैं वहीं इन्हें भी रख देंगे। माँ दुर्गा ने मुझे बचा लिया। अगर कहीं उस बार इसकी नीयत खराब हो गई रहती और यह मेरा माल गटर-गों कर जाता, तब मैं तो कंगाल हो ही जाता। मैं बच गया, बाल-बाल बच गया। माँ दुर्गा की कृपा। मैं दो माशा सोने का नकफूल बनवाऊँगा माँ के लिए, मगर पहले इस बगला भगत को दुर्गाथान से निकालो..."

खुली सोरठ सुनाएगा सहदेवा का बेटा, "होशियार तो बहुत लोग बनते हैं इस गाँव में, मगर इस बुड्ढे को सबसे पहले पहचाना मैंने ही। आठो गाँठ कुम्मैत। मैं बराबर कहता था कि लक्ष्मी पूजा की बेहरी के पैसे इनके पास नहीं रहने दो, ये जरूर गोलमाल करेंगे, मगर तब तो लोग मुझे ही दुर छी करने लगे। सारा प्रबन्ध इनके ही जिम्मे। दो मन लड्डू बनते थे और बँटते थे एक मन। कहाँ जाते थे एक मन लड्डू? उस वक्त तो लोग..."

कलानन्द न जाने कितने लोगों के कानों में फुसफुसाएगा, "अगर बँटवारे में मैं इस कपटी का फैसला नहीं मानता, तो आमगाछी मेरे हिस्से में आती, भैया के हिस्से में नहीं; मगर उस वक्त फैसला मानता कैसे नहीं? उस वक्त तो सबके सब इसी की पों बजाते थे; इस दुष्ट की हर बात काँटे की तौल मानी जाती थी। मुझे तो शक उस वक्त ही हो गया था कि जरूर बड़े भैया ने इस बुड्ढे को कुछ चटा दिया है। मैं तो अब वह मामला फिर से उठाऊँगा; गाँवाले करें ठीक से फैसला। बँटवारे में बेईमानी हुई है, यह बात तो अब..."

हड़बड़ाकर उठ बैठे पुजारी कमलाकान्त मिश्र। वे एक ऐसे अंधे कुएँ में जा गिरे थे जहाँ न हवा थी न रोशनी। बाहर निकलने के लिए छटपटाने लगे

वे। इसी वक्त ब्राह्मणी आ गई और बोली, "आपकी तबियत कुछ अधिक ही खराब लग रही है। चलिए बाहर, आँगन में खाट बिछी हुई है; वहीं चलकर लेटिए। कोई तकलीफ तो नहीं हो रही है?"

"नहीं, कोई तकलीफ नहीं है," कहते हुए पुजारीजी उठ खड़े हुए और आँगन में आकर खाट पर लेट गए।

तकलीफ तो अब बढ़ती ही जा रही थी। बाहर खाट पर लेटने के बाद भी वे छटपटा रहे थे...अब क्या हो? तो क्या पबिया की बारात सचमुच नहीं...?...दुर्गा माँ ने आँख बन्द कर ली क्या?...कैसे कहेगी दुनिया कुछ? दुनिया जानेगी, तब तो? दशहरा में सब देखेंगे कि माँ के सारे गहने उसे पहना दिए गए हैं...आओ भाई संतलाल, बढ़ाओ दोना, प्रसाद चढ़ा दूँ... क्यों रे, तुम्हारा बाप नहीं आया? कह देना सहदेव से, माँ के दर्शन कर जाए...क्यों कलानन्द, मैं तुम्हारा बगीचा देख आया हूँ। बड़े अच्छे-अच्छे पेड़ लगाए हैं तुमने। राहगीर तो अभी से उस बगीचे के मालिक का नाम पूछने लगे हैं...

आजकल तो नकली गहनों की भरमार है। माँ दुर्गा को पहना दिए जाएँगे नकली गहने। एक दिन बस कटिहार जाने की जरूरत है। सौ रुपये भी नहीं लगेंगे पाँच थान गहनों की खरीदारी में।

माँ दुर्गा ने सचमुच आँख खोली है; पुजारीजी उठकर बिस्तर पर बैठ गए।

...मगर...अगर दाल में किसी को कुछ काला नजर आ गया, तो...?

दशहरा में माँ के दर्शन करने तो गाँव का बनारसी सुनार आएगा ही। अगर किसी दिन वह माँ दुर्गा की नथ पर अपनी निगाह जमा दे और फिर इशारे से पुजारीजी को दुर्गाथान के एक कोने में बुलाकर उनसे कहे, "एक बात कहता हूँ, बाबा; टिकुलिया के बाबू रामवचन सिंह ने जो नथ चढ़ाई है उसका सोना असली नहीं है। मैं तो टिकुलिया के सुनार को अच्छी तरह जानता हूँ, भारी ठग है। लोग तो गाँव में मुझे बदनाम करते हैं, पर मैं तो कहता हूँ कि मेरे जैसा ईमान वाला सुनार शायद ही कोई दूसरा इस इलाके

में हो...आपको लगता है कि भगवती के मनटीका का सोना असली है? जयचन्दर महतो को भी ठगा है बभनी के सुनार ने...अरे, आप काँप क्यों रहे हैं? तबियत ठीक है न, बाबा?..."

गाँव का सुनार तबियत खराब देखकर आगे कुछ नहीं भी बोले, मगर उसके बाद भी तो...

क्या पता, फिर कभी रामवचन सिंह सपत्नीक पधारें देवी के दर्शन के लिए और अपनी चढ़ाई गई नथ पर उनकी बीवी की नजर गड़ जाए और वह अपने पति के कानों में फुसफुसा दे, "यह नथ तो अपनी वाली नहीं लगती है; उसमें तो..." और फिर वह औरत पुजारीजी से पूछ बैठे, "पुजारीजी, यह वही नथ है न जो हमने चढ़ाई थी?"

यह कैसे कहा जा सकता है कि अब टिकुलिया के बाबू रामवचन सिंह कभी आएँगे ही नहीं अपनी पत्नी के साथ...और न बभनी के जयचन्दर महतो और न तेतरी के...उनमें से कोई भी न आए और आए भी तो उन जेवरों पर निगाह नहीं जमाए जो उन्होंने माँ को चढ़ाए थे!

हो-हल्ला तुरन्त नहीं भी करें वे, मगर ऐसा तो हो ही सकता है कि उनके जाने के बाद देर-सबेर...

"...मैं टिकुलिया का सुनार हूँ। मालिक रामवचन बाबू ने जो नथ यहाँ दुर्गा माँ को चढ़ाई थी वैसी ही एक और नथ चाहिए उन्हें; कहीं चढ़ानी ही है। वह नथ देखने आया हूँ। कैसी नथ बनाई थी, अब यह याद ही नहीं आ रहा है मुझे। जरा-सा वह नथ दिखा दें, बाबा..."

"...मैं बभनी से आया हूँ, महाराज। जयचन्दर बाबू ने एक मनटीका चढ़ाया था दुर्गा माँ को। उनकी लड़की की शादी है और बिटिया वैसा ही मनटीका अपने लिए चाहती है। मैंने ही बनाया था। सोचा, बनाने के पहले उस मनटीके को एक बार देख लूँ..."

"प्रणाम, पुजारीजी। मैं तेतरी से आया हूँ, सीताराम सुनार..."

क्या जवाब देंगे वे अपने-अपने मालिक को यहाँ से लौटकर जाने के बाद..."मुझे कोई पानी देनेवाला भी न रहे, अगर मैं झूठ बोलूँ। वह नथ...

वह मनटीका...वह हार मेरा बनाया हुआ नहीं है, सरकार। उसमें तो सोना है ही नहीं। असली गहना गायब है। वहाँ तो उसके बदले में..."

और इसके साथ ही अचानक दरवाजे पर किसी भारी भीड़ और कोलाहल का आभास होता है पुजारीजी को। ढेर सारी मिली-जुली आवाजें उनके कानों में पड़ने लगती हैं...अब तो एक-एक गहने की जाँच करवानी पड़ेगी...हाँ-हाँ, उन सारे लोगों को बुलवाना पड़ेगा जिन्होंने गहने चढ़ाए थे और गहने बनाने वाले सुनारों को भी...अब पूछ-जाँच की तो कोई जरूरत ही नहीं है। दुर्गा माँ वाला वही मनटीका मेरी घरवाली ने बेलसरा वाली को पहने हुए देखा है। हे राम! दुर्गा माँ का गहना कैसे दिया गया अपनी पतोहू को!...और अब मुझसे पूछो, मुझसे, कि पुजारीजी की बेटी जो नथ अपनी शादी में पहनी हुई थी वह कहाँ से आई थी। फुलकुमरी की माई ब्याह के घर से दौड़कर मुझसे कहने चली आई थी, पर तब भला मैं कैसे विश्वास कर लेता कि एक ब्राह्मण ऐसा कुकर्म भी कर सकता है! मैंने तो उल्टे फुलकुमरी की माई को ही डाँट दिया था...जरा बुलाइए पुजारीजी को बाहर; मैं भी कुछ पूछूँ। मुझे भी दुर्गा माँ के हार के बारे में कुछ पता चला है... पातकी...नराधम...

पुजारीजी हड़बड़ाकर उठ बैठते हैं। ब्राह्मणी दौड़कर पास आ जाती है, "यह क्या हो रहा है आपको? हे भगवान, आप इस तरह काँप क्यों रहे हैं? बिस्तर पर लेट जाइए न," कहते हुए ब्राह्मणी उन्हें बिस्तर पर लिटाती है और फिर बोलने लगती है, "मैं बहुत देर से देख रही हूँ, आप बेचैनी में करवटें बदल रहे हैं। मैं शंभु को अभी बुलाती हूँ। कोई तकलीफ है, तो बताते क्यों नहीं?" और फिर वह अपनी पतोहू को आवाज लगाती है, "ऐ बेलसरावाली, जरा जल्दी से आना तो।"

"नहीं-नहीं, किसी को बुलाने की जरूरत नहीं है। कोई तकलीफ नहीं है मुझे," पुजारीजी अपने को सहज बनाने की कोशिश करते हुए कहते हैं, "त्रिवेणी चौधरी की बेटी की शादी में बाधा आ गई है। बारात कल आनेवाली है, मगर आएगी नहीं। इसी बात से मन चिन्तित हो रहा था।"

ब्राह्मणी के मन पर का बोझ उतर जाता है। वह बोलती है, "इसमें आपको चिन्ता करने की क्या जरूरत! जिसकी बेटी है वह जाने। उसके गोतिया-दियाद हैं, समाज है, गाँव है; खबरदार! आप इसमें पड़िए भी नहीं।"

"हाँ-हाँ, मुझे क्या है," अपनी चिन्ता झटकते हुए पुजारीजी बोल पड़ते हैं, "किसी की शादी हो, नहीं हो, मुझे क्या लेना-देना! मैं तो बेकार ही परेशान हो रहा था। जरा एक गिलास पानी तो देना।"

पानी पी लेते हैं पुजारीजी, मगर चिन्ता भला कैसे दूर हो जाती! माँ दुर्गा ने तो चिन्ता का सारा बोझ उनके ही सिर पर डाल दिया है। उनका भला क्या कसूर! सारा दोष तो दुर्गा माता का है। त्रिवेणी चौधरी क्या जिन्दगी भर पुजारीजी को ही पूजते रहे थे? खेत खाय गदहा और...। अब दुर्गा माता पीछे क्यों हट रही है? त्रिवेणी तो अपनी बेटी को उनके ही हवाले कर गया था। नहीं सपरने वाला था उनसे एक भजनीक की बेटी का ब्याह, तो क्यों नहीं किसी अष्टमी को उस बेटी को भी निगल गई? पबिया की माँ तो अपनी दूसरी शादी पर भी राजी हो ही जाती; सिर्फ इस आसरे में थी कि दुर्गा माता कोई ऐसा सपना दे, तो वह आगे बढ़े। तब तो दुर्गा माता को अपने भक्त के भजन-कीर्तन की याद आ गई। जिन दिनों वर-बीसा और ताके-एक्के-दीसा वालों की तरफ से रिश्ते आ रहे थे, उन दिनों क्यों नहीं देवी ने पबिया की माँ को सपनाया कि जो भी रिश्ता आए पक्का कर लो? अभी भी तो सीधी चाल नहीं चल रही है दुर्गा माँ। पबिया अनब्याही रहे कि कुएँ में डूब मरे, इस पुजारी को क्या लेना-देना! मगर तब दुर्गा माँ ने अपने गहने उसकी आँखों के आगे क्यों चमका दिए? जो आज तक नहीं हुआ था, वह आज क्यों?

नहीं, कुछ-न-कुछ तो करना ही पड़ेगा त्रिवेणी की बेटी के लिए। मगर, क्या?...क्या किया जाए?...त्रिवेणी का हिस्सा तो दुर्गा माई को आज देना ही पड़ेगा...और आज यह पुजारी भी अपना हिस्सा लेकर रहेगा।

...एकबारगी हल्ला हो, "चोर...चोर...माँ दुर्गा के गहनों की चोरी... दौड़ो...दौड़ो...पकड़ो..."

ठीक ऐसा ही हुआ था मठाही के दुर्गाथान में। पुजारी चीत्कार कर उठा था। पूरे गाँव में खलबली मच गई थी।

मगर, क्या हुआ था उसके बाद?

क्या हुआ था, यह सोचकर सिहर उठे कमलाकान्त मिश्र। ठीक पन्द्रह दिनों के अन्दर ही चोर का पता चल गया था। यह भी पता चला था कि चोरी के दूसरे ही दिन चोर दोनों आँखों से अंधा हो गया था, बिलकुल अंधा। देवी-देवता के गहने चुराने पर यह तो होगा ही, कौन नहीं जानता? कुछ न हो, तब तो कोई सत्त ही न रहे देवी-देवताओं का।

...पुजारी कमलाकान्त मिश्र सिहर उठे...

...कमलाकान्त मिश्र अंधे हो गए!...अंधे हो गए?...अचानक?...तब तो चोर का पता चल गया। भगवती की देह से कोई गहने उतार ले, तब तो होगा ही।...हाय री मति! यह कुकर्म इस बुढ़ापे में! परलोक सँवारेंगे नथ और मनटीका चुराकर?...जो नहीं हो इस कलियुग में!...

दीर्घ नि:श्वास छोड़ते हैं पुजारी कमलाकान्त मिश्र, अभी कुछ नहीं हुआ है, गहने सही-सलामत हैं। एक कुविचार आ गया मन में; उसके लिए माँ से क्षमा माँग लेंगे वे। माँ ने परीक्षा ली थी; वे खरे उतरे, और भी निखर गए। किसी पबिया की शादी हो न हो, उन्हें सचमुच कोई लेना-देना नहीं है। ऐसी ममता भला क्यों? इस नेत्र-दान से तो लोक-परलोक दोनों बिगड़ जाएँगे। वे निश्चिन्त हो गए, अभी कुछ नहीं हुआ है।

हुआ नहीं है, मगर होने वाला तो है। पबिया की बारात कल नहीं आएगी। तब क्या होगा? माँ दुर्गा क्या...

नहीं-नहीं, बारात तो हर हालत में आएगी, जो निश्चय एक बार मन में कर लिया, वह कर लिया। अब चोर गहने ले ही जाएगा। माँ दुर्गा को जो करना हो, करे। लोग क्या सोचेंगे, क्या कहेंगे, अब इसकी चिन्ता नहीं, तनिक भी चिन्ता नहीं। माँ दुर्गा को मुँहामुँही जवाब दे सकते हैं वे कि उन्होंने कोई पाप नहीं किया है। खरा जवाब दे सकते हैं कि दुर्गा माँ में साधारण माँ की भी ममता नहीं है। त्रिवेणी के कीर्तन-भजन का फल चाहिए मुझे। मैंने भी

आज तक कुछ नहीं माँगा था, आज मुँह खोलकर माँग रहा हूँ। मेरा तो सब कुछ माँ को समर्पित है ही; अब अगर उन्हें मेरी आँखें चाहिए, तो ले लें; मुझे कोई दुख, कोई पीड़ा नहीं होगी। अंधा हो जाऊँगा, तब भी ठीक। इन आँखों से यह तो नहीं देखूँगा कि पबिया की बारात नहीं आई। पबिया की बारात नहीं आएगी, तब इन आँखों के रहते भी अब किसी सप्तमी की रात में दुर्गा माँ को गहने पहना पाऊँगा क्या? तब न पबिया देखने लायक रहेगी न भरौली की दुर्गा माई। एक बार निश्चय कर लिया, तो कर लिया...चोर-चोर-चोर...दौड़ो...पकड़ो...सप्तमी की रात में...सुबह होने में एक घड़ी बाकी...

सारी व्यथा दूर हो गई। मन शान्त हो गया। प्रसन्नचित्त पुजारीजी ने ब्राह्मणी को हाँक लगाकर बुलाया और बोले, "खाना परोस दो; आज सबेरे ही सो जाऊँगा। कल एक जगह जाना है; जरा तड़के ही उठा देना।"

अभी चकचुहिया बोली भी नहीं थी कि पुजारी कमलाकान्त मिश्र पबिया के घर पहुँच गए। वहाँ पबिया की माँ का बुरा हाल था। पुजारीजी के सामने आने पर भी वह बदहवास ही दिख रही थी। अब कुछ समझाने-बुझाने का वक्त नहीं था पुजारीजी के पास। उन्होंने जल्दबाजी में कहा, "पाबो की माँ, तुम शादी की तैयारी में लग जाओ। मैं जा रहा हूँ बारात लाने।"

अपने गन्तव्य की ओर बढ़ते हुए पुजारी कमलाकान्त मिश्र अपने जीवन-भर की सेवा-पूजा के बदले माँ दुर्गा से इतना भर माँग रहे थे कि उनकी आँखों में तब तक रोशनी जरूर रहे जब तक वे अपने गन्तव्य पर नहीं पहुँच जाते।

विदाईकांड

किसी ने सुना है किसी को भी यह कहते कि हर आदमी अपराधी है और कहीं न कहीं, कभी न कभी कानून को तोड़ डालता है? तो सुन लीजिए, ऐसा कहनेवाला एक नया थानेदार आया है लालनगर थाने में। हर आदमी अपराधी है? वाह रे वाह! कैसे है कोई आदमी अपराधी जो भीतर-बाहर हर तरफ से भला है, बहुत ही भला? लालनगरवाले कोई आज से नहीं रह रहे हैं लालनगर में; कितनों के परदादे तक की पैदाइश यहाँ हुई है, इसी लालनगर में। आज तक ऐसा कोई किस्सा किसी के सुनने में नहीं आया है। कितने ही थानेदार आए और चले गए, मगर किसी के मुँह से नहीं सुना कि हर आदमी अपराधी है, भला आदमी भी।

और गाँवों में तो हवा जरा देर से पहुँची, मगर लालनगरवालों ने तो ज्यों ही थानेदार के मुँह से ऐसा सुना, सावधान हो गए। सावधान हो तो गए, मगर तैनाती का हफ्ता नहीं गुजरा था कि उन्हें थानेदार का यह भी कहा सुनने को मिल गया कि कोई लाख सावधान हो जाए, लाख भला हो, किसी न किसी दफा में उसे गिरफ्तार किया जा सकता है और जेल की हवा खिलाई जा सकती है। लालनगर के हर भले आदमी का जी काँप गया। हे राम! अब क्या होगा? अब सावधान होकर भी क्या होगा? मगर...थानेदार ऐसा कर सकता है क्या?... क्या पता? बोल तो रहा है...सावधान तो रहा ही जाए, भरसक, यथासम्भव।

थानेदार बात का पक्का था, जो कहा वह करके दिखा दिया।

डेढ़ साल पहले दारोगा हरगोविन्द पांडेय थाना-प्रभारी बनकर लालनगर आए थे। आते-आते उन्होंने इलाके को ऐसा कसा कि त्राहि-त्राहि मच गई। लोग खुलकर साँस नहीं ले पा रहे थे। लालनगर तो बाबू दरोगाजी का असली अखाड़ा बना हुआ था। डर इस कदर समाया हुआ था लोगों में कि—अभी तक लोग बुचकन साह का ठठ्ठा उड़ाते हैं—एक दिन जब बुचकुन साह सुबह-सुबह बनमनखी जाने को तैयार हुआ, तो अचानक वह भारी दुविधा में फँस गया कि अभी कुछ गलत तो नहीं हो रहा है। थाना के सामने से सड़क गुजरती है; पूरब की ओर जाना है; दिन है मंगलवार। 'सोम सनी पूरब ना चालू,' ऐसा तो घाघ और भड्डरी कह गए हैं; दारोगाजी का क्या कहना है?

भद्रा से मुक्ति के लिए लोग छटपटा उठे थे। कब जाएगा यह चंठ-चंडाल हरगोविन्द पांडे? क्या मीआद हो सकती है इस मीआदी बुखार की? कैसे कटेंगे दिन?

दिन कट गए, दिन फिर गए लालनगरवालों के। डेढ़ साल में ही मुक्ति मिल गई हरगोविन्द पांडे से। उनकी बदली हो गई। कहाँ?...कहीं भी... जहन्नुम में...यहाँ से हो गई।

मगर आज वह यहीं है। कल जाएगा।

बस, आज भर!

"बस, आज भर, दीपू की माँ," बासुकी मंडल अपनी घरवाली से बोला, "कल यह चौपटहा जा रहा है। मैं परसों ही बनमनखी मवेशी हाट से चार रास गाएँ खरीद लाता हूँ। किस इलाके में दारोगा नहीं रहता होगा और किस गाँव में कोई मरखनी गाय नहीं होती होगी, मगर इसके लिए मर-मुकदमा तो नहीं होता रहता है गाँव-गाँव में। अपनी ही गाय ने क्या किया था? बिपता को हल्के से सींग मारा था और कुसुमलाल को भी इतने ही जोर से उठाकर पटका था कि हाथ-गोड़ टूटने न पाए; धरीछना पर तो केवल मुँह चमकाया था। मगर दारोगा तो हर बार छह महीने से लेकर आजीवन कारावास तक के लिए चालान करने पर तुला हुआ था। अब रोज-रोज दारोगा को दक्षिणा

देने के लिए पैसे मैं कहाँ से लाता? किसी के पास आने या पास से गुजरने पर गाय मुँह तो चमका ही सकती थी। तुम्हारी बात भी कैसे मान लेता मैं? चमकलाल ने जो अपना कटखना घोड़ा बेचा, तो फिर खरीदा कोई और घोड़ा? उसे भी तो यही डर था कि जब तक यह दारोगा इस थाने में रहेगा, तब तक कैसा भी घोड़ा खरीद लाए वह, घोड़ा दफा दो सौ नवासी का मुजरिम हो ही जाएगा। खैर कष्ट दूर हुआ; बस, आज भर।"

दीपू की माँ मुस्कराकर बोली, "एक बात तो मैंने आपको भी नहीं बताई थी; आज बताती हूँ। यह तो झूठा हल्ला है कि रतनराम सेठ ने पाँच हजार खर्च कर दारोगा की बदली करवाई है। सड़क के किनारे खड़े-खड़े पेशाब करने पर जो मुकदमा चला था उस पर, वह क्या हाल की बात है? अब तक क्यों नहीं बदली करवा दी थी सेठ ने? सुनिए, इस बार जो मैंने छठ व्रत किया था वह बाल-बच्चों के लिए थोड़े ही किया था! मैंने तो छठ मैया से कहा था, 'मैया, इस दारोगा को भगा दो यहाँ से।'"

"बस, आज भर, सिमरबन्नीवाली," सिमरबन्नीवाली से उसका मर्द कदमताल बोला, "आज भर। आज भर इस साले नुनुलाल की बकरी का जुल्म सह लो। पुचकार कर, चुमकार कर, इस पर भी नहीं माने तब, चीख-चिल्लाकर भगाओ उसे। डंडा मत चलाओ। तुम्हारे डंडे की चोट से कीड़ा-मकोड़ा मरे न मरे, मगर यह नखरेबाज बकरी उस बार की तरह ही अब हर बार झटपट जमीन पर गिरकर अपना पेट फुलाने लगेगी। नुनुलाल को तो थाने का रास्ता देखा हुआ है। उस बार बकरी मरी भी नहीं थी, बेहोश बकरी थाने में उठकर खड़ी हो गई थी, मगर तब भी दफा चार सौ उनतीस। यह कोई अच्छी बात है कि तुम अपने घर-पिछवाड़े से किसी की बकरी भगाने दौड़ो और मैं तुम्हारे पीछे दौड़ते हुए चीखूँ, 'दफा चार सौ उनतीस?' भला हो डूमर बाबू का, इस शैतान को दफा दफान किया।"

"चुप भी रहिए," तुनककर बोली सिमरबन्नीवाली, "इसी डूमर ने तो ला बिठाया था लालनगर में शैतान को। चुनाव में यहाँ से वोट नहीं मिले, तो गाँव को ही उजाड़ देने का तिकड़म कर बैठा। उसके ही करने से हो जाता क्या?

में इस बार सिमरबन्नी अपने माँ-बाप को देखने नहीं गई थी, गई थी रास्ते में रुककर चिथड़ियापीर में चिथड़ा बाँधने। उस बार पीर बाबा ने देर लगाई थी और तीन साल पर लल्लू पैदा हुआ था, मगर इस बार एक पन्द्रहिया भी नहीं बीता कि दारोगा को फौती हो गई।"

हनुमान चालीसा का नित्य-पाठ पूरा किया बजरंगी लाल ने और सीना तानकर अँगड़ाई लेते हुए घरवाली को सुना दिया, "जा रहा है तुम्हारा दरोगा बाबू। अब पता चला कि मैं रोज हनुमान-चालीसा का पाठ क्यों करता था? और जोर देकर बार-बार यही दोहा क्यों पढ़ता था, 'भूत पिशाच निकट नहीं आवे, भूत पिशाच निकट नहीं आवे?' भगा दिया न पिशाच को अंजनीपुत्र महावीर ने। वाह री दुनिया और वाह रे दारोगा! अपनी औरत पर भी शासन नहीं करे कोई! बिगड़ जाने दे उसे, बहक जाने दे उसे। मियाँ-बीवी के झगड़े में दारोगा का दखल! अब तुम्हारा क्या होगा, बोलो? कल से दिखाना अपना अकड़फों, बखानना मेरा बाप-दादा। डेढ़ साल की चुलचुली है मेरे हाथों में; भुरकुस निकाल दूँगा। रुका हुआ हूँ, बस आज भर। आज भर भी क्या, शाम तो होने को आई।"

लालनगर में वह आखिरी शाम थी, मगर उस शाम भी दारोगा हरगोविन्द पांडे ने अपना नियम नहीं तोड़ा।

उनका रोज का नियम था कि वे हर शाम सभी सिपाहियों को एकत्र कर रात्रि के पहरे का कर्त्तव्यभार बाँटते, थाना दैनिकी में इसकी प्रविष्टि करते और फिर अपने अन्तरंग जवारी नगनारायण सिंह, जो पहले से वहाँ पहुँचा रहता, और सिपाही कृष्णदेव तिवारी के साथ गश्त लगाने निकल पड़ते। थाना से सीधे वे शहीद चौक पर आते, जो लालनगर का मुख्य चौक था, वहाँ थोड़ी देर रुकते और फिर वहाँ से जहाँ-तहाँ अटकते, गश्तसलामी के रूप में चाय-पान खाते हुए सब्जी बाजार तक आ पहुँचते। शहीद चौक में जो छोटी-सी भीड़ इनके साथ हो जाए करती, वह यहाँ तक आते-आते छँट जाती। सब्जी बाजार

में वे एक ढाबानुमा होटल में घुस पड़ते जिसके सामने उनकी अगवानी में पंचदेव—नगनारायण सिंह को लगाकर उनके पाँच चमचे—खड़े रहते। होटल में उनका खाना-पीना चलता; माँस-मछली, कभी एक-आध टुकड़ा, कभी भर पेट; ताड़ी-दारू, अक्सर जी भरकर। खिलाने-पिलाने का काम पंचदेव खुद करते। वहाँ से निकलकर दारोगा बाबू लटक चाल से थाना की ओर लौटते और थाना तक उन्हें पहुँचाकर पंचदेव रुख्सत हो जाते।

उस रोज बस एक नियम टूटा था। पंचदेव को रुख्सत नहीं मिली। दारोगा हरगोविन्द पांडे ने उन्हें सुनाया, "आज मैं जश्न मनाऊँगा उन दिनों की याद में जो मैंने लालनगर में तुम लोगों के साथ गुजारे हैं। मैं खुशनसीब हूँ कि यहाँ तुम लोगों का साथ मिल गया।" नेतीलाल ने अपने हाथ की झोली दिखाते हुए साथियों को बताया, "इसमें माल है जश्न के लिए।" पंचदेव, जो कुछ-कुछ भावुक पहले से ही हो रहे थे, विह्वल हो उठे दारोगा हरगोविन्द पांडे की आत्मीयता देखकर। उन्होंने भी चटपट आपस में सोच-विचार कर अपना श्रद्धाकृत निर्णय अपने श्रद्धेय को सुना दिया, "हम भी कभी आपको भूलेंगे नहीं, हुजूर, भूल ही नहीं सकते। हर साल आज के ही दिन हम पाँचों साथ बैठकर आज के जैसा ही जश्न मनाएँगे उन दिनों की याद में जो हमने आपके साथ गुजारे हैं इस लालनगर में।"

हॉल के अन्तिम छोर पर दीवार से सटाकर एक दरी बिछाई गई। गिनती से गिलास मँगवा लिए गए। बाल्टी में पानी आ गया। दारोगाजी घंटा भर की मोहलत लेकर अपने डेरा गए और आधा घंटा में ही लौट आए।

झोली से दारू की बोतलें निकाली गईं, कुछ चना-चबेना भी। जश्न शुरू हुआ।

दारू का पहला दौर समाप्त होते-होते दारोगा ने अपनी बात शुरू की, "इस जिले के जिन सात थानों का थाना-प्रभारी बनने की कीमत बीस हजार रुपये हैं, उनमें एक लालनगर थाना भी है। मैं भी बीस देकर यहाँ आया था। यह बीस मैंने तीन साल के लिए दिया था, डेढ़ साल के लिए नहीं। नए आरक्षी अधीक्षक को क्या पड़ी थी यह सोचने की कि किसी को दस हजार का नुकसान

हो रहा है! उसने अपना फायदा सोचा। यहाँ रामभवन सिंह आ रहा है; बीस की बजाए पच्चीस देने पर भी तैयार हो गया होगा। मुझे जहाँ भेजा जा रहा है, वह बिलकुल नया थाना है, साल-डेढ़ साल पहले ही बना है। नाम है ढोंढ़ीघाट।"

नेतीलाल खिलखिलाकर हँस पड़ा, "ढोंढ़ीघाट! यह भी कोई नाम हुआ! यह नाम पहले कभी नहीं सुना था, हुजूर। सुनने में कैसा तो लगता है, ढोंढ़ीघाट थाना। थाना बनाने के पहले सरकार को इसका नाम बदल देना चाहिए।" बोलकर वह एक बार फिर हँसा। जब उसकी हँसी में कोई और शरीक नहीं हुआ, तो उसे अपनी मूर्खता का अहसास हुआ, हँसना नहीं चाहिए था क्या? जहाँ पांडे बाबा जा रहे हैं, उस जगह पर हँसना? जो पहले से ही दस हजार का दुख भोग रहा हो, उसका दुख बढ़ाना? उससे भूल हो गई, नेतीलाल ने महसूस किया।

पांडे बाबा आगे बढ़े, "नाम से भी अधिक खराब है वह जगह। अपराध-सभा में वहाँ के थाना-प्रभारी का रोना कई बार सुन चुका हूँ। वहाँ तक पहुँचने के लिए पक्की सड़क नहीं है, करीब कोस भर कच्चे रास्ते से जाना पड़ता है। बरसात में वह लंका बन जाती है; चारों तरफ पानी रहता है। करीब छह महीने पहले थाना-प्रभारी ने सुनाया था कि अब तक वे सात ऐसे बिलों का उस खंडहर में पता कर चुके हैं जिनमें विषधर का डेरा है, चार में गेहुँअन और तीन में करैत। इलाके में साँप का विष झाड़नेवाला एक भी मन्तरिया नहीं है। जमींदारों के जमाने से ही कई बार मन्तरियों को वहाँ बसाने की कोशिशें की गईं, मगर कोई टिका नहीं। ऐसे थाने में मुझ जैसे आदमी को न जाने किस जनम के बैर से भेज रहा है यह नया आरक्षी अधीक्षक!"

"यह तो बहुत ही बुरा हुआ, हुजूर।" कोई एक बोला।

"बहुत ही बुरा हुआ, बहुत ही बुरा।" समूह बोल उठा।

"यह आदेश रद्द नहीं हो सकता है, हुजूर?" किसी एक ने पूछा।

"जरा भी उम्मीद रहती," दारोगाजी मुँह बिचकाकर बोले, "तो मैं अब तक इसके लिए निकल चुका होता।"

"अगर आप कहिए, हुजूर, तो डूमर बाबू से पैरवी कराई जाए।"

"उस पर मैं सोच चुका हूँ," सिर झुकाकर आँखें बन्द कर लीं दारोगाजी ने, "कोई फायदा नहीं होगा।" सिर उठाकर आँखें खोलीं, "अभी की सरकार में आपके डूमर बाबू की कोई चलती नहीं है। कोई अफसर उनकी बात नहीं मानेगा।"

"आप तो बड़े-बड़े धाकड़ अफसरों को पानी पिला चुके हैं, हुजूर। यह नया आरक्षी अधीक्षक किस खेत की मूली है! इसे भी तंग कीजिए, हुजूर; यह जल्दी ही आपको कोई अच्छा थाना दे देगा।"

"हाँ, हुजूर, तंग कीजिए इस अफसर को जैसे अभय सिंह आरक्षी अधीक्षक को किया था। आपसे झगड़ा मोल लेकर जब वह..."

दारोगाजी ने बात काट दी, "उनके साथ मेरा कोई झगड़ा नहीं हुआ था। उनकी एक बुरी आदत थी कि जब हम उन्हें सलामी देते, तो वे कभी छड़ी उठाकर, कभी कोई हाथ पतलून की जेब में डाले हुए ही या बहुत बेरुखे ढंग से हाथ उठाकर हमारी सलामी का उत्तर देते थे। तब मैंने उन्हें तंग करना शुरू किया था।"

"और उनकी आदत भी छुड़ा दी थी?"

"हाँ, छुड़ा तो दी थी," दारोगाजी को बोलते हुए मुस्कराना पड़ गया।

"तो फिर इस अफसर को भी तंग कीजिए, हुजूर; इसे भी कुछ धौंस-धमाका दिखाइए। शुरू कीजिए बाएँ हाथ की सलामी से।"

"हाँ, और अगर इसने भी प्रमाण-पत्र माँगा, तो इस बार मैं बनवाकर लाऊँगा और उसमें साफ लिखा रहेगा कि इनका दायाँ हाथ झूठा पड़ गया है। भोगो, साले, बेइज्जती; और भेजो किसी भले आदमी को ढोंढ़ीघाट। प्रमाण-पत्र के लिए आपको कहीं जाना नहीं पड़ेगा, हुजूर; सौ-पचास जो भी खर्च होंगे, मैं करूँगा।"

"हाँ, हुजूर, यह सब करना है। यह अफसर कर क्या लेगा? नाग-लोक के बाद अब कहाँ भेजेगा?"

"रंगीन चश्मा मैं नेपाल से लाकर आपको दे आऊँगा, हुजूर। इसे पहनकर भी आप इस अधीक्षक को चिढ़ाइए। पूछने पर बस वही जवाब, 'डॉक्टर की

सख्त हिदायत है चश्मा लगाए रखने की। छुतहा रोग है, एक की आँख से दूसरे की आँख में जानेवाला।' कोई-न-कोई चमचा तो उसे बता ही देगा कि आपकी आँखों में कोई रोग नहीं है। क्या कर लेगा? रफीक मियाँ जैसे कड़े अफसर ने क्या कर लिया था?"

"मुझे भी याद आ रहा है, हुजूर; किसी आरक्षी अधीक्षक की मेज पर आप अपनी टोपी रख दिया करते थे। मैं कुछ भूल रहा हूँ, हुजूर..."

"मुझे याद है, कलानन्द सिंह, आरक्षी अधीक्षक।"

"हाँ-हाँ, कलानन्द सिंह ही थे," फिर मुस्कुराना पड़ा था दारोगाजी को, "उनकी आदत थी कि अपने कक्ष में बुलाते तो थे, मगर कभी बैठने के लिए नहीं कहते थे। अब कब तक खड़ा रहे कोई सावधान मुद्रा में! मैं सलामी देकर बगैर उनके कहे सामने की खाली कुरसी पर बैठ जाता था और अपनी टोपी..."

ठठाकर हँस पड़े पंचदेव।

"मगर अब," गम्भीर हुए हरगोविन्द पांडे, "यह सब सम्भव नहीं है, भाई। तब की बात और थी।"

"आपके लिए हर समय सम्भव है, हुजूर। आपके पास जो बुद्धि है वह किसी अफसर के पास खाक होगी। किस अफसर को आपने पानी नहीं पिलाया है? कौन है पुलिस महकमे का ऐसा आदमी जो आपका लोहा नहीं मानता हो? हम बहुत सुन चुके हैं, हुजूर, आपके बारे में।"

"नहीं, भाई," भरसक उदास स्वर में बोलने लग गए दारोगाजी, "कह रहा हूँ न, तब की बात और थी। तब बचनदेव दुबे मंत्री थे, रंजन त्रिवेदी थे महानिरीक्षक। बाबू यदुवीर सिंह के समय में भी अपना बोलबाला रहा। तब और अब में बहुत फर्क आ गया है। तब की बात रहती, तो क्या मैं बीस हजार देकर लालनगर थाने में आता? और सीधे मन से यहाँ से ढोंढ़ीघाट जाने को तैयार हो जाता? तब मैं लालनगर में तीन साल गुजारकर यहाँ से सीधे बगैर पच्चीस पैसे खर्च किए कल्याणगंज थाने जाता जिसमें घुसने की कीमत पच्चीस हजार रुपये है, जिला का नम्बर एक थाना। दुबेजी और रंजन

त्रिवेदी के यहाँ दो-दो कनस्तर घी पहुँचा देने से काम चल जाता; यदुवीर सिंह के यहाँ घी के साथ एक बोरा बासमती चावल लेकर जाता। मगर अब वह बात नहीं है।"

"तो क्या आप गेहुँअन और करैत के बीच में रहने जाएँगे?"

"हम नहीं जाने देंगे, हुजूर; अब तो हम नहीं जाने देंगे।"

"कोई उपाय निकालिए, हुजूर।"

"आप मगज लगाइए; कोई-न-कोई उपाय अवश्य निकल आएगा।"

"एक उपाय सोचा है मैंने," दीर्घ निःश्वास छोड़कर बोले दारोगाजी।

"क्या?...क्या?" पंचदेव की हर्षध्वनि निकली।

दारोगाजी ने आसन बदलकर कहना शुरू किया, "मुझे डेढ़-दो महीने पहले ही पता चल गया था कि मेरा कुछ अनिष्ट होनेवाला है। मुझे सपने आने लगे जिनमें मैं देखा करता था कि कभी तो कोई बन्दर मुझ पर झपट्टा मार रहा है और कभी मैं गदहों के झुंड को हाँक रहा हूँ। दुबेजी या रंजन त्रिवेदी और यदुवीर सिंह के राज्य में मैंने कभी ऐसा सपना नहीं देखा था। मेरा माथा ठनका। मैं पीताम्बर झा ज्योतिषाचार्य से मिला। उन्होंने जो-जो बताया वह सब किया—उपवास किया, दूध में चावल पकाकर अग्नि में उसकी आहुतियाँ डालीं, रात्रिसूक्त का पाठ किया और घर में पका भोजन ब्राह्मणों को खिलाया। सपने आने तो बन्द हुए, मगर अब देखो कि बन्दर ने झपट्टा मार ही दिया और मैं ढोंढ़ीघाट जा रहा हूँ गदहों के झुंड को हाँकने। अब मैं पीताम्बर झा के पास नहीं जा रहा हूँ।"

"मैं बताता हूँ, कहाँ जाना है, हुजूर। महादेवपुर घाट में एक सिद्ध अघोरी रहता है, बहुत ही पहुँचा हुआ। एक बार आप वहाँ चलिए, हुजूर।"

"चिथड़ियापीर क्यों न चला जाए? पीर बाबा किसी को खाली हाथ नहीं लौटाते।"

"अकबरपुर में एक औलिया रहता है। वह मंत्र पढ़कर पानी देता है। मैं पूरा पता लगा लेता हूँ बजरंगी से; वह अपनी घरवाली को लेकर पानी लाने गया था।"

"एक महात्मा भूतेश्वर थान में रहते हैं। गालियाँ तो वे बहुत गन्दी-गन्दी देते हैं, मगर जो बरदाश्त कर ले, उसका मनोरथ पूरा होकर रहेगा। आप किसी तरह उनकी गालियाँ बरदाश्त कर लेंगे, हुजूर, उन्हें महात्मा मानकर, फिर देखिए कि नाग-लोक से कैसे नहीं निकल आते हैं आप!"

"नहीं," दारोगा ने असहमति में सिर हिला दिया, "यह सब मैं नहीं करने जा रहा हूँ। मैंने कोई और उपाय सोचा है, बहुत तगड़ा उपाय।"

"क्या? क्या?" पंचदेव हुलसकर चिल्लाए।

दारोगाजी मुस्कराए और बोलना शुरू किया, "एक बार दुबेजी पर संकट आया था; उन्हें लगा था कि मंत्रीमंडल में उनको शामिल नहीं भी किया जा सकता है। राजनीति में तो कभी-कभी भारी उखाड़-पछाड़ हो जाती है, नहीं तो भला किस मुख्यमन्त्री की हिम्मत होती उन्हें मंत्रीमंडल से बाहर रखने की! उस संकट को देखकर दुबेजी ने एक यज्ञ करवाया था, ग्रहों की शान्ति के लिए, नवग्रहशान्ति यज्ञ। उस यज्ञ की खबर मुझे भी मिल गई थी। मैं यज्ञ में उपस्थित हुआ था चार कनस्तर घी के साथ। सारी विपत्तियों को एकबारगी दूर कर देने के लिए यह यज्ञ सम्पादित कराया गया था। काशी से पंडित आए थे, एक नहीं, चार। लाख से ऊपर का खर्च हो गया था। सोने पर नवग्रहों की आकृतियाँ बनी थीं। दस-पन्द्रह हजार रुपये तो केवल दान-दक्षिणा में कट गए थे—उजला घोड़ा, काली गाय, और क्या-क्या तो। मैं उतना नहीं करूँगा। लोहे पर आकृतियाँ बनवा लूँगा और दक्षिणा में एक मेमना दे दूँगा। फल में कोई अन्तर नहीं आएगा। मैंने पूरी जानकारी वहाँ हासिल कर ली थी। दस हजार से अधिक खर्च नहीं करूँगा मैं इस यज्ञ में। दुबेजी मंत्रीमंडल में आ गए थे, मैं भी ढोंढ़ीघाट से बाहर निकल जाऊँगा।"

"जरूर कीजिए, हुजूर, यह यज्ञ जरूर कीजिए। कोई भी ग्रह दुष्ट होगा, नवग्रहशान्ति यज्ञ में जरूर फँस जाएगा।"

"इस यज्ञ में मैं पहुँचूँगा, हुजूर। कितना घी लेकर आऊँ?"

"दो-चार दिनों के लिए तो मैं भी जा ही सकता हूँ। सतवा को सब समझा दूँगा, वह होटल सँभाल लेगा; कह दूँगा, नहीं सँभले तो बन्द कर देना।"

"मुझे तो सात दिन पहले पहुँच जाना होगा। इतना बड़ा यज्ञ होगा, तो उसकी तैयारी में भी तो समय लगेगा। घर के लोग कितना काम करेंगे! साथ में शिबुआ को भी ले लूँगा। वहाँ विश्वासी और कर्मठ नौकर-चाकर भी तो चाहिए।"

"आप मेमना नहीं खरीदिएगा, हुजूर। मेमना मैं बिकुआ की माँ से सस्ते में ले लूँगा। साथ में नगनारायण भैया का नौकर रहेगा, तो मेमना ले जाने में कोई असुविधा नहीं होगी।"

"वह सब तो ठीक है," दारोगा ने टोक दिया, "मगर पहले तो दस हजार रुपये का प्रबन्ध करना है। दस हजार रुपये आएँगे कहाँ से?"

दारोगा के मुँह से यह बात पंचदेव को रास नहीं आई। दारोगा के लीचड़पन ने मन दुखा दिया उनका। इस लालनगर में लाखों लाख हिलोर लिया, और पूछ रहा है, रुपये कहाँ से आएँगे? इतना बड़ा यज्ञ करने जा रहा है, मगर पैसे का प्रबन्ध करना अभी बाकी ही है।...जाओ, साले, तुम्हें ढोंढ़ीघाट ही जाना चाहिए।...गुस्सा तो ऐसा आया था कि लीचड़ को भद्दी गालियाँ सुनाकर महफिल तोड़ देने का जी हो गया था उनका, मगर उसे अनुचित मानकर चुप बैठे रहे वे।

देर तक मौन टँगा रहा उनके बीच।

नगनारायण को बात सूझ गई और उसने मौन खोला, "दस हजार आते क्या देर लगेगी, हुजूर! मैं साथ में चलता हूँ ढोंढ़ीघाट; हफ्ता-दस दिन के अन्दर इतने पैसे आ जाएँगे।"

"मैं भी तो जा ही सकता हूँ। यह लालनगर कोई सुखवास थोड़े ही है मेरे लिए! किसी जगह से क्या मोह! जहाँ हुजूर रहेंगे, वहीं घर बसाकर मैं भी रह लूँगा।"

"नगनारायण भैया, ढोंढ़ीघाट पहुँचकर आप तुरन्त मुझे खबर कीजिएगा कि वहाँ होटल के लिए जगह हो सकती है या नहीं। यहाँ सतवा होटल चलाएगा। अब जहाँ-जहाँ हुजूर, वहाँ-वहाँ मेरा होटल; हुजूर और होटल साथ-साथ।"

"ढोंढ़ीघाट में ऐसी कमाई नहीं है, भाई," सब की सुनकर दारोगा ने अपनी कही, "मैं सब पता लगाकर बैठा हुआ हूँ। वैसा रहता, तो ढोंढ़ीघाट भी बीस-हजरिया थाना नहीं बन जाता!"

नगनारायण ने जवाब दिया, "हुजूर, मेरी लियाकत में बट्टा लगा रहे हैं आप। दस हजार रुपये चुआने में देर लग जाएगी? कैसा बालू है वहाँ? कितना पेरना पड़ेगा तेल निकालने के लिए?"

"अब इस दस हजार के लिए," दारोगा मुँह झाड़कर बोला, "मैं जरा भी देर नहीं कर सकता। ढोंढ़ीघाट में मैं रुकूँगा नहीं; एक रात किसी तरह जागकर गुजार दूँगा और दूसरे ही दिन रवाना हो जाऊँगा घर के लिए, यज्ञ की तैयारी के लिए। मुझे तो, भैया, दस हजार रुपये आज ही चाहिए।"

"आज ही?" नगनारायण बोलकर सोच में पड़ गया।

दारोगा हाँ में सिर हिलाता रहा।

पंचदेव का मिजाज खौल गया।...आज ही चाहिए, तो कीजिए तिकड़म, बैठाइए जुगाड़; हम मगजपच्ची नहीं करेंगे; हम चलते हैं...जाना अनुचित मानकर वे सब बैठे रहे और सोचते रहे कि किस घनचक्कर में फँस गया; आज मुलाकात नहीं ही होती इस कसाई से, तो कौन-सा पहाड़ सिर पर गिरा आ रहा था!

नगनारायण ने अपनी असमर्थता जाहिर कर दी, "आज कैसे हो पाएगा, हुजूर? हाथ में तो कोई आदमी भी नहीं है।"

"यह तो तुम लोग सोचो, भाई," दारोगा ने सबकी ओर निहारते हुए कहा, "कि कैसे क्या होगा।"

जहाँ और लोग मगजपच्ची नहीं करने की जिद पर अड़े रहे वहीं नगनारायण ने माथा खपाया और जुगाड़ बैठा लिया, "एक उपाय है, हुजूर; डकैती करवा देते हैं।"

डकैती! पंचदेव में फूट पड़ गई। जो काम आज तक नहीं किया, वह करवाएगा हमसे नगनरैना? यह बट्टेबाज गहरे में चल रहा है। खुद बनेगा सरगना, करेगा सरदारी..."तुम पतले हो; सेंध से घुसकर अन्दर से किवाड़ खोल देना...पहले तुम घुसो अन्दर। तुम्हारा घर देखा हुआ है; बराबर आते-

जाते हो...तुम हिम्मती हो। पगला सियार को मारने में तुमने गजब की हिम्मत दिखाई थी। बढ़ो आगे...तुम मुस्टंड हो। घरवाला जग भी गया, तो उठा-पटक में तुम बीस पड़ोगे। घुस जाओ..." और तुम क्या हो, साले? केवल सरदार? साँप के बिल में हाथ डाल दें हम, और तुम खड़े-खड़े दूर से मंत्र पढ़ोगे? उठो, भाई, चलो यहाँ से।...

अभी भी महफिल छोड़कर जाना अनुचित मानकर वे सब नहीं उठे, बैठे रह गए।

"डकैती?" दारोगा का स्वर भी अचरज भरा था।

"हाँ, हुजूर," नगनारायण इस तरह बोला जैसे कि कोई बच्चों का खेल खेलना है, "रतनराम सेठ के यहाँ।"

अरे बाप! चतुर्व्यूह की रूह काँप गई। किसे पता नहीं कि रतनराम सेठ के यहाँ एक संथाल तीर-धनुष के साथ रात भर पहरा देता है? किधर से घुसेगा कोई? पहले संथाल को मार गिराओ, फिर आगे की बात करो। नहीं-नहीं, साँप की पूँछ पर कौन लात रख देगा? मगर कैसे क्या हो? गरदन पर रखे जूए को कैसे उतार रखा जाए? सब ऊभ-चूभ होने लगे..."सुनो, भाई नगनारायण, पिछले बीस बरस में मैं दौड़ना तो दूर, लपझप चाल से भी नहीं चला हूँ। मेरा ब्रह्म कह रहा है कि मेरे कारण तुम सबके सब धर लिए जाओगे। मैं ऐसा होने नहीं दूँगा। तो फिर ऐसा करो कि तुम लोग बढ़ो सेठ की तरफ, मैं बिकुआ-माँ के घर की तरफ बढ़ता हूँ और उसके सारे जानवर—पाठा-पाठी, बकरा-बकरी—हाँककर ले आता हूँ। नसीर बूचर अच्छे पैसे दे देगा।"..."बस, यहाँ इस तिराहे पर मैं रुकता हूँ। सेठ के घर से हल्ला-गुल्ला सुनकर अगर किसी तरफ से लोग दौड़ेंगे, तो मैं सीटी मारूँगा, कुक्क कुक्क। तुम लोग उधर से ही निकल जाना। मैं जानता हूँ, बड़ी-बड़ी डकैतियों में डकैत अपने आदमी कहाँ-कहाँ रख छोड़ते हैं। यह बहुत जरूरी है। बढ़ो तुम लोग आगे।"..."साँप! साँप ने काट लिया...मन्तरिया...सिंघेसर मन्तरिया...तुम लोग बढ़ो; मैं चला जाऊँगा सिंघेसर मन्तरिया के पास अकेले ही...जय हो वासुकि, जय हो तक्षक...पैर में झुनझुनी हो रही है...।"..."मैं

तो बस यहीं रुकूँगा, चहारदीवारी के इधर। अब तुम लोग इसे लाँघकर जाओ अन्दर, संथाल को वश में करो और उसे रस्सी में बँधा हुआ मुझे दिखा दो, तब तो जाऊँगा अन्दर, नहीं तो यहीं खड़ा रहकर तुम लोगों को कुछ मदद पहुँचाने की कोशिश करूँगा। पगला सियार को नन्दा ने मारा था, मैं तो उसके पीछे-पीछे दौड़ रहा था।"...

दारोगा ने ओठ बिचकाए और बोला, "यह सम्भव है क्या?"

"असम्भव है, बिलकुल असम्भव है," चतुर्व्यूह का समवेत स्वर गूँजा।

"सम्भव है, हुजूर," नगनारायण ने जोर देकर कहा, "अभी समय ही कितना हुआ है! रात के नौ बजे हैं..."

"सवा नौ," किसी की आवाज आई।

"हाँ-हाँ, सवा नौ; तो क्या हो गया?" गुस्से में नगनारायण बोला और फिर दारोगाजी से मुखातिब हुआ, "मैं अभी निकलता हूँ, हुजूर। फगुआ घर पर ही होगा। उसके कुछ लोग डुमरिया में भी हैं। पगडंडी से घंटा भर भी नहीं लगेगा जाते-आते। बारह बजे तक दल तैयार हो जाएगा; दो-तीन बजे तक काम नक्की।"

"आप जल्दी से निकल ही जाइए, नारायण भैया।"

"फगुआ तो एहसान मानेगा कि हुजूर ने उसे सेवा का मौका दिया।"

"मेरा ब्रह्म कह रहा है, दस की बजाए बीस-तीस हजार हजार का काम हो जाएगा।"

"लेकिन यह रहा यज्ञ का पैसा; जो भी आएगा, यज्ञ में जाएगा।"

"हुजूर, मैं निकल जाऊँ?" नगनारायण ने उठते हुए कहा।

"हाँ-हाँ, अब समय गँवाने से क्या फायदा!" चतुर्व्यूह ने राय दी।

"नहीं," दारोगा ने उसे बैठने का इशारा करते हुए कहा, "यह सब नहीं हो सकेगा। यह झंझटिया काम है। इस पर मुझे भरोसा नहीं। कोई और उपाय सोचो।"

"कोई और उपाय?" नगनारायण ने चतुर्व्यूह की ओर नजर दौड़ाई और थके स्वर में बोला, "अब और उपाय अभी क्या हो सकता है, हुजूर, इस रात में? अब तो उपाय आप ही बतलाइए।"

"मैंने तो सोचा है," काफी गम्भीर होकर दारोगाजी बोले।

"क्या?" बुझे स्वर में नगनारायण ने पूछा।

"तुम पाँचों," दारोगाजी सबको घूरते हुए बोले, "दो-दो हजार देकर दस पूरा कर दो।"

गाज गिरी पंचदेव पर। हू का आलम तारी हुआ...हू...हू...फिर कोई पगला सियार घुस आया है गाँव में...मारो भाला...न हो तो नन्दा को ही बुला लो...

सब मुँह में घुघनियाँ भरकर बैठे रहे। हर किसी को लगा कि अगर वह कुछ बोलेगा, तो जबान जरूर लड़खड़ा जाएगी।...पहले तुम...पहले तुम...

नगनारायण ही बोला सबसे पहले, "नकदी तो अभी मेरे पास है नहीं, हुजूर, नहीं तो मैं दौड़कर ले आता। ऐसा करता हूँ कि आप ढोंढ़ीघाट के लिए निकलिए और मैं अपने घर क्वाथ के लिए निकल पड़ता हूँ। घर से पैसे लेकर मैं जोगरी ही पहुँच जाता हूँ आपके घर पर। क्वाथ में देर नहीं होगी, हुजूर; पैसा रखा हुआ है। आप नहीं भी रहेंगे, तो पैसे मैं चाची के हाथ में दे दूँगा।"(...पाशंकर पन्द्रह सौ रुपये लेकर आनेवाला था। कहीं ढूँढ़ते हुए यहाँ न चला आए, कुछ ऐसा-वैसा बोल न बैठे। पुलिस की आँख! बचाओ, भगवान, चूना न लग जाए।...)

"कल-परसों का झमेला छोड़ो, नगनारायण," दारोगाजी ने जवाब दिया, "पैसे का इन्तजाम तो आज ही करना है, अभी।"

"अभी कैसे हो पाएगा, हुजूर?" नगनारायण बहुत उदास स्वर में बोला, "हाथ में नकदी तो बिलकुल नहीं है।"

"मेरे गल्ला में तो मुश्किल से बत्तीस-तेंतीस रुपये होंगे," नेतीलाल बोल गया, "कहीं वह भी नसीर बूचर ले न गया हो। ढाई सौ से ऊपर का कर्ज चढ़ गया है उसका। साला सीधे गल्ला में हाथ लगा देता है, गल्ला खोलकर देख लेता है।" वह बड़बड़ाया, "ढाई-तीन हजार तो मेरे दूसरों पर उधार चढ़े हुए हैं, मगर उसे वसूलने में तो दो-तीन दिन लग जाएँगे। 'आज नकद कल उधार' का पट्ट नहीं लगवाकर मैंने भारी गलती की; कभी-कभी तो मेरी नजर भी उस पर जाती ही। अब कल से सब काम छोड़कर पहले पैसे वसूलता हूँ।"

(...फिर गलती हो गई। बूचरवाली बात कैसे मुँह से निकल गई? कसाई के खूँटे से बन्धना लिखा है क्या? अगर किसी सिपाही को भेजकर नसीर को बुलवा ले और उससे कहे, 'नेतीलाल पर जो ढाई सौ का कर्ज है उसे बढ़ाकर बाईस सौ कर दो; अभी करो; करना होगा,' तब क्या होगा, हे राम?...)

अब भरत बोलने के लिए तड़फड़ा रहा था, बोला, "पवन की माँ परसों ही तेरह सौ रुपये लेकर पवन का मुंडन कराने अपने पीहर तिलकपुर चली गई है। अगले बुध को मुंडन है। तेरह सौ में से अभी तेरह रुपये भी खर्च नहीं हुए होंगे। मैं साइकिल से कल ही पहुँच जाता हूँ वहाँ। वहाँ बता दूँगा कि बाबूजी मरने-मरने पर हैं और मरने के पहले पोता-पतोहू का मुँह देखना चाहते हैं। हजार रुपये अपने साले से भी यह कहकर ले लूँगा कि बाबूजी को इलाज के लिए पटना ले जाना पड़ सकता है। कल ही बैलगाड़ी से वापस भी चला आऊँगा। कल हुजूर से भेंट नहीं हुई, तो परसों सीधे ढोंढ़ीघाट में हाजिर हो जाऊँगा। मुझे तो बस एक दिन का समय चाहिए। अब मुंडन होगा अगले साल।"(...यह दारोगा तलाशी तो नहीं लेगा घर की! ये लोग तो सूँघकर पता लगा लेते हैं कि माल कहाँ है। कोठी को तो अवश्य फोड़ डालेंगे। हे राम! तब क्या होगा! सारी नकदी तो उसी में पड़ी है।...)

सियाराम कुछ बोलने ही वाला था कि नगनारायण ने उसे टोक दिया, "तुम दो हजार मेरे लिए भी निकालना, सूद दे दूँगा, बस तीन दिनों के लिए। मुझे तो क्वाथ जाना ही पड़ेगा अब।"

सियाराम तो ऐसा भभका कि मन हुआ गाली देकर कहे, "रमजुआ के मामले में तो मुझे तुम्हारे कारण एक हजार की ठुकाई लग ही गई और तुम खुद उससे डेढ़ हजार लेकर डकार गए। तुम्हारे जैसे फाँकीबाज पर फिर कभी विश्वास करूँगा?" मगर उसने बहुत अफसोस प्रकट करते हुए कहा, "मेरा सारा पैसा तो लोकनाथ बनिया के पास पड़ा हुआ है। उस साले को भी आज ही गाँव से बाहर रहना था। माल गुलाबबाग हाट में न बेचकर नौगछिया चला गया है। कल शाम तक आए तो आए, नहीं तो अब परसों ही आएगा।

घर में तो मैं पैसा रखता नहीं हूँ, यह तो तुम जानते ही हो।"(...लोकनाथ! प्यारे लोकनाथ! तुम मर जाना, मगर आज रात भर लौटकर मत आना। तुम मर भी गए, तो मेरा पैसा नहीं डूबेगा; मैं तुम्हारे बाप से वसूल लूँगा।...)

"मेरा तो बाप ही दुश्मन है," अब बोलने की बारी बासुदेव की थी, "सारा माल, मेरी कमाई भी सारी की सारी, मारकर बैठ गया है और मुझसे कहता है, 'घर से निकलो; नालायक हो तुम।' नकदी में बिना हिस्सा लिए कैसे निकल जाऊँगा? किसी दिन तो तिजोरी की चाबी हाथ लगेगी ही। सात दिन पहले ही झगड़ा हुआ था, हुजूर। घरवाली के इलाज के लिए मैंने पैसा माँगा था; जवाब सुनने को मिला, 'पीहर भेज दो; इलाज उसके माँ-बाप कराएँगे।' यह कोई बात हुई, हुजूर, कि जब-जब उसके देह-गात में तकलीफ हो तब-तब उसे उसके माँ-बाप के पास भेज दूँ। मैंने भी एक दिन गुस्से में सुना दिया कि किसी दिन टेंटुवा दबा दूँगा। उस दिन से खुद तो कमरे में अन्दर से किवाड़ बन्द कर सोता है और मेरी जान के पीछे हाथ धोकर पड़ा है। महादेवपुर घाट के अघोरी से मुझ पर कोई मंत्र चलाने को कह रहा था, मारण मंत्र पर ही जोर दे रहा होगा। ऐसा बाप!" (...ष्णदेव सिपाही से मेरी जेब टटोलने को तो नहीं कह बैठेगा? तब तो गुच्छे को देखकर पूछेगा ही, "इतनी बड़ी-बड़ी चाबियाँ! ये तो...चलो, तुम्हारे घर चलते हैं।' उफ्! कितनी बुरी आदत है इस गुच्छे को हमेशा साथ लेकर चलने की! घर में ही कहीं छुपाकर नहीं रख सकता क्या!...)

सब बड़बड़ाने-बुदबुदाने लगे थे। देर तक सुन लेने के बाद हरगोविन्द पांडे दारोगा ने कहा, "जो तुम लोगों ने सुनाया वह मैं सुनना नहीं चाहता था। तुम लोगों में ऐसा एक भी नहीं जिसके घर में दो-चार हजार रुपये न हों। मुझे दुख है कि तुम लोग मेरा उपकार भूल रहे हो और अब अगर-मगर बतिया रहे हो। बताओ, नगनारायण, तुम अभी दो हजार रुपये नहीं निकाल सकते? तुम चाहो तो रात के बारह बजे भी एक पुरजा पर दो-चार हजार रुपये मँगवा सकते हो। तुम्हारा बहुत लोगों के साथ लेन-देन चलता है। पाँच-दस हजार रुपये तुम हमेशा अपने हाथ में रखते हो, यह मेरे सामने कई बार बक चुके

हो। पैसा नहीं हो, तो किसी बनिया के गोदाम में रखा अपना माल-असबाब ही बेच डालो। मैं बिकवा देता हूँ।"

"हुजूर, ऐसा होता," बहुत बुझे स्वर में नगनारायण ने जवाब दिया, "तो मैं अब तक यहाँ बैठा नहीं रहता, आधा पौने दाम में भी माल बेचकर पैसे ला देता। घर पर मकान की नींव पड़ गई है। तीन दिन पहले ही बाबूजी आए थे और सारा पैसा समेटकर ले गए हैं। काम रुकवाकर पैसे ला दूँगा, हुजूर; दो ही हजार तो चाहिए आपको।" अब ताव में आ गया वह, "हुजूर, आपकी तरह मैं भी भोजपुरिया हूँ। आपने भी सुना ही होगा, 'बानी मरदानी जाने, बात साफ-साफ जाने, पट सेनी राँड़ ना तऽ भर बाँह चुरिया। खाँटी बनल 'भानु' माटि के कसल, इहै खाँटी हऽ जवान उमजल भोजपुरिया।' आप मुझ पर भरोसा रखिए, हुजूर। आपके ढोंढ़ीघाट से गाँव पहुँचने के पहले मैं जोगरी पहुँच जाऊँगा।"

"अब तो गाँव-जवार के आदमी पर भी भरोसा करना मुश्किल है," दारोगाजी बोलने लगे, "जवारी जानकर तुम्हें कितनी मदद पहुँचाई मैंने! मेरी मदद के बगैर तुम यहाँ की हाट की ठीकेदारी ले सकते थे क्या? बुधिया छौड़ी के मामले में अगर मैं कड़ा रुख अख्तियार नहीं करता, तो गाँववाले तुम्हें कुट्टी-कुट्टी काटकर मोगला धार में नहीं भँसा देते? मैंने हमेशा चाहा कि तुम्हें जरा भी सेंक नहीं लगे, और तुम हो कि मुझे आज सूखा जवाब दे रहे हो! एक बार फिर सोच लो; सिर्फ दो हजार देने हैं।"

नगनारायण सचमुच सोचने लगा था एक खाली बोतल पर एकटक नजर गड़ाए।

दारोगाजी नेतीलाल से मुखातिब हुए, "अब किसी का भी भला नहीं करूँगा। तुम कौन मेरे जवारी थे कि मैं तुम पर ढल जाता? अब तक तो मैं तुमसे दस-बीस हजार दुह लिया रहता, मगर अभी तुम्हें दो हजार भारी लग रहे हैं। तुम्हारे मोहल्ले में कोई तुमसे खुश भी है क्या? शाम होते ही तुम्हारे मोहल्ले के भले लोग घरों में बन्द हो जाते हैं। पूरे मोहल्ले को तुमने भठियारखाना बना डाला है। लुच्चों-लफंगों का अड्डा है तुम्हारा होटल। दारू-ताड़ी तो

बेचते ही थे, इधर छह महीनों से अपने चाचा को गाँजा-अफीम बेचने पर रख लिया है। तुम्हारे विरुद्ध तो मुख्यालय तक शिकायत पहुँची हुई है। इसी दिन के लिए मैं तुम्हें आज तक बचाता रहा था कि आज दो हजार देने में भी तुम टर-फिस कर रहे हो?"

"सब बात सही है, हुजूर," नेतीलाल रुआँसा होकर बोलने लगा, "मेरा रोआँ-रोआँ आपका ऋणी है, हुजूर; मगर, बाप किरिया, अभी घर में पैसा नहीं है।"

"तुम्हें, रे भगत," दारोगाजी ने टेढ़ी आँख से भरत को घूरते हुए कहा, "कौन पूछता था इस अयोध्या में? लालनगर के शोहदों में तुम्हारी गिनती होती थी। बेटे के मुंडन के लिए तुमने तेरह सौ रुपये थमा दिए बीवी को; किसकी बदौलत? मेरी बदौलत तुम लालो लाल हो गए। मैं नहीं होता, तो कितने का मुंडन होता? मुंडन के लिए तेरह रुपये भी अपने बाप से माँगना पड़ता तुम्हें। झूठ बोल रहा हूँ मैं?"

"यह तो सच है, हुजूर," कई आवाजें उभरीं।

"बिलकुल सच है, हुजूर," रोनी सूरत बनाते हुए भरत बोलने लगा, "रत्ती-रत्ती सच है। आप बोल रहे हैं और मेरा कलेजा छलनी हो रहा है। अब बरदाश्त नहीं हो रहा है, हुजूर। आप दोपहर तक जाएँगे, मैं दस बजे दिन तक वापस आ जाता हूँ। पौ फटने से पहले निकलूँगा, जाऊँगा और आऊँगा, वहाँ रुकूँगा नहीं और बोल दूँगा पवन की माँ को बैलगाड़ी से भेज देने के लिए। अब यह करना ही होगा।" वह बुदबुदाया, "दो हजार! सिर्फ दो हजार! उफ्!"

"तुम क्या सोच रहे हो, सियाराम?" दारोगाजी का स्वर रूखा हो गया था, "कमलू बनिया लौटाता तुम्हारा पैसा किसी भी जनम में? सूद तक चुकता करवा लिया मैंने, एक-एक पैसा। तुम्हारे कहने पर मैं सौ काम पचहत्तर में, सत्तर में करता था। करता था या नहीं? और तुम उससे झाड़ लेते थे सवा सौ, डेढ़ सौ, दो सौ। किस महीने में हजार-दो हजार से कम की कमाई हुई होगी तुम्हारी। आज मेरी यह खातिरदारी? कभी तो धर्म-ईमान को मन में लाया करो।"

"मेरा दुर्भाग्य कि अब मैं आपको मुँह दिखाने लायक भी नहीं रहा। इस साले लोकनाथ ने मुझे कहीं का नहीं रखा। इसे तो भगवान ऐसा घाटा लगाए कि नाम ही भूल जाए नौगछिया का। अब जोगरी ही पहुँचूँगा, हुजूर; परसों पैसे लेकर वहाँ के लिए रवाना हो जाऊँगा।" बोलकर सियाराम भी बड़बड़ाया, "यह दिन भी देखना पड़ गया! अन्य दिन चंगे, त्योहार के दिन नंगे। उफ्!"

"बासुदेव!" होंठों पर वक्र मुस्कराहट लाते हुए दारोगाजी बोले, "कुछ याद करो। तुम्हारे किसी दुश्मन ने तुमसे मोहरा लिया? सोचो, क्यों? और तुम्हारे जैसा है कोई वीर जो मुद्दई-मुद्दालेह दोनों से ऐंठ ले? ढोंगधतूर तो मुझे भी तुमसे ही सीखना पड़ेगा। मैं सिर्फ दो हजार माँग रहा हूँ।"

"अब मुझे कुछ करना ही पड़ेगा," गरदन सीधी कर मुँह झुलाते हुए बासुदेव बोला, "करूँगा। आप सुबह-सुबह सुनेंगे, हुजूर, कि भोरहरी में बासुदेव ने बाप को उठाकर पटक दिया, छाती पर चढ़कर बैठ गया और जबरदस्ती तिजोरी की चाबी छीन ली। अब यह करना ही पड़ेगा, करूँगा। उठा-पटक में टेंटुआ भी दबाना पड़ा, तो दबा दूँगा। मैं तो अभी ही यह करता, मगर अब तक तो वह कमरा बन्द कर सो चुका होगा।"

दीर्घ निःश्वास छोड़कर बोले दारोगाजी, "तुम लोग सबके सब कल और परसों की बात कर रहे हो, मगर मुझे तो पैसा अभी चाहिए, आज की रात, सूरज उगने से पहले। सिर्फ दो-दो हजार माँग रहा हूँ; डेढ़ साल का हिसाब नहीं कर रहा हूँ।"

चुप साधकर देर तक बैठे रह गए पंचदेव। मगर इस चुप से दारोगा हरगोविन्द पांडे को हराया जा सकता था क्या? नगनारायण ने चुप्पी तोड़ी, "ठीक है, हुजूर, मैं प्रबन्ध करता हूँ; और लोग सोचें अपने-अपने बारे में। मैं अभी ही निकलता हूँ, गंगेली तक धावा मारूँगा और, जहाँ से भी हो, पैसे लेकर सूरज उगने से पहले लौट आऊँगा। ईश्वर मेरी लाज रखें।"

दारोगा ने चुपचाप सुन लिया।

भरत बोल उठा, "जब तुम तीन कोस गंगेली तक जा सकते, नारायण, तो मैं भी पाँच कोस तिलकपुर तक जा सकता हूँ। दो घंटे जाने में, पाँच-दस

मिनट की बातचीत, और दो घंटे आने में। मैं तो पौ फटने से पहले लौट आऊँगा। तिवारीजी!" दरवाजे के पास खड़े सिपाही कृष्णदेव तिवारी को उसने हाँक लगाकर कहा, "जरा आप अपना हनुमान-चालीसा और टॉर्च मुझे दे तो दीजिए।"

दारोगाजी ने भरत की बात भी चुपचाप सुन ली। सिपाही तिवारी एक बार दारोगाजी की ओर देखकर चुपचाप अपनी जगह पर खड़ा रहा।

नेतीलाल इस बार खूब सोचकर बोल रहा था, "मैं भी निकलता हूँ, हुजूर। एक-एक को जगाकर पैसे वसूलता हूँ। आपका डर दिखाऊँगा, तो कौन उधार नहीं चुकाएगा! अगर कुछ कमी भी पड़ गई, तो उसे पूरी करने के लिए बिकुआ-माँ की बकरियाँ हैं ही। रात में ही बकरियाँ बेचकर रुपये खड़े कर लेने का जिम्मा भी मैं ही लेता हूँ, हुजूर।"

सियाराम और बासुदेव अपनी-अपनी चोंच खोलने को ही थे कि उन्होंने दारोगा को सिर हिलाते देखा। बोलना रोककर वे दारोगा के झूलते हुए सिर को देखने लग गए। देर तक सिर को हिलाते-झुलाते रहने के बाद दारोगाजी ने गरदन उठाई और बोले, "तुम लोग अब यहाँ से गोल होने का मनसूबा बाँध रहे हो और नजर से ओझल होते ही पत्तातोड़ भागने का इरादा रखते हो, भागकर गंगेली और तिलकपुर की ओर निकल जाने का। ऐसा तुम लोगों को नहीं सोचना चाहिए। यह दर्द लेकर मैं यहाँ से नहीं जाना चाहता हूँ कि जिन्हें मैं अपने जिगर का टुकड़ा समझता था उन्होंने मुझे एक जरूरत में, एक यज्ञ के अवसर पर, धोखा दे दिया। इसके लिए तुम सब कभी अपने आप को माफ नहीं कर सकोगे, बहुत पछताओगे। अब और चीं मत बोलो, भाई; मुझे भारी दुख होगा। सिर्फ दो-दो हजार की बात है। पैसे मँगा लो। जिसे बुलवाना चाहो, बुलवा दूँगा।"

घर में पैसा नहीं है और खुद निकले बगैर काम होगा नहीं, इस बात की रट लगाए हुए थे पंचदेव। दारोगा ने कई-कई बार कहा कि उन सबके घर में पैसा है और बगैर गए हुए वे कहीं न कहीं से पैसे मँगवा सकते हैं, मगर हर बार नगनारायण 'बानी मरदानी जाने, बात साफ-साफ जाने'

सुना देता, नेतीलाल नकद-उधार के बारे में कुछ बुदबुदाकर अपना माथा ठोक लेता, भरत हर बार किसी भारी पंडित से पूछकर अपना परलोक बना लेने के खयाल से कोई भारी प्रायश्चित्त करने का इरादा जाहिर कर देता, सियाराम लोकनाथ बनिया को कोई भद्दी-सी गाली दे बैठता और बासुदेव हर बार कोई नयी कसम खाकर बोलता कि घर पहुँचते ही वह रात में ही बाप के कमरे का किवाड़ तोड़ देगा और कुछ कहे-सुने बगैर बाप का टेंटुआ दबा देगा।

दारोगाजी गम्भीर हुए। वे तनकर बैठ गए, तनतनाए और आँखें गुरेरते हुए बोले, "बड़े हजरत हैं आप सब; बहुत गुणघाती निकले। अब 'हाँ' या 'ना' में जवाब दो, पैसे मँगवाते हो या नहीं?"

आँख-मिचौली खतम!

नाग का खेल शुरू!

हाथ पर नाग खेला रहे हैं पंचदेव।

ढोंढ़ीघाट में पंचदेव...मन्तरिया कोई नहीं।

दारोगाजी का चेहरा तमतमाने लगा था। तेवर चढ़ाते हुए वे उठ खड़े हुए और उस कुरसी पर जा बैठे जो थानेदार की कुरसी थी। बैठते ही कड़क के साथ उन्होंने आवाज लगाई, "तिवारी! रस्सा लाओ।"

दम फना हो गया पंचदेव का।

सिपाही तिवारी झपाटे के साथ रस्सा लाने चला।

ऐसा बहुत बार हुआ था कि यहीं, इसी जगह दारोगा की कड़क में कोयल की कूक सुनाई पड़ी थी और सिपाही के झपाटे में झूला झूलने का आनन्द मिला था। अब तक इस जगह की बहार ली थी पंचदेव ने। मगर, आज?

छाती के अन्दर ढेंकी कूटी जाने लगी थी।

दारोगाजी चीख-चीखकर बोल रहे थे, "अब तक मैंने तुम सबको बचाया है। यह मेरी इज्जत का सवाल था कि मैं जब तक यहाँ रहूँ तुम पर कोई संकट नहीं आने दूँ, हालाँकि यह मैं नहीं जानता था कि तुम लोग डाके भी डालते हो। महथावा में जो परसों डकैती हुई है और जिसमें एक घरवाला

मारा भी गया है, उसमें तुम सबके नाम आए हैं। मैं चाहता था तुम लोगों को बचा लेना। मगर अब यह पाप नहीं करूँगा। क्यों करूँगा?"

पंचदेव ने बदन में चिकोटी काटी...नहीं, सपना नहीं, फाड़खाऊ दारोगा ही बोल रहा है...

"हुजूर! यह आप क्या कह रहे हैं?...महथावा में तो सात बजे शाम में ही डकैती हुई थी...मैं तो परसों आपके साथ नौ बजे रात तक था, हुजूर...साढ़े आठ बजे मैंने खाना खिलाया था हुजूर को...हाँ-हाँ, मैं भी था, मछली-भात..."

"वह सब सफाई कचहरी में। मटुकधारी सिंह!" एक और सिपाही को हाँक लगाकर बुलाया दारोगाजी ने, "जमादार साहब को बुला लाइए।" और फिर पास खड़े सिपाही तिवारी को हुक्म दिया, "लगाओ रस्सा सबकी कमर में।"

पंचदेव के प्राण-पखेरू पंख फड़फड़ाने लगे, "हुजूर...हुजूर...हुजूर..."

बिसनपुर प्रेतस्य

रिमझिम फुहारें पड़ने लगतीं, ठंडी बयारें बह उठतीं, मयूर अपने पंख फरफराकर नाच उठते, कदंबों में झूले पड़ जाते और गाँव की गोपियाँ बैरिन बदरिया के गीत गा उठतीं—घेरि-घेरि आए पिया कारी रे बदरिया।

इस बार ऐसा कुछ भी नहीं हुआ। बरसने से पहले बादलों के भी आँसू निकल आए होंगे।

वृष्टि अविराम! पर ऐसा भी क्या, पानी के साथ-साथ मौत का भी बरस जाना!

गाछ, सड़क, बाँध, पुल, टीले—सब बह गए पानी में। भाषण, बयान, प्रतिवेदन, जाँचसमिति, निरीक्षण, सर्वेक्षण, घोषणाएँ, प्रार्थनाएँ—सबको धो-पोंछकर बराबर कर दिया इस पानी ने।

लाल किले से दूर-दराज के गाँवों तक, कोने-कोने तक पहुँचाए गए थे आँकड़े। पानी ही बेशरम निकला—बेशरम, बेहया। आँकड़े बह गए, प्रार्थनाएँ बेकार गईं।

महामान्य को गहरा दुख हुआ।

अमात्य ने अपनी हाजिरी बही खोली।

"गाँव महुआ?"

"हाँ, श्रीमान्।" पानी में आधा डूब गए पीपल के पेड़ से कुछ क्षीण आवाजें आईं। अमात्य ने एक बार सिर उठाकर उधर देखा।

"बलुआहा?"

"जी, मालिक।" पानी में आधे डूबे हुए मचानों पर से आवाजें आईं। अमात्य ने सिर उठाकर उधर भी देखा।

"हिंगवा?"

"हाँ, सरकार।" पानी के बीच फँस गई जरा ऊँची सड़क पर शोर हुआ। सुस्ताने के खयाल से अमात्य ने एक नजर उधर भी देखा।

"परतापगंज?"

"हाँ, हुजूर।" पानी के बीच थरथराते एक टीले से लोगों ने चीखकर कहा। अमात्य सन्तुष्ट हो गए।

"बिसनपुर?"

"..." कोई आवाज नहीं आई।

"बिसनपुर?" अमात्य ने जरा जोर लगाकर आवाज दी।

"..." कहीं से कोई आवाज नहीं आई।

"बिसनपुर? कलेसरा, किसना, पलटुआ, गोनरा?" चिल्लाकर अमात्य चारों ओर निहारने लगे, "बिसनपुर कहाँ गया?"

"पानी में डूब गया, सरकार।" कुछ सहमी हुई आवाजें आईं, वैसी ही आवाजें जिसका इस्तेमाल किसी मृतक के परिवार को पहली खबर देने में किया जाता है।

"डूब गया!" अमात्य की आँखें हैरत से फैलीं, "कैसे?"

"वह अहमक और आलसी था, हुजूर,।" दरबारियों ने बताया।

"वह चतुर और चालाक था। ढेर-ढेर कर्ज खाकर आराम से पानी में बह गया।" कनफुसकियाँ हुईं।

बेशक, बेशक।

तख्तगाह के सुरक्षित वातानुकूलित कक्ष से सूरज की उद्भासित किरणों की तरह महामान्य का आदेश हर दिशा में प्रसारित कर दिया गया था, 'पानी के साथ जीने का अभ्यास करो, जीने की कला सीखो।'

गाँवों के उन वृद्ध-वृद्धाओं के उदाहरण पेश किए गए जिनके बाल सन की तरह सफेद हो गए हैं, कमरें कमान की तरह झुक गई हैं, आँखें अन्धी और कान बहरे हो गए हैं; पर तब भी पिछले सौ वर्षों से बाढ़ और पानी के साथ लुकाछिपी खेलते आ रहे हैं। हर बार पानी उन्हें ढूँढ़ता हुआ आया है, पर हर बार किसी गाछ पर, किसी मचान पर, किसी सड़क पर, किसी टीले पर चढ़कर उन्होंने पानी को ठेंगा दिखा दिया है।

बिसनपुर क्या कल ही पैदा हुआ था जो आज मर गया?

उन गुणवती बकरियों की प्रशंसा में पाठ बाँचे गए जो हर बियान में दो-एक बच्चे बाघों के लिए पैदा कर अपना अस्तित्व सुरक्षित रखती हैं।

प्रमुख समाचार पत्रों में ऐसी गुणवती बकरियों के चित्र छापे गए थे, दूरदर्शन पर उन्हें बाघों के साथ एक घाट पर पानी पीते हुए दिखाया गया था, रेडियो पर उनकी आत्मकथाओं के उपयोगी और प्रेरक अंश सुनाए गए थे।

बिसनपुर डूब गया, मर गया; कोई मरने की जिद कर बैठे तो उसे कब तक रोका जा सकता है!

प्रतिपक्ष के एक सदस्य की शंका का समाधान करते हुए महामान्य ने कहा था, 'बाढ़ तो प्राकृतिक आपदा है। मृत्यु को कहाँ टाला जा सकता है? ईश्वर के विरुद्ध लड़ना असंभव है, पाप भी है।'

प्रतिपक्ष के गँवार सदस्य के एक बड़े फूहड़ प्रश्न का जवाब देते हुए महामान्य ने कहा था, 'मैं कोई मुनि अगस्त्य तो नहीं कि बाढ़ के पानी को चुल्लुओं में भरकर पी जाऊँ?'

ठहाकों में प्रतिपक्ष भी शामिल हुआ था।

महामान्य बिलकुल अपने प्रपितामह के कदमों पर चल रहे हैं। एक बार उनके प्रपितामह ने भी विरोधियों को बेजुबान कर दिया था, 'नहर में पानी नहीं है तो क्या मैं उसमें पेशाब कर दूँ?'

प्रतिपक्ष ठहाकों में उस दिन भी शरीक हुआ था।

जिन्होंने बाढ़ के साथ जिन्दगी गुजारने का अभ्यास किया है वे जिन्दा हैं। महुआ जिन्दा है, हिंगवा जिन्दा है, परतापगंज जिन्दा है। बिसनपुर अहमक और आलसी था, मर गया। मर गया, तो मर गया।

नहीं, बचने की कोशिश बिसनपुर ने भी की थी; पर बाढ़ से तो बचा जा सकता है, मौत से?

अविश्रान्त वृष्टि!

तब किसी ने नहीं जाना था कि बिजलियों में मौत चमकी है, बादलों की गड़गड़ाहट में महाकाल का डंका बज उठा है और बूँदों के रूप में यम की सेनाएँ धरती पर उतर रही हैं।

बड़ा झूठ गाया करती थीं गाँव की गोरियाँ। जिनके पिया घर में घुसे बैठे थे, वे भी मचल-मचलकर नखरे पसारती थीं कि सबकी सेज पर पिया हैं और उनके बालम परदेश जा बैठे हैं। वे रिरिया-रिरियाकर कागे को सुनाती थीं, झूठमूठ, कि अगर वह पिया का सन्देश लाकर दे तो उसकी चोंच में सोने की नथ गढ़वा देंगी वे। गीत सुनकर घर में बैठा बालम छटपटा उठता है, देख तो ससुरी को, मैं खटिया पर पड़ा हुआ हूँ और यह गाँव-जवार में गुहार मचा रही है। बाप के घर से तो चाँदी का कड़ा तक नहीं लाई और कौवे को सोने की नथ दे डालेगी।

चुप कर, मुन्नी के बाबू, विरह के ये गीत तो तुम्हारी सेज से बढ़कर हैं।

विपर्यय-पर्व का प्रारम्भ!

तो फिर पिया की सेज कहाँ लगेगी?

कदंबों में झूले कैसे पड़ेंगे?

बारहमासे किधर गाएँगी सखियाँ?

अगले वसन्त की कोयल किस डाली से पी को पुकारेगी?

जल का महाकुम्भ लगेगा बिसनपुर ग्राम में। दूर-दूर के तपस्वी आ रहे हैं। इलाके के सारे नदी-नाले, सरिता-सरोवर, पोखर-तालाब, कुल्या-दीर्घिका, कुआँ-मटकुआँ आमंत्रित हैं। ये चल पड़े हैं, चले आ रहे हैं। तुरन्त खाली करो इन झोंपड़ियों को। यहाँ महाकुम्भ लगेगा। संसार का सारा पानी आमंत्रित है।

पानी नहीं बरसा हो, जैसे आग लग गई हो गाँव में। खलबली मच गई झोंपड़ियों में, जैसे पानी डालने पर बिलों से चूहे निकल-निकलकर भाग रहे हों, जैसे बाड़े का फाटक खुलते ही जानवर तड़फड़ाकर बाहर निकल आए हों।

पानी उफनता हुआ आया, फैलता चला गया।

बरसा मूसलाधार!

"अब क्या होगा, रग्घू चाचा? अब क्या होगा?" किसी भतीजे की आवाज थी।

"रे शिबुआ, किधर है रे?" बूढ़ी आवाज ने जवान बेटे को पुकारा।

"धमसेनावाली, अब घर से बाहर निकल जाओ। झोंपड़ी काँप रही है, अब इसका भरोसा नहीं।"

"अब क्या होगा? उँगलियों पर गोवर्धन नहीं उठेगा?"

"कैसे उठेगा, चाचा? कृष्ण कहाँ? गाँवों के सारे गोवर्धन तो शहरों और राजधानियों में पहुँचा दिए गए हैं अब भागो यहाँ से।"

बच्चे को छाती से चिपकाए कबूतरी प्रार्थना कर रही है; "मत बरसो इन्दर राजा, मेरा नुनु भींज रहा है।"

यह नुनु बिसनपुर की गलियों में बाल-कृष्ण बनकर घूमेगा, जवान होगा तो गांधी बनेगा, सुभाष बनेगा।

तो मत बरसो इन्दर राजा, कबूतरी का नुनु भींज रहा है।

पर इन्दर राजा नुनु को भिंजाते हुए बरसता रहा।

लोग भागने लगे।

हिन्दुस्तान के नक्शे पर एक गाँव थरथरा रहा था। लाल किले की खिड़की से महामान्य ने झाँककर देखा, हिन्दुस्तान की सीमा-रेखाओं में कहीं कोई कम्पन नहीं। प्रभु स्वर्ग में आसीन हैं और धरती पर सुख-शान्ति विराजमान है।

झोंपड़ियाँ बस लोगों के बाहर निकलने का इन्तजार कर रही थीं।

अगले ही घंटे में मर जाने का अहसास दिलाने वाली कलेसरा की दादी पिछले दस बरसों से घर और गाँव के लोगों को छकाती आ रही है। चुपके-

चुपके सुबह-शाम राम-राम भजती है और दिनभर खट-खुट करती रहती है। हमउम्र सारी वृद्धाओं ने खीजकर इसका साथ छोड़ दिया। पर इस बुढ़िया की जिजीविषा तो देखिए। पानी आते ही सबसे पहले यही अपनी लाठी थाम भाग निकलने को तैयार है।

पर बोल बुढ़िया, अब कहाँ जाएगी? यह भी कोई भूख-प्यास है, कि जाड़ा-गरमी, कि हैजा-मलेरिया, जो इसे पछाड़ देगी? टाँग काँपती है तुम्हारी, आँखों से तो यह भी नहीं सूझता कि किधर आग है और किधर पानी। आज तो तुम्हारी लाठी भी डूब जाएगी इस पानी में। आज मौत को छकाओ तो जानूँ।

इस बार तो बाल-कृष्णों के भी डूबने की बारी है। टोकरियाँ समेत सारे वासुदेव इस उफनते जल में बह जाएँगे।

लोग बाँध की ओर भागने लगे।

हर बथान से मवेशी खोले जा रहे हैं और उन्हें बाँध की ओर ललकारा-टिटकारा जा रहा है। पहले तो जानवर किसी त्योहार पर उत्सव मनाने के अन्दाज में खेतों की फसलों की ओर दौड़ पड़े, पर फिर न जाने क्या सूँघकर वे सब भी बाँध की ओर दौड़े।

बथान पर बँधी गाय गोनर जल्दी-जल्दी खोल देता है। गाय बछड़े को चाटने लगती है और गोनर एक बार गाय के गले से लिपटकर उसे चूम लेता है। और फिर उसे आगे धकेल देता है। बछड़े के जवान हो जाने का सपना दोनों ने देखा था—गाय ने भी, गोनर ने भी।

कलेसरा की दादी को कहो, जिद छोड़े और इस गाय की पूँछ पकड़ ले। 'यमद्वारपथे घोरे गोरावतरणीनदीम्।'

पलटू अपनी एकमात्र दौलत बुढ़िया बकरी को छोड़कर भागा जा रहा है। हर मेला-ठेला, तीज-त्योहार पर इसी के बच्चे बेचकर पलटू उत्सव मनाता था। बकरी घर के आगे खड़ी-खड़ी बें-बें कर रही है। देखती नहीं कलेसरा की दादी को? फिर घर छोड़कर भागती क्यों नहीं?

घर में पानी के घुसते ही कबूतरी की माँ गोसाईं घर की ओर दौड़ गई। गोनर दरवाजे पर खड़ा आवाज लगा रहा था, जल्दी घर से बाहर निकल

जाने के लिए। पत्थर के गोसाईं को आँचल की खूँट से बाँधा, सिर पर एक गठरी रखी और कबूतरी को नुनु को सँभालने को कहा।

किसी दिन गा-गाकर सखियों ने कहा था, "जरा अपनी केसरिया साड़ी सँभाल, माथे पर सोह रहे टीके का मोती सँभाल, कानों में झूल रहे झुमके की लड़ियाँ सँभाल, हाथ के कंगन सँभाल, पैरों की पायल के घुँघरू सँभाल'... नहीं लाड़ो, नहीं, न टीका, न झुमके, न कंगन, न पायल; गोद के नुनु को ठीक से सँभाल, कबूतरी।'

अपने शिशु को छाती से चिपकाए कबूतरी थर-थर काँप रही है। भागकर किधर जाएगी? जब कुँवारी थी वह तब गाया करती थी, 'ओ बालम, बरखा ऋतु आई, और तुम्हारी ऊँची अटरिया देखकर मैं भींजती चली आई हूँ।' आज जब बालम है तो यह इकरार ही टूट रहा है। अब तू तो नहीं जा पाएगी कबूतरी, पर इस बच्चे को किसी तरह भेज दे इसके बाप के पास, पाँच कोस पूरब। डाल दे इसे एक टोकरी में और छोड़ दे इसे पानी की रेत पर। पानी पूरब की ओर बहेगा और बहकर पाँच कोस पूरब जाएगा।

पर यह पानी जाएगा पाँच कोस पूरब? काला पानी!

सौ डाइन-जोगिनों से बचाकर रखा है कबूतरी ने अपने बच्चे को, हर नजर-गुजर से चुराकर रखा है अपने नुनु को। पर आज यह काला पानी सामने आकर कह रहा है कबूतरी से, "इस बच्चे को मेरी गोद में डाल दो।" नैहर-ससुराल के सारे देव वाम हो गए। निपुत्तर पानी, सारे देव भी निपुत्तर।

बिसनपुर की नानी-दादी का मुँह काला। न जानें कितने बच्चों को आसीसें दी थीं इन खूसटों ने, "मेरी तरह झुलझुल बूढ़ा होना, मेरी उमर तक जरूर आना, मेरे नाती।" ये नानियाँ-दादियाँ न जानती हों सौ वर्षों का अर्थ, पर 'जुग-जुग जिओ' का अर्थ तो वे खूब जानती हैं। तब ऐसा क्यों कि कब्र में चलते वक्त बच्चों का भी हाथ पकड़ लिया?

भयंकर तूफान!

इमली का पेड़ हहाकर टूटकर गिरा। पूरे गाँव की दौलत यह इमली का पेड़। जिसे कुछ भी खाने को नहीं होता, वह इमलियाँ चुरा लेता। मर्दों

से आँख बचाकर गाँव की अधबैसू औरतें भी नमक-मिर्च साथ लेकर इमली के पेड़ के नीचे पहुँच जातीं। दिशा-मैदान को आती-जाती औरतें पेड़ की बगल से गुजरते ही उस पर ढेले चला देतीं और गिरी इमलियाँ समेट लेतीं। इमलियों का स्वाद याद कर किस बूढ़े के मुँह में पानी नहीं भर आता होगा?

इमली को चरमरा कर गिरते हुए सबने देखा।

सबकी निगाहें खींच लेता है बाँध अपनी ओर। बाढ़ का पानी बाँध की मिट्टी को धीरे-धीरे काटता जा रहा है।

गोनर मन ही मन रो पड़ता है, 'हे ईश्वर, कौन-सा कसूर किया था मैंने? पत्नी के कहने में आकर उसने कबूतरी को बुला लिया था। पहलौठ का बच्चा, ससुराल में सेवा-टहल ठीक से होती न होती। अगर कहीं कुछ हो गया तो कबूतरी को सुनी गोद वह कैसे विदा करेगा? हे प्रभु, किस कसूर की सजा?'

कबूतरी की माँ आँचल की खूँट से बंधे पत्थर के गोसाईं को जगाती है, "जागो देव, हमारा अपराध क्षमा करो।"

किस-किस का अपराध क्षमा करे प्रभु? अपराध तो पूरे गाँव ने किया है, अब तक शहर भागकर नहीं गया।

अपराध क्षमा कर दिया प्रभु ने गोनर के बेटे रमलू का जो डेढ़ वर्ष पहले भागकर कहीं शहर चला गया था। किसी ने उसे पूर्णिया में देखा था, किसी ने कटिहार में। पैसे जुटाकर गोनर दोनों जगह घूम आया। रमलू कहीं नहीं मिला था। पर गोनर का बेटा रमलू इतना होशियार कैसे हो गया था, ज्योतिषी?

दुख के कितना करीब होता है सुख! एक दीया कहीं तो टिमटिमा रहा होगा!

पर जो दीप कबूतरी के आँचल तले जल रहा है, उसका क्या होगा!

कबूतरी आकाश को निहारती है एक आश्रय के लिए।...आकाश हँसा होगा!

गाँव के सिवान पर बबूल का माथा दिखाई देता है। कनकीर साह की पतोहू का भूत इसी बबूल पर रहता है। बिसनपुर की पतोहू अब फुनगी पर बैठी हुई होगी। पर फुनगी के भी डूब जाने के बाद? अब तक तो ससुराल को अगोरती रही है। मार-बात सहकर भी पति से जूड़ी रही, ससुराल की देहरी का परित्याग नहीं किया और मरने के बाद इस बबूल पर बैठ गई। अब उसे नैहर जाना ही होगा क्या? कौन पहचानेगा अब उसे वहाँ? गाँव की किसी औरत को उसने कभी छुआ तक नहीं, बस कभी-कभार बबूल से उतरकर गाँववालों को अपनी याद दिलाती रही। वह भी इस बाँध पर ही अब चली आई होगी। 'आओ, भाभी', कबूतरी कनकीर साह की पतोहू से मन ही मन कहती है, 'इधर खड़ी हो जाओ, मेरी बगल में।'

इस अभागे गाँव में पीपल का एक बड़ा-सा दरख्त भी नहीं। एक घना पीपल पूरे बिसनपुर को अपने में टिका लेता। हम महामान्य से निवेदन करेंगे, अगली योजना में हर गाँव को एक पीपल दिया जाए, बड़े गाँव को दो पीपल, और हमारा अन्तिम लक्ष्य हो—हर झोंपड़ी को एक पीपल। और मौसम के समाचार के साथ ही घर से निकलकर पीपल पर चढ़ जाने की तिथि और घड़ी प्रसारित हो।

दूर खड़ी अमराई शायद इधर ही निहार रही है। कबूतरी का बचपन घर से अधिक यहीं गुजरा होगा। लुका-छिपी, गुल्ली-डंडा, बिजो-बिजो, कबड्डी—न जाने कितने खेल खेल चुकी है वह इस अमराई में। मुँह-अँधेरे टिकोरे बीनने पहुँच जाती थी कबूतरी। आम के पेड़ भागते हुए अब आ जाएँगे इस बाँध पर। कबूतरी झूले डाल देगी और दुहराएगी, 'ओ बालम, बरखा आ गई और तुम्हारी ऊँची अटरिया देखकर मैं भींजती चली आई हूँ।'

कबूतरी, बाढ़ का पानी बाँध की मिट्टी को काटता जा रहा है।

'अरे बाप, साँप!' कई चीखें उभरती हैं। नहीं, कोई नहीं चीखा। आश्रय ढूँढ़ते हुए आए दो साँप सिकुड़कर एक ओर टिक गए। इनका शेषनाग भी दिल्ली चला गया क्या? कालिया और तक्षक की सन्तानें दुर्दिन देख रही हैं। इन्हें भी जगह दे दो भाई, ये दोनों अपने बिसनपुर के ही हैं।

पर इतना पानी कहाँ से आ रहा है?

अब इस बाँध का कोई भरोसा नहीं। मृत्युमुखी बिसनपुर अपने सारे देवताओं को सुमर रहा है। कितने अल्प समय में बिसनपुर कितना विपन्न हो जाएगा! बाबा उचितदास, कहाँ हो? लिखो न एक चिट्ठी।

बाबा उचितदास ने हिन्दुस्तान के नक्शे पर बिसनपुर का नाम भी लिखवाया था, और उनकी चिट्ठियाँ दिल्ली तक जाती थीं। पर जब से वह मरे हैं, गाँव की डाक अब दिल्ली नहीं जाती। कौन बैठा है वहाँ इस बिसनपुर का? कौआ-मैना? चिड़िया-चुनमुन?

बाँध की जमीन दिखाई नहीं पड़ती। पानी घुटनों को छूने लगा है।

पानी की छाती को चीरती हुई ये स्वचालित नावें? महामान्य ने बिसनपुर को डूबते हुए देख लिया क्या?

उन नावों से धुआँधार भाषण हुए। उन नावों में वे नारे लिखकर कुछ तख्तियाँ लाए थे जिन्हें टाँगने की जगह न पाकर वे उदास हो गए थे। बहुत पास आकर उन्होंने परचों का एक पुलिन्दा भीड़ पर फेंका और फिर तेजी से वापस चले गए।

अचानक होश हुआ था कबूतरी को और वह चीखने-चीखने को हुई थी, "सुनो भैया, इस नुनु को उस नाव में ले लो। इसका बाप यहाँ से पाँच कोस पूरब रहता है।" पर उसकी आवाज गले में ही बँधी रह गई। कभी-कभी चीखें देखी जा सकती हैं, सुनी नहीं।

पानी जमीन फोड़कर ऊपर आ रहा है। वह जाँघों तक पहुँच गया है।

खेल समाप्त हो गया। अब कागज की नावें बहेंगी? बच्चे माँ-बाप की देह से चिपटने लगे। हर माँ-बाप ने सिर की गठरी-मुठरी पानी में फेंक दी और गोद में दो-दो, तीन-तीन बच्चों को उठा लिया। बच्चे माँ-बाप को कब भारी लगे हैं!

इन नावों में चित्रकार हैं क्या?

उन्होंने दूर से ही कागज पर रेखाएँ खींचीं, मन में रंगों का चुनाव कर लिया और फिर लौट गए।

भाव-प्रवण चित्रकारों की ये मुखर चित्रकृतियाँ बड़ी-बड़ी चित्रशालाओं में सजाई जाएँगी। इनमें रंगों-रेखाओं की नव्यतम शैलियाँ स्पष्ट की जाएँगी। मन को खुरचने वाली इन चित्रकृतियों की चर्चा पूरे शहर में होगी। चाय और कहवाघरों में उन पर गरमागरम बहसें होंगी।

बिसनपुर का अहोभाग्य!

चीख और चीत्कार की सजीव आकृति बनकर गोनर न जाने कहाँ-कहाँ नाम कमाएगा!

पानी अब शायद स्थिर था, जमीन ही नीचे धँसी चली जा रही थी।

अरे, कलेसरा की दादी किधर गई? और बौना भोलू?

कहकर कोई नहीं जाता अब, चुपचाप खिसक जाता है।

यह कौन-सी यात्रा है! कहकर कोई नहीं जाता।

पाँव उखड़-उखड़ जाते हैं। एक-दूसरे को कसकर पकड़ रहा है। औरत, मर्द, बूढ़े, जवान चिपक गए हैं एक-दूसरे से।

हाहाकार!

"गे दादी...हो चुन्नी काका...फुआ गे...अरे बाप...जय माँ दुर्गे...सिमराहा वाली...मँगरुआ के बाबू...रे...बेटा..."

धत्, मरते वक्त कहीं इस तरह हल्ला किया जाता है! गँवार!

हर कंधे पर एक शिशु ईश्वर को पुकारता हुआ, "इतनी जल्दी मुझसे क्यों निराश हो गए?"

शिव का तांडव...बम बम ब्रू...मुंडमालिनी हाथों में खप्पर-कृपाण लिए उपस्थित...भैंसों पर सवार यमराज...दुर्गा इस साल नाव में चढ़कर वापस गई थी...विनाश...विनाश...

पूरे आकाश में दो बाँहें फैल गई हैं और उनमें अटका एक शिशु किलक रहा है।...पूरब...पाँच कोस पूरब...

साहित्यकारों ने सब कुछ देख-सुन लिया है। अब वे पोथों का सृजन करेंगे, और प्रार्थनाएँ लिखेंगे, 'प्यारे पत्थरों, मोम बन जाओ, मोम; हमारी सुनो और मोम की तरह पिघल जाओ।'

तब क्या महामान्य द्रवित नहीं हो उठेंगे! पुरस्कृत नहीं करेंगे उन्हें!

पानी सिर के ऊपर से बह निकला। पानी के ऊपर से कुछ हाथ लहराए।

गोनर भैया, जरा हाथों को, हथेलियों को हिलाते रहना। नावों में छायाकार आए हैं। यह छायांकन एक पहेली बन जाएगा। महामान्य अपने दरबारियों से पूछेंगे, "अच्छा बताओ तो, ये हाथ आशीर्वाद में उठ गए हैं?"

पाँच कोस पूरब एक बेटे ने बड़ी चतुराई से अपनी माँ से पूछा—

किसके बिना री अम्मा, घर में अँधेरा?
किसके बिना तो आँगन भिनभिना?

बेटे के दिल का कोना-कोना माँ को दिखाई नहीं पड़ता! माँ ने मनचाहा जवाब दिया—

दुलहन बिना रे बेटा घर में अँधेरा,
बच्चा बिना तो आँगन भिनभिना।

चहककर बेटे ने कहा, "तो लाओ माँ, मेरे पाँचों हथियार और पाँचों कपड़े। मैं घोड़े पर सवार होकर पाँच कोस पश्चिम जाऊँगा।"

पर पानी ने जब जादूगर की तरह अपनी मुट्ठियाँ खोलीं, तो उन मुट्ठियों से हर चीज गायब।

एक गाँव था बिसनपुर...

"बिसनपुर कहाँ गया!" अमात्य ने चिल्लाकर पूछा।

"पानी में डूब गया, सरकार।" कुछ सहमी हुई आवाजें आईं।

जिसके तीनों कुलों में अभाव हो, पंडितजी बताते हैं, उसके प्रेतकर्म का अधिकारी राजा होता है।

महामान्य, बिसनपुर का प्रेतकर्म आपको ही करना है।

महामान्य बिलख-बिलखकर रो पड़ते हैं। सालों जमा किए आँसुओं को बेरोक बहा देने का यही तो उत्सव है।...अज्ञातगोत्रस्य बिसनपुर प्रेतस्य प्रेत त्वविमुछितपूर्वकांक्ष्या...

महामान्य, पंडितजी बताते हैं, जिसकी लाश बहकर दूर चली गई और उसकी हड्डी किसी प्रकार नहीं मिली, उसके लिए पर्णशरदाह की व्यवस्था है।

पलाश के तीन सौ साठ पत्ते। चालीस पत्र से सिर, दस से ग्रीवा, सौ से बाहु...

महामान्य, अगली योजनाओं में हर गाँव में पलाश के पेड़ उगाए जाएँ।

'अज्ञातगोत्रस्य बिसनपुर प्रेत को स्वर्ग से भी उत्तम लोक प्राप्त हो', महामान्य प्रार्थना करते हैं।

ॐ प्रजापतये स्वाहा इदं प्रजापतये।

ॐ अग्नयेस्वाहा इदंमग्नये।

ॐ रुद्राय स्वाहा इदं रुद्राय।

लाल किले के इर्द-गिर्द घूमता हुआ एक आदमी महामान्य के प्रहरियों में अपने हाव-भाव, चाल-ढाल और ओढ़ावे-पहनावे से सन्देह पैदा कर देता है। ये उसे पकड़ लेते हैं, "यहाँ क्यों घूम रहे हो जी?"

उस गँवार ने सोचा होगा, लाल किला भी गाँव के किसी चाचा-काका का घर है—झट भीतर, झट बाहर।

वह अकबका जाता है और हकलाते हुए जवाब देता है, "बिसनपुर का प्रेत...यमद्वारे महाघोरे चान्धेन तमसावृत्ते...तत्रावलोकनार्थाय...बिसनपुर का प्रेत इस लाल किले में आ बसा है। उसके लिए एक दीपक जलाऊँगा।"

प्रहरियों की आँखें भय और आश्चर्य से फैल जाती हैं, लाल किले में प्रेत! उनमें से एक कड़ककर पूछता है, "कहाँ से आए हो? कौन हो तुम?"

क्या परिचय दे वह? कौन-सा परिचय उसे लाल किले से जोड़ सकेगा? जिसे बिलकुल अपना समझ रहा था वह सब इतना पराया-पराया क्यों लग रहा है?

"बहुत दूर से आया हूँ, कोशी पार से।" धीमी आवाज में एक छोटा-सा उत्तर वह देता है।

"कौन हो तुम?" कड़कदार आवाज फिर एक बार उस पर झपट्टा मारती है।

"मैं! मैं..."

"हाँ-हाँ, तुम?"

"मैं हूँ...चन्द्रकिशोर।"

प्रहरियों की गुस्सैल आँखें संकेतों में बात करने लगीं, क्या सलूक किया जाए इस चन्दर-बन्दर के साथ।

और चन्दर की डरी-डरी आँखें ढूँढ़ने लगीं, लाल किले की किसी ईंट पर, किसी पत्थर पर, एक नाम—चन्दर-बन्दर का नहीं, हरगिज नहीं—एक नाम अपने बिसनपुर का लिखा हुआ है या नहीं।

नाल

"राम नाम सत्त है" के घोष ने सबका ध्यान आकर्षित कर लिया। लोग घर से बाहर निकल आए। घर की स्त्रियों ने बाहर झाँकने के लिए खिड़कियाँ खोल लीं। यह कौन मर गया आज होली के दिन?

सड़क से अच्छी-खासी भीड़ गुजर रही थी। एक टिकठी को कन्धों पर उठाए लोग बढ़ रहे थे। मेटी में आग लिए एक आदमी आगे-आगे चल रहा था और पीछे की भीड़ रह-रहकर चिल्ला उठती थी 'राम नाम सत्त है।'

यह क्या! होली के दिन मरा है कोई, तो क्या उसकी लाश फूँकने लोग श्मशान तक होरिहार की तरह जाएँगे, धूल उड़ाते और उपद्रव मचाते हुए! 'राम नाम सत्त है' कहीं इस तरह चिल्ला-चिल्लाकर उच्चारित किया जाता है! कोई पंडित-नाई भी नहीं है साथ में इस भीड़ को संयत रखने के लिए! अरे, अरे...धत्, अच्छा मजाक है! मुरदा उठकर बैठ जाता है टिकठी पर; एक साथ कई चीखें उभरती हैं, "अभी नहीं, अभी नहीं, सोये रहिए..." मुरदा झटपट पहले की तरह सो जाता है।

'राम नाम सत्त है' की आवाज पर जो लोग घर से बाहर निकले थे, वे मुस्कराते हुए घर के भीतर चले आए थे, और खिड़की से बाहर झाँक रही औरतों को हँसते हुए सुनाया था, "टिकठी पर गणेशी दास सोया हुआ है।"

बहुत सारे बच्चों की तरह मैं भी उस भीड़ के पीछे हो लिया था। गाँव का एक चक्कर लगाने के बाद भीड़ शिवालय के आगे रुक गई थी। टिकठी कंधों से नीचे उतारी गई। मुरदा उछलकर टिकठी से बाहर आया था और 'भैया रे सा रा रा रा' की आवाज लगाई थी। मैंने उस मुरदे को मन भर देखा। गणेशी दास को उसी दिन मैंने पहली बार पहचाना।

मेरे मन पर गणेशी दास की जो छवि आज तक अंकित है वह उस मुरदे की नहीं, गुरु द्रोणाचार्य की है।

गणेशी दास गाँव की नाटक-मंडली के न केवल अगुआ थे, बल्कि उसके प्राण थे। यह उनकी मीठी बोली और शतरंजी चाल का कमाल था कि नाटक के मामले में सारे गाँववाले एक थे और गणेशी दास का कहा मानते थे। जहाँ गाँव में बात-बात पर लाठियाँ निकलती हों और 'महाराणा प्रताप' की भूमिका के दावेदार दस ऐसे पहलवान हों जो अपने पैरों की पटक से मंच की चौकी तोड़ देने और अपने संवाद रात में अपनी बुलन्द आवाज से दो कोस दूर बिसनपुर और मजमपट्टी गाँव तक पहुँचा देने में कोई किसी से कम नहीं हो, वहाँ भी गणेशी दास सिर्फ एक महाराणा प्रताप के साथ 'नाटक महाराणा प्रताप' मंचित करवा लेने में कामयाब हो जाते थे। अगर रामगंज का 'अमर सिंह राठौर' कहीं हमारे गाँव में होता, तो उसे रात भर गाछ पर ही बैठा रह जाना पड़ता।

हुआ ऐसा था कि 'अमर सिंह राठौर' खेलने वाले युवक ने नाटक के पहले दृश्य की समाप्ति पर ही एक प्याली चाय की माँग की। नाटक मंडली के अध्यक्ष ने नाटक के शुरू में ही इस व्यय को वहन करने में अपनी असमर्थता जाहिर कर दी। युवक ने इसे 'अमर सिंह राठौर' की इज्जत पर हमला माना और चुपके से वहाँ से गायब हो गया। जब अगले दृश्य के लिए उसकी खोज होने लगी और उसे लापता पाया गया, तो मंडली के कुछ बुजुर्ग सदस्यों ने 'अमर सिंह राठौर' की हेठी के लिए अपने अध्यक्ष को कुछ कच्ची-पक्की सुनाई और फिर दर्शकों को बाँध कर रखने के लिए 'भगत' गाने वाले को मंच पर बैठाकर 'रामगंज नाटक-मंडली' के सारे सदस्य 'अमर सिंह राठौर'

की खोज में निकल पड़े। जब 'राठौर' अपने घर पर नहीं मिला, तो लोगों ने पूरा गाँव छान मारा, एक-एक भुसकार तक की तलाशी ले ली, खेतों में हाँक लगाई। जब कहीं नहीं मिला 'राठौर', तो लोग फिर उसके घर पर आए। इस बार कुछ लोग घर के अन्दर भी तलाशी के लिए घुस गए। हारकर लोगों ने निर्णय लिया कि अब दर्शकों को रात भर 'भगत' का ही आनन्द लूटने दिया जाए, और वहाँ से वापस लौटे। दस कदम ही आगे बढ़े होंगे वे कि दुर्गाथान के पीपल गाछ से आवाज आई, "मैं यहाँ हूँ, और मैं नहीं उतरूँगा।" सब लोगों ने पीपल को घेर लिया। 'बाबू-भैया' कह-कहकर लोग उसे मनाने लगे, मगर वह तभी उतरा जब अध्यक्ष ने अपनी गलती कबूल की, गलती के लिए माफी माँगी, और आइन्दा ऐसी गलती नहीं करने की कसम खाई। गणेशी दास के किशनपुर में 'राठौर' की यह ऐंठ नहीं रहती।

किशनपुर में ऐसी एक हरकत बंगाली के बेटे ने की थी। वह 'रानी रूपमती' खेल रहा था। रूप भरने के समय जब उससे अपनी मूँछें मुड़वा लेने को कहा गया, तो उसने यह कहकर इन्कार कर दिया कि जब तक उसका बाप जिन्दा है वह मूँछें नहीं मुड़वा सकता। सारे कलाकारों ने उसकी चिरौरी की, मगर वह टस से मस नहीं हुआ। 'मूँछोंवाली रानी रूपमती' की चर्चा पास-पड़ोस के पचीसों गाँवों में हो जाती। समस्या का हल गणेशी दास ने निकाला। यह भूलकर कि वे उम्र की ढलान पर हैं, उन्होंने रानी रूपमती का रूप भरा और साड़ी पहनकर मंच पर उतर गए। बंगाली के बेटे का मुँह काला हो गया।

साल में तीन-चार अवसरों पर नाटक खेले जाते थे, कभी-कभी लगातार दो-दो नाटक। और, साल में कम-से-कम एक बार 'वीर अभिमन्यु' नाटक जरूर खेला जाता था। गणेशी दास इसमें द्रोणाचार्य बनते थे। एक बार मुझे भी इसमें एक छोटी-सी भूमिका दी गई थी, 'तीसरा सिपाही' की।

नाटकों का पूर्वाभ्यास प्राथमिक पाठशाला में हुआ करता था। बहुत-से बच्चे पूर्वाभ्यास देखने वहाँ पहुँचा करते थे। एक रात मैं भी अपने एक साथी के साथ वहाँ गया था, सिपाहियों की भूमिका बच्चों को दी जाती थी। 'तीसरा

सिपाही' की भूमिका जिस बच्चे को दी गई थी वह अपने ननिहाल चला गया था और शीघ्र लौटनेवाला नहीं था। इसके लिए एक बच्चे को ढूँढ़ा जा रहा था। गणेशी दास की नजर मुझ पर टिक गई और उन्होंने मुझसे पूछा, "'तीसरा सिपाही' खेलोगे?" मैंने हाँ में सिर हिला दिया। उस दिन मैं 'तीसरा सिपाही' बन गया और मुझे लगता है कि अभी तक मैं 'तीसरा सिपाही' बना हुआ हूँ। उस समय से ही गणेशी दास मेरे मन में गुरु द्रोणाचार्य के रूप में विराजमान हैं।

दुबारा किसी नाटक में भाग लेने का मौका मुझे नहीं मिला। अपनी पढ़ाई के लिए मुझे गाँव छोड़कर बाहर जाना पड़ा। छुट्टियों में मैं गाँव आता था और दो-चार अन्तरंग मित्रों के साथ समय गुजार कर वापस लौट जाता था। यह आना-जाना और भी कम हो गया जब पढ़ाई पूरी कर मैं सरकारी नौकरी में चला गया और मुझे घर से बहुत दूर-दूर रहना पड़ा। करीब बीस-बाईस बरसों के बाद मेरा तबादला पूर्णिया हुआ जो मेरे गाँव के निकट का शहर है। मेरा गाँव आना-जाना काफी अधिक हो गया; दो-तीन दिनों की छुट्टी में भी मैं घर चला जाता था।

उस दिन मैं घर में बैठा हुआ था। मेरे एक भतीजे ने आकर सुनाया, "गणेशी दास मिलने आए हैं।"

"कौन गणेशी दास, गुरु द्रोणाचार्य?" मैं अनायास बोल उठा।

"हाँ," उसने हँसते हुए जवाब दिया।

गणेशी दास का घर मैंने देखा था और उसकी छोटी-सी दुकान भी, मगर न तो कभी उनके घर जाने की जरूरत मुझे पड़ी थी और न कभी, जहाँ तक मुझे याद आ रहा है, उनकी दुकान पर जाने का ही मौका मिला था। छुट्टियों में घर जाता था, तो कभी-कभार उन पर नजर पड़ती थी जरूर, मगर ऐसा कभी नहीं हुआ कि मैं जाकर उनसे मिलूँ और उनका हाल-चाल पूछूँ। गणेशी दास भी मुझे पहचानते भर थे। आज वे मुझसे मिलने आए हैं तो जरूर उन्हें अपने किसी काम में मेरी मदद की जरूरत पड़ गई होगी, ऐसा मैंने अपने मन में सोचा; मगर मैं काफी खुश हुआ कि वे मुझसे मिलने आए हैं और मन ही मन सोच भी लिया कि इनकी मदद मैं अवश्य करूँगा।

भतीजे से उन्हें अन्दर ले आने को कहने की बजाए मैं खुद बाहर चला गया और गणेशी दास को सादर अन्दर कमरे में ले आया। मैंने भतीजे को कहकर उनके लिए चाय मँगवाई। एक खाली कुरसी पर मैंने उन्हें बैठने को कहा और खुद चौकी पर बैठ गया।

बैठते ही उन्होंने कहा, "मैं एक काम से आया हूँ, हाकिम।"

उनके सम्बोधन पर मैं थोड़ा लजाए और फिर बोला, "बताइए, क्या काम है?"

उन्होंने कहना शुरू किया, "अब मैं यह गाँव छोड़ देना चाहता हूँ, हाकिम। यह अब सुखवास नहीं रहा मेरे लिए। आप पूर्णिया आ गए हैं, यह तो मेरे लिए बहुत ही अच्छा हुआ। मैं भी पूर्णिया में ही रहना चाहता हूँ। अकेला हूँ, इतना तो कमा ही लूँगा कि एक पेट भर लूँ। पूर्णिया में ही अपने गाँव का गोपाल भी रहता है। यहाँ बड़ा बुरा हाल था उसका, वहाँ रोजगार में बरकत है। मैंने उससे बात कर ली है। आपकी आँख रहेगी मुझ पर, तो मेरा भी तार-घाट लग जाएगा वहाँ।"

गणेशी दास को गाँव छोड़कर जाने की नौबत आ सकती है, यह कभी मैं सोच भी नहीं सकता था। गाँव के हर उत्सव का अगुआ हुआ करते थे वे। उनकी महफिल केवल हमउम्र दोस्तों के साथ ही नहीं जमती थी, वे नवयुवकों के दल और बच्चों की मंडली में भी शरीक हो जाते थे। गाँव के ढेर सारे बूढ़ों के साथ उनकी गहरी छनती थी। बुजुर्गों में तो शायद ही कोई ऐसा हो जो उन्हें देखकर कुछ बतियाने उनके पास नहीं चला आता हो। पूरे गाँव से कटकर अपनी कमाई में ही व्यस्त रहनेवाला कलटू साह भी उनसे अलग नहीं रह पाया और एक दिन अकेले में उनसे अपने मन की एक बात बताई, "गणेशी भाई, आप हमारे गाँव में हैं, तो एक आनन्द मैं भी ले ही लेना चाहता हूँ। मैं भी एक बार गुलाबबाग में मुजरा सुनना चाहता हूँ। आप तो गाँव के बहुत लोगों को वहाँ से मुजरा सुनवाकर ला चुके हैं, ऐसी मुझे खबर है। एक बार मेरे साथ भी चलना होगा। मैं दो सौ रुपये तक खर्च करने को तैयार हूँ।" तैयार हो गए गणेशी दास और कलटू साह गुलाबबाग से आनन्द लूट लाए।

गाँव के नए-पुराने रसीले किस्सों के एकमात्र स्रोत हैं गणेशी दास। छोकरे एक-एक किस्से को बार-बार सुनते हैं और गणेशी चाचा हर बार चटकारे भरते हुए सुनाते हैं ये किस्से। छोकरे तो ऐसे हैं कि अब लगभग बूढ़ी हो गई फगुनी और गाँव छोड़कर चले गए मालीराम को भी बार-बार उघारने से बाज नहीं आते, "हाँ, चाचा, तो रात में अपने दिलदार मालीराम से दस-दस पैसे में बिकने वाला सौ का एक पत्ता पाकर खुश हो गई फगुनी जब सुबह-सुबह कपड़े खरीदने बनवारी लाल की दुकान पर पहुँची, तो अच्छी बोहनी की उम्मीद में बूढ़े बनवारी लाल ने किस तरह उसे थाक के थाक साड़ियाँ दिखाईं और थान से साया-अंगिया के कपड़े फाड़-फाड़कर देते रहे, और जब आँचल की गिरह खोलकर फगुनी ने रातवाला सौ का पत्ता उसके हाथ में थमाया, तो किस तरह बनवारी लाल उछला और फिर नाच-नाचकर उसे गालियाँ सुनाने लगा, और पचासों लोगों की भीड़ में उससे यह बताने को कहा कि उसके किस भतार ने उसे सौ का यह पत्ता दिया है।"

पुस्तकालय खोलना हो तब, कोई खेल-कूद का आयोजन हो तब, और किसी सांस्कृतिक समारोह की तैयारी हो तब, गाँव के बच्चों को एक गणेशी दास का ही आसरा है। गाँव में और कौन इनके लिए चन्दा वसूलने निकलेगा, कौन लकड़ी-बाँस का इन्तजाम कर देगा! यह गणेशी दास ही है जो डिगा देता है भँवरलाल मारवाड़ी को भी, जिसके दरवाजे पर चिचियाते हुए भिखमंगे भी काँपते रहते हैं कि कहीं गद्दी पर भँवरलाल ही न बैठा हो।

ऐसे गणेशी दास को गाँव छोड़कर जाना पड़े, यह मुझे नागवार लगा, और उनको गाँव से भगाने में मेरा भी कोई हाथ हो, इसकी तो मैं कल्पना भी नहीं कर सकता था। और अब चौथपन में गणेशी दास क्या गाँव से बाहर रहने लायक रहे! उनका नाटा कद उनके बुढ़ापे को अभी भी छिपाने में मदद जरूर कर रहा था, पर शरीर तो दुर्बल हो ही चला था। पहले की तरह नहीं थे वे, मंझा घट गया था। यह क्या सूझा उन्हें कि पूरी जिन्दगी तो किशनपुर में गुजार दी और जब समय आया जमीन का पैबन्द होने का, तो

अपनी जमीन छोड़कर परदेश जा रहे हैं! मैंने उन्हें रोक लेना चाहा, और थोड़ा सकुचाते हुए उनसे पूछा, "आपकी दुकान तो यहाँ है न?"

"दुकान तो ढनमना गई थी, हाकिम," उन्होंने भी सकुचाते हुए ही जवाब दिया, "मनिहारा की बड़ी-बड़ी दुकानें खुल गई हैं यहाँ। मेरे पास पूँजी तो थी नहीं कि लगाऊँ और छोटी दुकान को बड़ी कर लूँ। मैंने दुकान ही बन्द कर दी। घड़ीसाजी का धन्धा भी ठीक नहीं चल रहा था मेरा। यहाँ कई घड़ीसाज बाहर से आ गए हैं। उन्हें भी कोई खास बरकत नहीं है यहाँ। अब तो लोग पूर्णिया-कटिहार में ही घड़ी मरम्मत कराते हैं। मेरा मन भी टूट गया है अब इस गाँव से। मैंने नीयत बाँध ली है कि अब पूर्णिया में ही रहूँगा। वहाँ कोई-न-कोई धन्धा मैं अपने लिए ढूँढ़ लूँगा, हाकिम।"

गोपाल ने मुझे बाद में बताया था, "दुकान खाक चलती, भाईजी! पहले छोटी-छोटी दो-तीन दुकानें थीं। लोग झख मारकर इन दुकानों में पहुँचते थे। अब तो मनिहारा की बड़ी-बड़ी दुकानें खुल गई हैं, और अब किसी मामूली सामान के लिए भी ग्राहकों को यह नहीं सुनना पड़ता है कि "अगले सोमवार को कटिहार या कलकत्ता जाऊँगा, तो यह सामान ला दूँगा।" गणेशी दास ने कभी पैसा बचाया नहीं कि आज पूँजी लगाकर दुकान बड़ी कर लेते। और फिर उनकी जैसी दुकानदारी से कोई क्या कर पाएगा! हफ्ते में चार दिन बन्द ही रहती थी उनकी दुकान। जिस दिन खुलती थी उस दिन भी दो-चार घन्टों से अधिक चूतड़ बैठता नहीं था उनका गद्‌दी पर। कभी दुकान इसलिए बन्द है कि गणेशी दास नाटक के परदे बनवाने कसबा गए हुए हैं और कोई ठीक नहीं कि वे एक हफ्ते में लौट आते हैं या पखवारा लगा देते हैं, क्योंकि जब भी आएँगे परदे के साथ ही आएँगे। कभी सुनने को मिला कि दुर्गा की प्रतिमा बनानेवाले कलाकार को लाने के लिए वे मनिहारी गए हैं, और अगर मनिहारी में कलाकार नहीं मिला तो वे रायगंज चले जाएँगे। चन्दा-वसूली का काम चल रहा है, तो और किसी को इसके लिए फुरसत निकालनी पड़ती है, मगर गणेशी दास अपनी दुकान से ही फुरसत पा लेते हैं। बतरसिया भी तो कम नहीं हैं ये। जहाँ बैठ गए, घंटों बैठे रह गए, बतरस लूट रहे हैं, दुकान

की कोई चिन्ता नहीं। अगर किसी ने रात में घटित कोई गुदगुदानेवाली घटना की खबर इनकी दुकान में जाकर इनके कानों में डाल दी, तो वे फटाफट दुकान बन्द करेंगे, ठाकुर मोदी की पान-दुकान पर जाकर उसके कान में कुछ फुसफुसाएँगे और फिर उसकी फुसफुसाहट सुनने के लिए अपने कान उसके मुँह से लगाएँगे, वहाँ से निकलकर देबू के घर पहुँचेंगे और उसके भी कान में कुछ फुसफुसाएँगे, फुसफुसाने के लिए फिर दीपू को खोजेंगे, और अन्त में किशनपुर नाटक मंडली के निर्देशक राम किशुन साह की दुकान में बैठ जाएँगे चौकड़ी मारकर गपड़चौथ के लिए; दुकान से दिन भर की छुट्टी। इतना भर ही तो नहीं होता था, भाईजी। दुकान डूबने के और भी कारण हैं। घड़ी और टॉर्च वगैरह की मरम्मत भी ये करते थे। मगर घड़ी की मरम्मत कोई इनसे क्या कराए! घड़ी इनके पास गई, तो फिर कब मिलेगी, मिलेगी भी या नहीं, इसका भी कोई ठीक नहीं। 'वीर अभिमन्यु' निवेदन करने चले आए, "चाचा, ससुराल जा रहा हूँ; दो-तीन दिनों के अन्दर लौट आऊँगा। मेरे पास कोई घड़ी नहीं है। एक घड़ी लूँगा आपसे। बिना घड़ी के ससुराल जाना अच्छा नहीं लग रहा है।" उसे एक घड़ी देते हुए गणेशी चाचा ने कहा, "देखो बेटे, यह घड़ी गमैल के एक बाबू साहब की है। तीन दिनों तक तो मैं उन्हें रोककर रख लूँगा, मगर चौथे दिन घड़ी मुझे अवश्य मिल जानी चाहिए।" तीन दिनों में 'वीर अभिमन्यु' किस-किस को अपनी घड़ी दिखाता ससुराल में! उसे लौटने में पूरे पन्द्रह दिन लग गए। 'भीष्म पितामह' दौड़ते-हाँफते पहुँचे 'गुरु द्रोणाचार्य' के पास और रुआँसे स्वर में बोले, "गणेशी भाई, बड़ी पतोहू की हालत अचानक बहुत खराब हो गई है। डॉक्टर को दिखा दिया है। कामेसर खगड़िया गया है, मकई बेचकर कल शाम तक लौटेगा। घर में पैसे नहीं हैं। कन्हैया दवा वाले के पास गया था, मगर उसने उधार दवा देने से इन्कार कर दिया। मुसीबत में हूँ। आप किसी तरह मेरे लिए पचास रुपये का इन्तजाम कर दीजिए। परसों आपका पैसा वापस मिल जाएगा।" 'पितामह' की बात सुनकर 'गुरु द्रोणाचार्य' दया-द्रवित हो उठे। एक क्षण कुछ सोचकर उन्होंने जवाब दिया, "मेरे पास नकद पैसे तो नहीं

हैं, मगर मैं एक इन्तजाम कर देता हूँ। एक घड़ी दे रहा हूँ आपको। आप इसे कुंदन सेठ के यहाँ बंधक रखकर पैसे उठा लीजिए।" घड़ी लेकर चले गए 'भीष्म पितामह'। पैसा वापस हुआ छह महीनों के बाद ढेर सारी किस्तों में। इस बीच गणेशी दास ने ही पैसे भरकर घड़ी छुड़ाई थी। शाम में आया 'जयद्रथ' और मरम्मत के लिए आया हुआ किसी का एक टॉर्च यह कहकर उठा ले गया कि सुबह में लौटा देगा, और तीसरे दिन यह खबर देने आया कि टॉर्च गुम हो गया। ऐसे में ही इनका धन्धा अंटाचित हो गया। बीवी बहुत पहले ही मर चुकी थी; एक बेटा है, वह भी घर से बाहर-बाहर ही रहता है। इन्हें कभी कमाने, पैसा जोड़ने का खयाल आया नहीं। और अब जब बधिया बैठ गई है, तो कमाने के लिए परदेश निकले हैं। मैं तो भरसक मदद करता ही रहूँगा, भाईजी, मगर आप ही बताइए कि क्या अब इनकी उम्र परदेश में रहकर कमाने की है!"

पूँजी नहीं होने की बात गणेशी दास ने बताई, तो मैंने उनसे कहा, "आपका तो गाँव के अमीरों के साथ उठना-बैठना होता है। रामलाल बाबू आपके घनिष्ठ मित्र हैं। वे तो यों भी दयालु आदमी हैं, जिस-तिस की मदद करते रहते हैं। आपने तो एक इशारा भी कर दिया रहता, तो वे आपके लिए पूँजी का प्रबन्ध कर देते। एक बार कहकर देखिए।"

"वह सब तो है, हाकिम, मगर," गणेशी दास ने जवाब दिया, "पैसा बुरी चीज है। इससे सम्बन्ध बिगड़ता है। और मैं पैसे के लिए किसी के आगे हाथ पसार भी नहीं सकता। क्या पता...हाँ, कोई ठीक नहीं है आदमी का।"

गणेशी दास इतना भर कहकर चुप रह गए थे, मगर गोपाल ने मुझे खुलासा बात बताई थी, "गणेशी दास सबको अपने जैसा समझते हैं, मगर किशनपुर में ऐसी बात तो है नहीं। यों भी पानी में पैसा कौन फेंकता है! इन्होंने अपने मातबर दोस्तों को कुछ मदद के लिए इशारा किया होगा जरूर, मगर उन लोगों ने भी अपनी दिक्कत बता दी होगी। रामलाल बाबू के साथ इनकी खूब घुटती थी। कई बार उनके साथ ये कलकत्ता भी जा चुके हैं। गणेशी दास किस हाल में हैं, इसका पता तो उन्हें होगा ही, मगर इनके लिए उन्होंने

कभी कुछ किया नहीं, और अब गणेशी दास उनसे कोई उम्मीद भी नहीं रख सकते। पहले हर साल होली के दिन रामलाल बाबू इन्हें अपने घर बुलवाते थे और वहीं दोनों का खाना-पीना एक साथ होता था। शायद ही कोई साल नागा गया हो जब रामलाल बाबू कलकत्ता चले गए हों या राजस्थान। मगर इस साल ऐसा नहीं हुआ। वे इस साल किशनपुर में ही थे, मगर गणेशी दास को दावत नहीं मिली। तब से छह महीने गुजर गए, गणेशी दास ने उनसे भेंट तक नहीं की है। इधर तो ये धनी-मानी लोगों से मिलने तक से कतराते रहे थे। आपने गौर किया होगा, भाईजी, अब ये बराबर गाँव से मन टूट जाने की बात किया करते हैं।"

"बगैर पूँजी के," मैंने गणेशी दास से पूछा था, "जो धन्धा आप पूर्णिया में करना चाहते हैं, वह यहाँ क्यों नहीं करते? यहाँ इतने लोग अपने हैं, जरूरत पर काम आ सकते हैं। पूर्णिया तो बिलकुल ही अपरिचित जगह होगी आपके लिए।"

"इसीलिए तो पूर्णिया जा रहा हूँ, हाकिम। मुझे अपने धन्धे के लिए कोई ऐसी जगह ही चाहिए जहाँ कोई पहचानता नहीं हो। जो भी मदद आप लोगों से मिल जाएगी, वही काफी होगी मेरे लिए। और फिर, जब मैं वहाँ रहने लगूँगा, तो और भी दो-चार लोगों के साथ अपनायत पैदा कर ही लूँगा।"

मैंने जरा डरते-डरते पूछा था, "क्या आप किशनपुर हमेशा के लिए छोड़ देना चाहते हैं?"

"हाँ, हाकिम, अब तो छोड़ ही दूँगा। एक घर ही तो बचा है इस गाँव में। मेरा बेटा उपना अभी पूर्णिया के पास ही कसबा में रहता है। और कोई घर में है नहीं, अकेला रहता हूँ। अगर भगवान की दया से पूर्णिया में दो पैसे हो गए, तो वहीं कुछ तार-घाट लगाऊँगा। उपना के लिए भी तो यह अच्छा होगा; अब तो वह लौटकर गाँव आनेवाला है नहीं। और तब यहाँ घर रखकर क्या करूँगा, बेच ही डालूँगा। मगर जब तक कोई और गाँव अपना नहीं हो जाता है, तब तक तो इस गाँव को बिलकुल छोड़ देना ठीक नहीं होगा, हाकिम।"

अन्दरूनी बात मुझे गोपाल ने बाद में बताई थी, "गाँव छोड़ने का बस इतना भर ही कारण नहीं था कि दुकान बन्द हो गई थी और पूँजी नहीं थी इनके पास। एक अकेला पेट भरने के लिए तो ये बाजार में कहीं भी बैठकर कमा सकते हैं। घड़ी और टॉर्च की मरम्मत भर से पेट भरने लायक पैसे मिल जाते। वहाँ तो ऐसे भी मिस्त्री हैं जो सिर्फ ताले की चाबियाँ बनाकर अपने परिवार का खाना जुटा लेते हैं। असली कारण तो यह था, भाईजी, कि इन्हें अपने घर में रहना मुश्किल हो गया था। जब बेटा भी घर से निकल गया, तो बगल में रह रहे इनके गोतिया-दियाद ने इनके घर पर दाँत गड़ा दिए और इसे हड़पने की कोशिश करने लगे। उन्होंने इन्हें तरह-तरह से तंग करना शुरू किया, ताकि ये अपना घर औने-पौने दाम में उनके हाथ बेचकर अपने बेटे के पास या और कहीं भाग जाएँ। रोज किसी न किसी बात पर झगड़ा-झंझट होता रहता और इन्हें गालियाँ दे-देकर सताया जाता। गणेशी दास कभी चीखते-चिचियाते, तो दियाद के घर से लाठियाँ निकल जातीं। पंचायत का सहारा तो जरूर लिया इन्होंने, मगर उससे बात नहीं बनी। पंच हर घड़ी लाठी लेकर तो इनकी रक्षा करते नहीं रहते। और सच तो यह था कि इनके साथ रहने वाले भीम, अर्जुन, अभिमन्यु, जयद्रथ भी इनके झगड़े में नहीं पड़े और छिटककर अलग हो गए थे। इससे इनके मन को काफी धक्का पहुँचा और इन्होंने गाँव ही छोड़ देने का फैसला कर लिया। अगर पूर्णिया में इनके ठहरने का ठाट हो गया, तो मैं समझता हूँ कि ये जल्दी ही अपना घर भी बेच ही आएँगे। मुझे तो लगता है कि अब इन्होंने किशनपुर छोड़ ही दिया हमेशा के लिए।"

एक और सवाल किया था मैंने गणेशी दास से कि उन्होंने पूर्णिया में कौन-सा धन्धा करने का निश्चय किया है। जवाब दिया था उन्होंने कि धन्धे की बाबत कुछ सोचा नहीं है और पूर्णिया पहुँचकर ही कुछ निश्चय करेंगे। वे आश्वस्त थे कि उनके पास इल्म है और कहीं भी रहकर वे खाने भर पैदाइश कर लेंगे।

गोपाल का घर किशनपुर में मेरे घर के बहुत करीब ही था। हालाँकि वह उम्र में मुझसे कुछ छोटा था, मगर मैं उसे अच्छी तरह पहचानता था

और, उसने इधर मुझे बताया है, वह मेरे साथ खेल-कूद में भी शरीक हुआ करता था। गाँव से निकल जाने के बाद मेरे पास उसकी पहचान भर थी। मेरे गाँव छोड़ने के आठ-दस बरस बाद उसने भी किशनपुर छोड़ दिया। वहाँ वह काफी तकलीफ से अपने दिन गुजार रहा था। अपने किसी रिश्तेदार की सलाह पर वह पूर्णिया चला आया और उनकी मदद से बस पड़ाव के पास ही एक दुकान खोल ली।

जब मेरा तबादला पूर्णिया हुआ और घर पर मुझे यह खबर मिली कि गोपाल पूर्णिया में ही रहता है, तो मुझे काफी खुशी हुई। पूर्णिया आते ही मैंने उससे मुलाकात की और जब-तब उसके पास जाने लगा। बस पड़ाव में उसकी एक गुमटीनुमा दुकान थी जिसमें वह मनिहारा के सामान बेचता था। अच्छी बिक्री हो जाती थी और उसने अब तक अच्छा पैसा कमा लिया था। बस पड़ाव से करीब दो किलोमीटर दूर बारीहाट में उसने जमीन खरीदकर अपना घर भी बना लिया था और उसमें अपने परिवार के साथ रहता था।

पूर्णिया में मैं उसके पास कभी-कभी घंटों बैठकर गप्पें लड़ाता था। वह किशनपुर में और किशनपुर के पास मुझसे काफी अधिक दिनों तक रहा था। गाँव के जितने किस्से उसे मालूम थे, मैं उनका सौवाँ हिस्सा भी नहीं जानता था। वह तो उस वक्त की भी रसभरी कहानियाँ मुझे सुनाता था जब मैं गाँव में ही था और मुझे उन किस्सों की कोई जानकारी नहीं थी। पूर्णिया में मेरे लिए इससे बेहतर कोई मनोरंजन नहीं था कि मैं गोपाल के पास बैठ जाऊँ और उससे अपने किशनपुर के किस्से सुनूँ। अब वह मेरा अन्तरंग मित्र बन चुका था।

गणेशी दास से हुई मुलाकात के बाद जब मैं घर से पूर्णिया आया, तो गोपाल के साथ उनके बारे में देर तक बातचीत हुई थी। उस दिन यही तय हुआ था कि गणेशी दास के आ जाने के बाद ही उनके धन्धे और रहने-खाने के बारे में सोचा जाएगा। गोपाल की हार्दिक इच्छा थी कि गणेशी दास पूर्णिया चला आए, और शायद वह मन ही मन कुछ सोच भी रहा था उनके धन्धे के बारे में।

करीब एक हफ्ते के बाद जब मैं गोपाल की दुकान पर पहुँचा, तो वहाँ गणेशी दास को विराजमान देखा। वे मुझे देखते ही लपककर मेरे पास आ गए और सुनाने लगे, "सब इन्तजाम हो गया, हाकिम। यहीं बस पड़ाव में एक गुमटी मिल गई है। उसमें घड़ी मरम्मत का काम शुरू करूँगा। मैं परसों ही यहाँ आया था। यहाँ आकर फिर मैं कसबा चला गया था उपना से मिलने। वह यहाँ आने पर राजी हो गया है। शुरू में काम कुछ कम मिलेगा, मगर धीरे-धीरे दुकान जम जाएगी। गोपाल ने सारा प्रबन्ध कर दिया है। बगल में जो गुप्ताजी चायवाले हैं, उनकी दुकान में ही रात में सोने का इन्तजाम हुआ है। अभी जाकर एक चौकी ले आता हूँ। सोने का इन्तजाम तो गोपाल के घर पर भी हो सकता था, मगर रोज उतनी दूर से आना-जाना मुझसे पार नहीं लगता। अब मैं निश्चिन्त हूँ। आप लोगों की कृपा से ही इतना कुछ हो गया; आगे भी सब ठीक ही रहेगा, ऐसा मेरा विश्वास है, हाकिम।"

गाँव में गणेशी दास के साथ कोई रिश्ता मैं अपने बचपन में नहीं जोड़ पाया था। अब उसकी मुझे जरूरत पड़ गई थी। गोपाल न जाने किस रिश्ते से उन्हें मामा कहा करता था। हालाँकि मैं उम्र में उनसे बहुत ही छोटा था, तब भी मैंने उन्हें 'भाईजी' कहना ही उचित समझा। यह हमारे लिए बड़ा ही अच्छा रहा कि गणेशी दास इन रिश्तों से नहीं बँधे। न तो वे गोपाल के मामा बनकर रहे और न मेरे भाईजी; वे हमारे दिली यार बन गए थे। मैं कुछ अधिक ही जाने लगा था गोपाल की दुकान पर। मुझे देखते ही गणेशी दास उपना को दुकान पर छोड़कर हमारे पास आ बैठते। फिर तो हमारी महफिल जम जाती। गाँव के एक-से-एक किस्से निकलते और हम हँसते-हँसते लोट-पोट हो जाते। गणेशी दास तो ठहाकों में हँसा करते थे। गोपाल खोद-खोदकर बातें पूछता था, और गणेशी भाई के साथ मैं भी बहकने से बाज नहीं आता। बैठकर वे किस्सा नहीं सुनाते थे, नाच-कूदकर हर पात्र का बखूबी अभिनय भी करते थे। अक्सर हर किस्से में वे कहीं न कहीं मौजूद हुआ करते थे, और गणेशी दास अपने आप पर भी हँसना जानते थे, खूब हँसते थे। उनके बूढ़े शरीर का अंग-संचालन देखते ही बनता था। मैं जब तक उस महफिल

में रहता, लगातार हँसता ही रहता था। मैं बहुत खुश था कि गणेशी दास हमारे पास आ गए हैं, और अकेले नहीं, पूरे गाँव को साथ लेकर आए थे, रामलाल सेठ से लेकर मालीराम की फगुनी तक।

अभी दुकान खोले पन्द्रह दिन भी नहीं हुए थे कि उपना भाग गया। गणेशी दास ने मुझे बताया, "पन्द्रह दिनों में घड़ी-मरम्मत के लिए एक भी ग्राहक नहीं आया। एक-आध आए थे सुई ठीक करवाने के लिए। उपना का मन नहीं लगा। वह फिर से कसबा चला गया अपनी पुरानी नौकरी पर। अकेले मुझसे दुकान सँभलेगी नहीं। मैंने तो उसके भरोसे ही घड़ी-मरम्मत की दुकान खोली थी। अब मेरी आँखें इतनी कमजोर हो गई हैं कि मैं घड़ी-मरम्मत का काम नहीं कर सकता। काम मिले, तो उपना को बुलाकर ले आऊँ, मगर लगता नहीं है कि यहाँ काम मिलेगा। अब क्या होगा, हाकिम?"

अब एक अच्छी बात हुई। पूर्णिया में ही उपना की शादी तय हो गई। गुप्ताजी के माध्यम से यह रिश्ता तय हुआ था।

गणेशी दास ने यह खुशखबरी देते हुए मुझसे कहा था, "शादी की बात तो बहुत दिनों से मन में थी ही, हाकिम। सौदा पट गया, तो बात तय कर दी। यहीं ततमा टोला के पास रहते हैं वे लोग। समधी एक हफ्ते से परेशान कर रहा था; रोज शाम को आ धमकता और घंटों दुकान पर बैठा रहता। सब गुप्ताजी का खेल है। मैं इन्हें साथ लेकर लड़की देखने गया था। लड़की देखने में अच्छी है। परिवार भी पढ़ा-लिखा है, हाकिम; कई लोग सरकारी नौकरियों में हैं। दहेज पर मैं नहीं गया हूँ। देनेवाले तो कई किशनपुर भी पहुँचे थे, मगर लड़की मुझे पसन्द नहीं आई थी। ये लोग अच्छे हैं, अपने मन से अच्छा लेन-देन भी करेंगे। मैंने कुछ नहीं माँगा, हाकिम; लड़कीवालों ने खुद ही कहा है कि वे लोग घर बनाने के लिए तीन-चार कट्ठे जमीन देंगे और बाँस-फूस भी। यह तो बड़ा ही अच्छा होगा कि हमारा एक घर हो जाएगा। उपना भी डोर से बँधा रहेगा। पतोहू के हाथ की रोटी मुझे खाने को मिलेगी। मुझे और क्या चाहिए, हाकिम! दोनों बाप-बेटा कमाएँगे और मस्त होकर रहेंगे। उपना भी खुश है। उसे मालूम हो गया है कि लड़की सुन्दर है। यह

सब आप लोगों के आशीर्वाद से ही हुआ है, हाकिम। आपको हड़बड़ी में समधी के घर नहीं ले जा सका था, गोपाल भी नहीं जा पाया। आप लोगों को बारात में चलना होगा। शादी पन्द्रह दिनों के अन्दर हो जाएगी।"

मैं बहुत खुश था कि एक उजड़ा घर बस गया। मगर जैसा सोचा था हमने वैसा हुआ नहीं। घर बनाने के लिए जो जमीन लड़कीवाले दे रहे थे वह खेत का एक टुकड़ा थी जहाँ कोई आबादी नहीं थी और अभी घर बनाकर रहा नहीं जा सकता था। समधी ने आश्वासन दिया कि जैसे ही उधर लोग बसना शुरू करेंगे, वे अपने जँवाई के लिए भी घर बनवा देंगे। लड़की के नाना ने अपनी ओर से एक गाय देना स्वीकार किया था, मगर उन्होंने भी यह सन्देश भिजवा दिया कि जब उनके पास गाय बाँधने की अपनी जगह हो जाएगी तब गाय उन्हें मिल जाएगी। लड़की को अपने मायके से जो दो-चार तार गहने मिलने की उम्मीद थी उस पर भी पानी फिर गया। परछन और गोरलगाई में भी बेटे को कुछ खास नगदी हाथ नहीं लगी। बहू अपने मायके में ही रह गई। बेटा ससुराल से ही रोज कसबा आने-जाने लगा। समधिन की यह खबर आई थी तो जरूर कि गणेशी दास भी उनके घर में पनाह ले सकते हैं, मगर गणेशी दास ने यह पेशकश ठुकरा दी।

मैं डर रहा था कि गणेशी दास निराश-हताश होकर पूर्णिया छोड़ न दें। अपना जो गाँव मुझसे दूर हो गया था वह फिर मेरे पास चला आया था इस गणेशी दास के कारण ही। मैं फिर से वहाँ के लोगों को एक-एक कर पहचानने लगा था, वहाँ की एक-एक गली में सैर करने लगा था, वहाँ के गँवरमसलों और गपड़चौथ का आनन्द उठा रहा था। मेरा डर बेबुनियाद था। गणेशी दास ने जरा भी हिम्मत नहीं हारी थी। उन्होंने मुझसे कहा, "मैं उपना के भरोसे पूर्णिया तो नहीं आया था न, हाकिम। घड़ी-मरम्मत की दुकान तो मैंने इसलिए खोली थी कि वह यहाँ जम जाए। मेरे हाथ में इल्म है, हाकिम, मैं कोई और धन्धा कर लूँगा। यही क्या कम है कि उपना डोर से बँध गया!"

घड़ी-मरम्मत की दुकान गणेशी दास ने बन्द कर दी और गोपाल की सलाह पर गुमटी भी छोड़ दी जिसका हर महीने चालीस रुपये किराया

भरना पड़ता था। उन्होंने बस पड़ाव के पास ही एक उठल्लू दुकान खोली और उसमें अलता, बिन्दिया, टिकुली, अँगूठी वगैरह बेचने लगे। गोपाल ने अपने अनुभव से यह बताया था कि इन चीजों की अच्छी बिक्री होगी और यह सुविधा देने को तैयार था कि उनकी दुकान के लिए सारा माल वह कटिहार से ला दिया करेगा। माल रखने के लिए एक काठ का बक्सा बनवा लिया गणेशी दास ने। इस बक्से को रोज सुबह गुप्ताजी की दुकान से निकालने और रोज शाम वहाँ रख आने के लिए एक छोकरा भी ठीक कर दिया गोपाल ने।

धन्धा चल निकला। अच्छी कमाई होने लगी। गणेशी दास के चेहरे पर चमक आ गई। और, आस-पास रहनेवाले लोगों के साथ उन्होंने जैसी मुलाकात पैदा की कि मुझे विश्वास हो गया कि अब गणेशी दास यहाँ टिक जाएँगे।

गणेशी दास का बक्सा ढोनेवाला छोकरा, जिसे बसों के चालक, खलासी और आस-पास के दुकानदार मुसहरा के नाम से जानते-पुकारते थे, अब सेनापति के नाम से पुकारा जाने लगा। यह नया नाम उसे गणेशी दास ने ही दिया था। जब शाम में बक्सा उठाकर ले जाने के लिए गणेशी दास जोर-जोर से 'सेनापति! सेनापति!' की हाँक लगाते, तो बसों के यात्री भी ठिठककर खड़े हो जाते एक नजर 'सेनापति' को देख लेने के लिए। मुसहरा अपने इस नए नाम से इतना खुश हो गया था कि जहाँ पहले बक्सा उठाने-रखने के पच्चीस पैसे तुरन्त गिनवा लेता था वहीं अब घंटों बाद आकर चिरौरी के अन्दाज में कहता था, "नाना, एक चाय के पैसे दीजिए न;" और कभी-कभी तो पैसे माँगना भी भूल जाता था।

मुसहरा की देखादेखी उस उम्र के वे सारे छोकरे, जो बस पड़ाव में कुली या दुकानों में सफाई का काम करते थे, गणेशी दास को नाना कहकर सम्बोधित करने लगे थे। गणेशी दास की पुकार पर जब सेनापति नहीं आता, तो सेना का कोई भी सिपाही आ खड़ा होता और बोलता, "कहिए, नाना, क्या काम है? बक्सा उठा दूँ? सेनापति आज सिनेमा देखने चला गया है। मुझे कहकर गया था बक्सा उठाकर रख आने के लिए।"

चायवाले गुप्ताजी उपना की शादी कराने के बाद गणेशी दास से ऐसे जूड़े कि उनके असली समधी बन बैठे। अब तो, गोपाल ने मुझे यह सूचना दी थी, गणेशी दास रात देर तक गुप्ताजी के साथ खुसुरफुसुर गुफ्तगू करते थे, ठहाके लगाते थे, और, न जाने किस इरादे से, आधी रात को बस पड़ाव का एक-आध चक्कर लगा आते थे। गुप्ताइन ने तो इस नए समधी से ऐसा नाता जोड़ा कि जब कभी अपनी दुकान पर आती और समधी को चौकी या कुरसी पर बैठे देख लेती, तो मुस्कराती हुई लचक चाल से उनकी बगल से तेजी से गुजरकर अन्दर चली जाती जैसे कि कोई ठीक नहीं कि समधी रास्ता रोककर कोई दिल्लगी कर बैठे, और जब दुकान से जाने लगती तो काफी चतुराई से एक गिलास ठंडा पानी उनकी देह पर फेंककर पोपले मुँह से खिलखिलाती हुई बाहर भागती जैसे कि कोई ठीक नहीं कि एक गिलास ठंडा पानी लेकर समधी भी उसकी ओर लपकने की कोशिश कर बैठे।

गुप्ताजी समधी क्या बने कि उनके हमउम्र सारे परिचितों ने गणेशी दास को समधी बना लिया। गुप्ताजी की दुकान पर अक्सर कोई बूढ़ा-बुजुर्ग गणेशी दास की बगल में आ बैठता और मुस्कराकर पूछता, "कहिए, समधीजी, क्या हाल-चाल है?"

गोपाल के 'मामा' का तो ऐसा जोर चला कि गणेशी दास की दुकान तक 'मामा की दुकान' कहलाने लगी, और कभी-कभी तो कोई अजनबी भी उनकी दुकान पर पहुँचकर कोई माल हाथ में उठाता और पूछता, "मामा, इसकी क्या कीमत है?" बस पड़ाव के पाखाने का रखवाला घनमा ने तो मामा के साथ रिश्ता ऐसा पक्का किया—रहा हो उसके पीछे यह कारण कि नाक पर मक्खी तक नहीं बैठने देनेवाली चमक्को गुलिया, जो बस पड़ाव में ही सफाई का काम करती थी और घनमा के कई प्रेम-उपहारों को भृकुटि तानकर अस्वीकार कर चुकी थी, अलता की वह शीशी, जो मामा ने घनमा को मुफ्त दी थी, पाकर ऐसी रीझी कि उसी शाम अँधेरे में देर तक उसके साथ हँस-हँसकर बतियाती भी रही और एक चुम्मा ले लिए जाने पर केवल 'इश्श' बोलकर रह गई—कि जहाँ पहले दिन में सात बार पाखाना जानेवाले

बुड्ढे से हर बार पाखाना में घुसने से पहले ही दस पैसे रखवा लेता था वहीं अब मामा को हर समय मुफ्त सेवा प्रदान कर रहा था।

ऐसे माहौल में, मुझे लगा, अब गणेशी दास टिक जाएँगे और एक गाँव, लगभग किशनपुर जैसा, उन्हें अपनी जमीन से जोड़ लेगा।

ऐसा हुआ नहीं।

हाथ में दो पैसे हुए नहीं कि गणेशी दास किशनपुर जाने के लिए सुगबुगाने लगे। उन्होंने एक बहाना बनाया कि वे अपने गिरहर मकान को देखने जाएँगे, "घर अब तक जरूर गिर गया होगा, हाकिम। अब किशनपुर में बस वही एक तो निशानी है मेरी; उसे तो ठीक-ठाक रखूँ। जिस किसी की नजर पड़ती होगी उस टूटे घर पर, वह तो यही सोचता होगा कि गणेशी दास इस गाँव से उजड़ गए। मैं पूर्णिया में रहूँ या मुल्तान में, हूँ तो किशनपुर का ही। घर ठीक करने में सौ रुपये से अधिक लगेंगे भी नहीं। जब तक जिन्दा हूँ तब तक तो इतना करना ही पड़ेगा, हाकिम, उपना के लिए नहीं, अपने लिए। मेरा जाना जरूरी है, हाकिम।"

हमने उनके विचार का मखौल उड़ाया, और मैंने तो जरा रूखे स्वर में कहा कि जिस पैसे को कमाने वे पूर्णिया आए हैं उसका श्राद्ध नहीं करें, कि जिस घर में उन्हें अभी रहना ही नहीं है उस घर को गिर जाने दें, कि किशनपुर का माया-मोह त्याग कर पूर्णिया में कल से बैठें। गणेशी दास रूठ गए। जिसे उन्होंने मददगार माना था उसे अब जमामार समझ रहे होंगे। मैं उस दिन देर तक गोपाल की दुकान पर बैठा रह गया था और गणेशी दास के साथ ढेर सारी हँसी-मजाक की बातें कीं, मगर उस दिन उन्होंने एक भी ठहाका नहीं लगाया।

उस दिन जाते समय गणेशी दास ने यह घोषणा कर दी कि अब वे कभी किशनपुर जाएँगे ही नहीं, मगर कुछ दिनों के बाद ही एक दिन वे इस तरह गायब हुए कि हमें लगा, वे भाग गए। शाम में मुझे गोपाल ने बताया कि सेनापति उनका बक्सा दिन के बारह बजे ही गुप्ताजी की दुकान में रख गया था और पूछने पर उसने बताया कि कोई आदमी आया था जिसके साथ

गणेशी दास चले गए हैं। हम रात के नौ बजे तक गणेशी दास के लौट आने का आसरा देखते रहे थे। दूसरे दिन जब मैं गोपाल के पास इस इरादे से पहुँचा कि गणेशी दास की कोई खबर मिले, तो देखा कि वे वहाँ बैठे हुए हैं और गोपाल के साथ ठहाका लगा रहे हैं। मेरे पहुँचते ही गोपाल ने मुझसे कहा, "भाईजी, मैं तो मामा को कुछ कह नहीं सकता रिश्ते के लिहाज से, मगर आप इनसे जरूर पूछिए कि क्या अब इनकी उम्र गुलाबबाग जाकर मुजरा सुनने की है?"

गणेशी दास कुछ सकपकाए और लगभग डाँटते हुए गोपाल से कहा, "तुम तो बात का बतंगड़ बना रहे हो।"

"बात गम्भीर है, भाईजी," गोपाल मुझसे मुखातिब था, "मैं तो कुछ बोलूँगा नहीं क्योंकि मुझे कहीं कुछ बोलने से मना किया गया है, मगर इस बात की चिन्ता मुझे सताने लगी है कि अगर कहीं यह बात खुल गई कि किशनपुर के दो बूढ़े मुजरा सुनने के लिए गुलाबबाग तक धावा मारते हैं, तो हमारी नाक कटेगी या रहेगी?"

"दो बूढ़े?" मैं गणेशी दास की ओर देखकर बोला।

"हाँ-हाँ, कलटू साह था।" गणेशी दास जवाब देकर दुकान से बाहर झाँकने लगे थे।

"इनका कहना है," गोपाल ने मुझसे कहा, "कि ये कलटू साह की जिद पर गए थे; मेरा कहना है कि ये गए तो। बदनामी होगी या नहीं?"

"कैसे हो जाएगी बदनामी!" गणेशी दास खिसियाकर बोले, "कोई रोज-रोज तो जाना नहीं होता है। बस, साल में एक बार।"

"हर साल?" मैंने अचरज प्रकट करते हुए पूछा।

"अब क्या बताऊँ, हाकिम, कि एक जमाना पहले उसने यहीं गुलाबबाग मेला में शकीला बानो के मुँह से एक ऐसा गाना सुन लिया कि उस गाने को सुनने हर साल यहाँ पहुँच जाता है और हमेशा मुझे भी अपने साथ चलने को लाचार कर देता है।"

"कौन-सा गाना?"

"है एक गाना, डम डम डिगा डिगा।"

"अब तो आपको पूरी कहानी सुनानी पड़ेगी, भाईजी," मैंने गणेशी दास से कहा, "तभी मैं सोचूँगा कि आपका कलटू साह के साथ जाना उचित हुआ या अनुचित।"

मैंने गणेशी दास को कहानी सुनाने पर मजबूर कर दिया। उन्होंने कहना शुरू किया और गोपाल ने मुस्कराना।

करीब पन्द्रह साल पहले कलटू साह गणेशी दास को साथ लेकर गुलाबबाग मुजरा सुनने आए। शकीला बानो ने नाच के साथ इन्हें कई गाने सुनाए। एक गाना 'डम डम डिगा डिगा' कलटू साह को बेहद पसन्द आया। शकीला बानो गाने की एक पंक्ति 'देखिए, मैं तो गिरा, मैं तो गिरा, मैं तो गिरा' नाचकर गाते हुए उनके पास आती और ऐंचाताना कलटू साह के चेहरे के ठीक सामने जोर से कमर लचकाकर गाने की अगली पंक्ति 'सूरत आपकी सुभान अल्ला' गाती। कलटू साह ऐसे फिदा हुए कि एक उसी गाने को चार बार सुना और हर बार गाना समाप्त होते ही एक दस का पत्ता शकीला के आगे फेंक देते। तब से लेकर आज तक हर साल एक बार कलटू साह गणेशी दास को पकड़कर शकीला बानो के पास वह गाना सुनने जरूर आ जाते हैं।

"अब बताइए, हाकिम," गणेशी दास बोले, "कि क्या अनुचित हो गया हमसे? बेचारा कलटू साह पूरे साल तो अपने परिवार के लिए मरता-खपता रहता है; बस, साल में एक दिन मौज मनाता है वह। आप चाहते हैं कि उसका वह एक दिन भी छिना जाए?"

"नहीं, यह मैं नहीं चाहता," मैं अपना निर्णय सुनाने लगा, "उसे जाना हो तो जाए, मगर उसके साथ आपका शकीला बानो के पास..."

"मैं नहीं मानूँगा, हाकिम," गणेशी दास बीच में ही बोलते हुए उठ खड़े हुए, "आप लोगों के कहने पर किशनपुर नहीं जाऊँ, और कोई किशनपुर का पुराना यार आ जाए तो उसके साथ दो घड़ी बिताऊँ भी नहीं। कलटू साह बहुत भला आदमी है, बड़े पवित्र मन का।" कहते-कहते गणेशी दास वहाँ से चल पड़े। हमने उनसे रुकने को कहा, मगर वे रुके नहीं। गोपाल

अपनी हँसी रोक नहीं पाया और जोर से खिलखिला पड़ा। गणेशी दास, जो कई कदम आगे बढ़ गए थे, रुक गए, उलटकर हमें देखा और फिर उन्होंने भी एक जोरदार ठहाका लगा दिया।

अगले तीन-चार महीनों तक तो उनकी गाड़ी ठीक-ठाक चलती रही, मगर फिर अचानक ही गाड़ी रुक गई उनकी। शरीर तो जर्जर पहले से ही था, उठल्लू दुकान पर धूप-ताप में दिन-दिन भर बैठे रहने से स्वास्थ्य बहुत ही गिर गया। अब तक तो जब-तब अलाय-बलाय खा लेने से पेट ही खराब हुआ करता था, इस बार वे बीमार पड़ गए। गुप्ताजी को यह अच्छा नहीं लगा कि कोई बीमार एक चौकी छेंककर दिन भर उनकी दुकान में पसरा रहे। उन्होंने समधी से मुँह फुला लिया। बीमार की तीमारदारी कौन करे? गुप्ताइन ने जो आकर बूढ़े और उस पर भनभनाती सैकड़ों मक्खियों को देखा तो पहले अपने शौहर पर बरसी और फिर समधी को जली-कटी सुनाने लगी। गुप्ताजी गणेशी दास के समधी को बुला लाए। उपना भी आया। बहुत समझा-बुझाकर गणेशी दास को उपना की ससुराल ले जाए गया।

गणेशी दास करीब पन्द्रह दिनों तक शय्यागत रहे। इस बीच मैं गोपाल के साथ उन्हें देखने गया था। इस बीमारी ने उनका बुढ़ापा पूरी तरह उघाड़ दिया था और हमें लगा था कि अब उनकी जिन्दगी लड़खड़ा गई। हमने उनके बारे में उपना के साथ और फिर उसके ससुर के साथ देर तक बातचीत की और हम लोगों ने यह तय किया कि अब गणेशी दास वहीं रहकर राम को भजते हुए आराम से अपने बचे-खुचे दिन काटेंगे और अब उन्हें किसी काम-धन्धे पर जाने नहीं दिया जाएगा।

अभी ठीक से चलने-फिरने लायक भी नहीं हुए थे कि गणेशी दास एक दिन रिक्शा से गोपाल के पास आए और उसे बताया कि वे कल से अपनी दुकान खोलेंगे। गोपाल से कुछ कहते नहीं बना। उसी शाम उपना भी गोपाल के पास आया था और वह यही रोना रोया कि अपने जिद्दी बाप के आगे उसकी एक नहीं चलती। गुप्ताजी के कान में यह बात गई, तो उन्होंने गोपाल से फुसफुसाकर यह कह दिया कि अब तो गणेशी दास बराबर बीमार ही

चलेंगे और अपनी दुकान में उन्हें सोने की जगह देना उनके लिए सम्भव नहीं होगा। गणेशी दास को गुप्ताजी का यह निर्णय सुना दिया गया, और जवाब में गणेशी दास ने सुनाया,

सुन, दुर्योधन! सुन, दुर्योधन!
है मुझको स्वीकार तुम्हारी सेना का संचालन।
सुन, दुर्योधन! सुन, दुर्योधन!

अगले दिन सचमुच दुकान खोल दी गणेशी दास ने। गुप्ताजी का निहोरा करने नहीं गए वे जगह के लिए। बक्सा रखने की जगह उन्होंने गोपाल से माँग ली और रात बेटे की ससुराल में गुजारने लगे। मुझे इस बात की जरूर खुशी हुई कि रात आराम से कटेगी इस जिद्दी बूढ़े की।

आराम बदा कहाँ था उस बूढ़े के भाग्य में! एक दिन सुबह-सुबह रिक्शा पर अपना बोरिया-बिस्तर लादे वे गोपाल के पास पहुँचे और उसे सुना दिया, "अब मैं उपना की ससुराल में नहीं रहूँगा। रात भी यहीं गुजारूँगा बस पड़ाव में।"

"क्यों, क्या हुआ?" गोपाल ने कुछ चौंकते हुए पूछा।

"रात में," गोपाल के कान के पास मुँह ले जाकर कहा गणेशी दास ने, "बहू ने मुझे सुनाकर अपनी माँ से कहा कि बुड्ढा काला कौवा खाकर आया है, न जाने कब मरेगा।"

"ऐसा कहा?"

"हाँ-हाँ, मैंने अपने कान से सुना है। इस लड़की को जब मैं पहली बार देखने गया था, तो खाना इसी ने खिलाया था। भात परोसते वक्त इसका हाथ काँप रहा था। मुझे लगा था कि लड़की काफी सुशील है। भारी धोखा हुआ, गोपाल; यह लड़की तो विष की गाँठ है।"

गोपाल सोच में पड़ गया और गणेशी दास ने आगे कहा, "मैंने अपना इन्तजाम सोच लिया है। अब चौकी पर ही दुकान लगाऊँगा और रात में उसी पर सो जाऊँगा। यहाँ बहुत लोग बाहर में सोते हैं; मुझे भी कोई दिक्कत नहीं होगी। अब फिर मुझे उपना की ससुराल जाने के लिए मत कहना। रोज पाव

भर दूध के पैसे दे दिया करता था, कभी-कभी साग-सब्जी के भी। उस पर यह सलूक! भगवान ने मुझे उम्र दी है; मैं काला कौवा क्यों खाने लगा!"

गोपाल चुपचाप सब सुनता रहा, कुछ बोल नहीं पाया वह।

मैंने जब यह सब सुना, तो मुझसे बोले बगैर रहा नहीं गया। मैंने गणेशी दास से कहा, "बुढ़ापे ने आपको अधूरा कर दिया है। अब आप एक बूढ़े की तरह रहना सीखिए। हर घर में पतोहू ससुर को इतना सुनाती ही है। अब जैसे बेटा-पतोहू आपको रखे वैसे रहिए, कुछ सुनावे तो सुन लीजिए। अब आप जिद करने लायक नहीं रहे; खुद को छोड़ दीजिए उनकी मरजी पर।"

गणेशी दास विफर उठे, "मैं बेटा-पतोहू के तलवे सहलानेवाला नहीं हूँ, हाकिम। अभी भी करधन में बूता है कमाकर खाने का। बेटा या उसकी ससुराल पर तकिया नहीं करता मैं। हर काम में पाकठ हूँ। एक पेट भरने लायक कमाई कहीं भी, कभी भी कर सकता हूँ।"

तब मैंने हँसते हुए उनसे कहा, "भाईजी, यह तो मैं देख रहा हूँ कि अब आपकी देह मेहनत-मशक्कत और दौड़-धूप करने लायक नहीं रही। अगर अभी भी आप अपनी कमाई से ही पेट भरना चाहते हैं, तो मेरी सुनिए, और जो धन्धा मैं बता रहा हूँ उसे पकड़ लीजिए। बोलिए, जो कहूँगा वह करने के लिए तैयार हैं?"

"हाँ, करूँगा, बताइए," बोलकर गणेशी दास ने मेरे चेहरे पर नजर टिका दी।

मैंने अपनी हँसी रोक ली और गम्भीरता से कहने लगा, "जहाँ मैं अभी रह रहा हूँ वहाँ पास ही एक मन्दिर है। उस मन्दिर का पुजारी हरिद्वार गया हुआ था और वहीं उसकी मृत्यु हो गई। अभी जगह खाली है। अगर आप चाहें, तो वह जगह मैं आपको दिलवा सकता हूँ। आप मेरे साथ एक साधु के भेस में चलेंगे और आपको मैं अयोध्या से आया हुआ बताऊँगा। वहाँ चढ़ावा मिलता है, भोग लगता है। वहाँ कोई खास काम भी नहीं है। जरा तड़के उठकर दो-चार देवताओं के नाम सुमिर लेने हैं और शाम में आरती उतार लेनी है। एक आरती सीख लें और दो-चार भजन; बस, इतने से काम चल जाएगा। एक रामायण भी खरीद लेंगे ज़ब-तब पाठ करने के लिए। बोलिए, तैयार हैं?"

"धत्, हाकिम," गणेशी दास ने मुँह बिचका दिया, "आप तो मजाक कर रहे हैं। मैं काला धन्धा नहीं करता।"

"यह काला धन्धा नहीं है, भाईजी," मैंने अपनी गम्भीरता बरकरार रखते हुए कहा, "और मैं मजाक नहीं कर रहा हूँ। यह धन्धा आपके लिए बिलकुल माकूल रहेगा। कोई-न-कोई पुजारी तो आएगा ही उस मन्दिर में; फिर आप ही क्यों नहीं? अब इस दुनिया के जाल-जंजाल से अपना नाता तोड़िए और भगवान में मन रमाइए। परलोक बनाना हो तो मेरी बात मान लीजिए।"

"मैं भगवान को भुनाकर खानेवाला नहीं हूँ, हाकिम," गणेशी दास ने सिर हिलाते हुए जवाब दिया, "मैं कमाकर खानेवाला हूँ। और अगर वही करना होगा, तो किशनपुर के महादेव की शरण में चला जाऊँगा। वहाँ भी चढ़ावा मिलता है, भोग लगता है। अब मैं चला; आप लोग मजाक कर रहे हैं।"

किशनपुर बराबर उनके दिमाग में घुमड़ता रहता था, यह मैंने महसूस किया था। एक दिन फिर सुगबुगाए थे वे गाँव जाने के लिए। गोपाल को सुबह-सुबह ही उन्होंने रात के सपने की बात बताई थी और मुझसे मिलने पर फिर उन्होंने उस सपने का जिक्र किया, "रात में मैंने सपना देखा, हाकिम, कि होली का दिन है, और मैं रामलाल बाबू के साथ बैठा हुआ हूँ। खाना-पीना चल रहा है। इतने दिन हो गए, आज तक कोई सपना नहीं देखा था मैंने। मुझे लगता है, जरूर रामलाल बाबू को मेरी याद आई है। गरीब हूँ तो क्या हुआ, वे मुझे भुला नहीं सकते। मुझे गाँव जाकर एक बार उनसे मिल लेना चाहिए।"

मैंने तत्काल उन्हें जवाब दे दिया, "मैं कल ही किशनपुर से वापस आया हूँ। रामलाल बाबू कलकत्ता में हैं। वहीं उनको आपकी याद आई होगी। आपका घर भी देखने चला गया था। वह ज्यों का त्यों है, गिरा नहीं है। अच्छा हो कि गाँव का सपना देखने की बजाए आप अभी जहाँ हैं वहाँ का सपना देखिए।"

गणेशी दास ने ऐसी चुप्पी साधी कि मैं समझ गया, अब आज भी कोई ठहाका नहीं लगाएँगे वे किसी बात पर। मेरे चले जाने पर उन्होंने गोपाल से कहा था कि अब वे मेरे सामने किशनपुर जाने की बात कभी नहीं करेंगे।

बरसात आने से पहले ही बरसात की तैयारी पूरी कर ली गणेशी दास ने।

चौकी के चारों कोनों पर चार डंडे खड़े कर दिए उन्होंने और ऊपर प्लास्टिक का एक ओहार तान दिया। झमाझम वर्षा में भी वे अन्दर दुबके पड़े रहते। तेज आँधियों में कई बार यह ओहार उड़ा भी था, मगर वे फिर से इसे अपनी जगह पर तैनात कर डालते। न जाने उन्हें कितनी ही रातें इस ओहार को पकड़े हुए बैठकर काटनी पड़ी होंगी और कितनी बार तो रात के अँधेरे में उड़ गए ओहार को ले आने के लिए वर्षा में भींगना पड़ा होगा। बस पड़ाव के सारे लोग देख रहे थे उस बूढ़े को कष्टमय जीवन गुजारते, मगर अपने ठहाकों में तब भी उस बूढ़े ने अपने किसी कष्ट की झलक नहीं आने दी।

एक दिन मैं पूछ बैठा, "यहाँ अभी बहुत कष्ट हो रहा है न?" न जाने मेरे पूछने का क्या अर्थ लगाया उन्होंने कि अपनी खुफिया निगाह मेरे चेहरे पर गड़ा दी और फिर लगातार बोलते चले गए, "यहाँ कोई कष्ट नहीं है, हाकिम; कष्ट तो होता किशनपुर में। यहाँ तो पानी आता है और चला जाता है; गाँव में तो ऐसा नहीं होता। कष्ट भोग रहे होंगे किशनपुर वाले, मैं तो सुख भोग रहा हूँ यहाँ। अगर इस वक्त कोई मुझे गाँव जाने के लिए कहे, तो मैं बिलकुल तैयार नहीं होऊँगा। वहाँ तो घर से निकलना मुश्किल हो जाता है, बाजार में चलना-फिरना मुश्किल। याद कीजिए, हाकिम, आपने बचपन में देखा होगा मेरे घर के सामने की सड़क पर एक बहुत बड़ा गड्ढा। वह अभी भी है और बरसात में कुंड बन जाता है। इस मौसम में तो गाँववाले उस रास्ते से आना-जाना ही छोड़ देते हैं। आप रेलगाड़ी से उतरिए, तो है कोई रास्ता बगैर कीचड़ में पाँव डाले गाँव में घुसने का? एक व्यापारी का किस्सा तो आपने भी सुना ही होगा जो कलकत्ता से किशनपुर आया था और रेलगाड़ी से उतरने के बाद जो चारों ओर कीचड़ ही कीचड़ देखा तो उसी गाड़ी से कलकत्ता वापस भी चला गया था। कीचड़ भी कैसा? तीन-चार साल पहले की बात है। एक गाड़ीवान आम से लदी एक बैलगाड़ी लेकर आ रहा था। बाजार पहुँचने के पहले ही उसकी गाड़ी कीचड़ में ऐसी फँसी कि भोर से दोपहर तक फँसी रह गई। मार-मारकर बैलों का कचूमर निकाल दिया; पहिए में जोर लगा-लगाकर थक गया। उसे इतना गुस्सा आया कि सारे

आम उसने कीचड़ में गिरा दिए और खाली गाड़ी लेकर यह कसम खाते हुए चला गया कि किशनपुर के बाजार में अब और कभी आम बेचने नहीं आएगा वह। पुगलिया की बगल से जो सड़क जाती है उस पर तो आप चल ही नहीं सकते। वह सड़क तो शीशे के टुकड़ों से भरी है। बरतनिया की बगलवाली सड़क से तो आप नाक पर रुमाल रखकर भी नहीं जा सकते। पाखाने पानी पर तैरते नजर आते हैं। और, अगर उसमें फिसल गए तो...राम राम! वहाँ के कीचड़-पानी में फँसने-फिसलने का तो यह हाल है, हाकिम, कि जो फूलो झा अपनी खेती-गृहस्थी में इतने मशगूल रहते हैं कि अपने दवाखाने में एक-आध घंटा भी बैठने की फुरसत निकाल नहीं पाते, वही फूलो झा बरसात में खूँटा गाड़कर दिन-रात अपने दवाखाने में पड़े रहते हैं कि चोट, मोच या जखम लेकर किसी भी वक्त कोई मरीज आ सकता है। मैं तो, हाकिम, रामकिशुन की दुकान पर चला जाता था, ललधारी की दुकान से गरम-गरम लिट्टियाँ मँगवाकर खाता था और वहीं बैठे-बैठे बरसात का नजारा देखता रहता था। यह बात तो मानिए, हाकिम, कि यह नजारा देखने लायक होता है। कोई कीचड़ में ऐसा फँसा कि एक पैर मुश्किल से निकला नहीं कि दूसरा धँस गया। कोई जमीन पर ऐसा फिसला कि अब उठा ही नहीं जा रहा है। जो कुंड में गिरा उसे फिर स्नान करने की जरूरत नहीं। इधर हल्ला, उधर शोर। कहीं बच्चे ताली पीट रहे हैं, तो किसी ओर से बड़ों के ठहाकों की आवाज आ रही है। लोग बरसात काटने न जाएँ वहाँ, मगर दो-एक दिनों के लिए इस नजारे का आनन्द उठाने तो जा ही सकते हैं। आप हो आइए, हाकिम। अभी तो बिक्री-बट्टा नहीं के बराबर है और मेरा घर तो इस बरसात में जरूर गिर गया होगा, मगर मैं जाऊँगा नहीं। जिस घर में अभी रहना ही नहीं है उसके बारे में क्या चिन्ता! क्यों, हाकिम, क्या होगा जाकर?"

गाँव जाने की इच्छा जब इतनी बलवती हो उठी थी गणेशी दास के मन में, तो उन्हें रोककर रखना उचित नहीं था। दो-चार दिनों में लौट आते वे। मगर मैं देख रहा था कि वे अब कहीं आने-जाने लायक थे नहीं, और कभी भी बीमार होकर बिस्तर पकड़ सकते हैं। कौन देख-भाल करता किशनपुर में उनकी? यहाँ

बेटा नजदीक में रह रहा था और जरूरत पर कभी भी उन्हें बेटे की ससुराल में पहुँचाया जा सकता था। मैंने गणेशी दास को जवाब दिया, "कोई सिरफिरा ही सोचेगा अभी गाँव जाने की बात। लोग तो बरसात में गाँव से बाहर भागते हैं।"

किशनपुर की जो आग उनके अन्दर बराबर धधकती रहती थी, वह बरसात भर के लिए अवश्य बुझ गई होगी, ऐसा उस दिन मुझे उनके चेहरे को देखकर लगा था; उस दिन हम यह सोच भी नहीं सकते थे कि कभी यह आग इस तरह भी भभकेगी कि किसी चूहे पर भी सवार होकर वे जल्दी से जल्दी किशनपुर पहुँच जाना चाहेंगे। अभी बरसात बीती भी नहीं थी और गणेशी दास ने गाँव जाने की तैयारी कर ली, ऐसी तैयारी कि तुरन्त चलना है।

उस दिन गोपाल की दुकान पर बैठे हुए वे शायद मेरा ही आसरा देख रहे थे। 'फिर मुलाकात होगी' के पहले गोपाल के साथ उन्हें जो कुछ बतियाना था उसे पूरा कर वे चुपचाप बैठे हुए थे। मेरे पहुँचते ही वे तपाक् से बोले, "मैं किशनपुर जा रहा हूँ, हाकिम। आप रोकिएगा नहीं। बहुत जरूरी काम है।"

मुझे हँसी आ गई और मैंने हँसते हुए ही पूछा,"क्या जरूरी काम है, भाईजी? किशनपुर में आपके लिए..."

"कोई काम नहीं हो सकता, ऐसा आप क्यों सोचते हैं, हाकिम?" गणेशी दास ने मुझे पूरा बोलने भी नहीं दिया, "जहाँ पूरी जिन्दगी गुजर गई, उससे नाता टूट सकता है क्या? यह अलग बात है कि जिसे मैं जरूरी समझूँ उसे आप जरूरी नहीं मानें। मुझे तो जाना होगा, हाकिम। आप मत रोकिए इस बार।"

मुझे फिर हँसी आ गई, "मैं सुन तो सकता हूँ कि कौन-सा जरूरी काम आ गया?"

"हाँ-हाँ, सुन क्यों नहीं सकते? गोपाल को भी मैंने बता दिया है। बात यह है, हाकिम, कि छट्टूलाल बीमार पड़ गए हैं। वे मेरे पुराने संगतिया हैं, हमेशा सुख-दुख में साथ रहे हैं। वे बीमार हों और मैं देखने भी न जाऊँ, ऐसा हो सकता है, हाकिम?"

"बिलकुल नहीं," मैंने तत्काल जवाब दिया, "वे बीमार हैं और उन्होंने आपको खबर भेजी है, तब तो आपको जाना ही चाहिए।"

गणेशी दास ने एक नजर गोपाल को देखा और फिर मुझसे कहा, "खबर खुद नहीं भेजी है उन्होंने, मगर इससे क्या! मैं जान गया, यही काफी है। मेरा क्या फर्ज होता है, हाकिम, सोचिए।"

"किशनपुर से कोई आया था क्या?" मैंने गोपाल से पूछा।

"इधर सात-आठ दिनों से तो कोई नहीं आया है," गोपाल ने सिर हिलाते हुए जवाब दिया।

"तो फिर किसने खबर दी छट्टूलालजी के बारे में?" मैंने पूछा, तो गोपाल मुस्कराने लगा।

गणेशी दास कुछ सकपकाए और बोले, "मैंने ऐसा पाया है, हाकिम, और सैकड़ों लोगों के मुँह से भी सुना है कि ऐसा सपना जिसमें किसी को बीमार देखा गया हो बिलकुल सच होता है। सफीक मियाँ का बेटा दिल्ली में था, और वहीं उसने सपने में देखा कि उसकी माँ बीमार है। उसी वक्त वह घर के लिए चल पड़ा और घर आकर देखा कि सचमुच उसकी माँ बीमार है। आप कभी भी किशनपुर जाइएगा, तो पता लगा लीजिएगा कि छट्टूलाल बीमार थे या नहीं। मैं सुबह की गाड़ी से जा रहा हूँ।"

"इन्हें जाने दीजिए, भाईजी," गोपाल ने मुझसे जरा खीझ भरे स्वर में कहा, "इनकी नाल तो किशनपुर में गड़ी है। ये खाक टिकेंगे पूर्णिया में! मैं तो जानता हूँ कि अब ये लौटकर आनेवाले भी नहीं हैं।"

"कैसे नहीं आऊँगा लौटकर?" गणेशी दास खिसिया पड़े गोपाल पर, "तुम्हारी राय और जिद पर तो नहीं आया था मैं पूर्णिया?" और फिर गणेशी दास मुझसे मुखातिब हुए, "मैं दो-चार दिनों के अन्दर आ जाऊँगा, हाकिम। इससे अधिक वहाँ भला मैं क्यों रुकूँगा!"

गणेशी दास को अब और रोका नहीं जा सकता था।

गणेशी दास को गए हुए करीब दस दिन गुजर गए, तो हमने सोच लिया कि उन्होंने फिर से अपना मन किशनपुर में रमा लिया है और अब वे वापस आनेवाले नहीं हैं। हमें यह महसूस हुआ कि वे तो बस घूमने-टहलने के लिए कुछ दिनों के लिए गाँव से बाहर निकले थे और हम उन्हें जबरन बाँधकर

पूर्णिया में रख रहे थे। हमें अब अपनी बैठक में उनकी कमी अखरती थी। गणेशी दास जब से गए थे उनकी चर्चा लगभग रोज ही एक बार हो जाती थी। हम उनकी इस हिम्मत की दाद जरूर देते थे कि भीषण तकलीफों के बावजूद अभी भी वे अपना हाथ-गोड़ चलाकर ही पेट भरना चाहते थे और किसी की भी कोई तिरछी बात बरदाश्त नहीं करते, मगर हमें यह चिन्ता सताने लगी थी कि पता नहीं इस बुढ़ापे में अपने स्वभाव के कारण उन्हें कितना दुख भोगना पड़ जाएगा। हम सोच नहीं पा रहे थे कि अब जबकि वे शक्तिहीन हो चुके हैं, उनके हाथ-पैर झूठे पड़ते जा रहे हैं, आँखों से ठीक से दिखाई नहीं पड़ता, और गाँव में कोई अपना होता-सोता भी नहीं है, किस तरह अपने बचे-खुचे दिन काट पाएँगे वे। अब मुझे लगता है कि जिस गणेशी दास को लेकर हम इतने फिक्रमन्द हो रहे थे खुद उस गणेशी दास को अपने बारे में कभी ऐसी कोई फिक्र नहीं हुई होगी।

गणेशी दास के नहीं आ पाने का एक दूसरा ही कारण था। हमें यह खबर मिली कि डोमी साह के घर पर ओसारे से उतरते वक्त उनके पैर सीढ़ी पर फिसल गए थे और एक पैर की हड्डी में ऐसी चोट आ गई थी कि अब एक लम्बे समय तक वे चल-फिर नहीं सकेंगे। उपना उनकी देख-रेख के लिए वहाँ पहुँच गया था, यह सूचना भी हमें मिली। इस खबर ने हमें सचमुच हिलाकर रख दिया था। मैं सोचने लगा कि एक बार घर जाकर उनसे मिलूँ और उन्हें समझाऊँ कि अब वे अपने बुढ़ापे को स्वीकार कर लें और बेटा जहाँ जिस हालत में रखे उसमें रहना मान लें।

जितनी देर मैंने लगाई किशनपुर जाने में उतनी देर गणेशी दास ने नहीं लगाई पूर्णिया आने में। गोपाल की दुकान में अचानक ही उनके दर्शन हो गए करीब महीना भर बाद। मुझ पर नजर पड़ते ही वे चालू हो गए, "मेरे बारे में तो मालूम हुआ ही होगा, हाकिम। थोड़ी चोट लग गई थी पैर में। वहाँ लोग शोर मचाने लगे कि पैर टूट गया है, अस्पताल जाइए, पैर पर प्लास्टर चढ़ेगा। लोग भले मन से ही यह सब बोल रहे थे, मगर मैं तो समझ रहा था कि इस चक्कर में पड़ा तो जो भी पूँजी है वह भी सफाचट हो जाएगी।

किशनपुर में पहले भी तो लोगों के हाथ पैर टूटते थे, मगर कौन जाता था इलाज के लिए अस्पताल! सब इस्माइल मियाँ के पास पहुँचते थे। आपने भी तो उसका नाम सुना ही होगा। हड्डी जोड़ने-बैठानेवाला कोई उससे भी बड़ा डॉक्टर है क्या इस इलाके में! मैं सीधे उसके पास गया। भगवान की दया है उस इलाके पर कि वह अभी भी जिन्दा है। सिर्फ पचीस रुपये में मेरा इलाज हो गया, हाकिम। बिलकुल ठीक होने में तो समय लगेगा ही। अभी बैसाखी का सहारा लेना पड़ रहा है। कुछ दिनों के बाद इसकी भी जरूरत नहीं पड़ेगी। अभी भी काम लायक चलना-फिरना हो जाता है, हाकिम...घर की भी मैंने थोड़ी मरम्मत करा दी है। घर चूने लगा था। मरम्मत नहीं कराता, तो कैसे काटता एक महीना उस घर में!...और, हाँ, वह सपनावाली बात बिलकुल सच निकल गई, हाकिम। छट्टूलाल सचमुच बीमार थे। मेरे जाने के दस-पन्द्रह दिन पहले पथ्य खाया होगा उन्होंने। मुझे तो लोगों ने वहाँ बहुत रोका, हाकिम। यह कहकर पिंड छुड़ाया कि होली में आऊँगा। मैंने यह सोच लिया है कि बस साल में एक बार होली में किशनपुर चला जाए करूँगा। अभी मैं क्या करता वहाँ रुककर! यहाँ रहूँगा, तो दो पैसे कमाऊँगा ही।"

जैसे खुशी में कभी-कभी आँखों से आँसू बह निकलते हैं, कुछ-कुछ वैसे ही दो पैसे कमाने की बात सुनकर किसी दुख से मेरे होंठों पर मुस्कराहट आ टिकी। मैं देख रहा था कि गणेशी दास पूरी तरह से धज्जी हो चुके हैं और अब उनकी देह में एक जिद के सिवा और कोई शक्ति नहीं बची है। मेरी आँखें गोपाल की आँखों से टकराईं और वह बोल पड़ा, "अब जो इनके जी में आए करने दीजिए, भाईजी। मैं इनसे कह चुका हूँ कि अब कोई काम-धाम करना इनके वश की बात नहीं है। उपना भी इन्हें समझाकर हार चुका है। वह बेचारा तो इनके खाने-पीने का सारा खर्च उठाने को तैयार है, मगर ये मानते नहीं। वह भी साथ आया हुआ है! अभी गया है वह अपनी ससुराल इनके रहने का वहाँ प्रबन्ध करने के लिए, मगर ये हैं कि वहाँ रहने को भी तैयार नहीं हो रहे हैं।"

गणेशी दास कुछ बोले, इससे पहले ही, शायद गुस्से में या फिर मजाक में मैंने उनसे कहा, "मैं आपको एक ऐसा धन्धा बता रहा हूँ, भाईजी, जिसमें

आपको जरा भी हिल-डुल करने की जरूरत नहीं पड़ेगी और आप बैठे-बैठे खाने-पहनने लायक पैसे कमा लेंगे।"

"बैठे-बैठे?" गरदन टेढ़ी कर उन्होंने पूछा।

"हाँ, बैठे-बैठे।"

"कैसे?" मेरी ओर गरदन उचकाते हुए वे बोले।

"यहीं सड़क के किनारे आपकी चौकी रहेगी। आप शाम में सिर्फ दो घंटे इस पर पसरकर सो जाए कीजिए।"

"फिर?" गणेशी दास ने पूछा।

"फिर," मैंने कहा, "पैसे बरस जाएँगे। जो भी देखेगा कि एक अधमरा, बैसाखी के सहारे चलनेवाला लँगड़ा बूढ़ा लस्त-पस्त पड़ा हुआ है, उसे इतनी दया तो आएगी ही कि दस-बीस पैसे गिराकर जाए; और जिस किसी ने पहचान लिया कि यह वही बूढ़ा है जो, जब-तक हाथ-गोड़ चलाने का सामर्थ्य रहा, अलता-बिन्दिया बेचकर अपना गड्ढा भरता रहा था, वह तो इतना द्रवित हो उठेगा कि पचीस-पचास पैसे भी चौकी पर फेंक देने में नहीं हिचकेगा।"

"छी-छी-छी-छी," गणेशी दास ने मुँह बिगाड़ते हुए कहा, "यह क्या बोल गए, हाकिम! आपको ऐसा नहीं बोलना चाहिए। भीख ही माँगनी होगी, तो अपने किशनपुर में जाकर माँगेंगे। देख रहे हैं न यह बैसाखी। इसे सरजू मिस्त्री ने मुफ्त में बना दिया था। जो आप सोच रहे हैं, उसकी नौबत कभी नहीं आएगी। और अभी तो...अभी तो पाठा हूँ कमाकर खानेवाला...

सुन, दुर्योधन! सुन, दुर्योधन!

है मुझको स्वीकार तुम्हारी सेना का संचालन।

सुन, दुर्योधन!"

गुरु द्रोणाचार्य के भाग्य में पतोहू के हाथ की रोटी खाना लिखा ही नहीं था। पतोहू का 'काला कौवा' अभी भी उनके दिमाग में काँव-काँव कर रहा था। मैंने उन्हें किशनपुर के ही दस घरों के किस्से सुनाए और इस बात पर राजी कर लिया कि पतोहू के काले कौवे पर मिट्टी डाल दें। मगर हफ्ता भी नहीं बीता कि फिर उन्होंने अपने बोरिया-बिस्तर के साथ बस पड़ाव में

ही ठहरने का ठाट कर लिया। इस बार भी किस्सा सुना दिया उन्होंने गोपाल को, "एक दिन सुबह मैंने उठने में देर कर दी, तो उपना की घरवाली ने फुसफुसाकर, मगर मुझे सुनाकर, अपनी माँ से कहा, "गे माँ, बूढ़ा हिल-डुल नहीं रहा है। जरा नजदीक जाकर देखो तो क्या बात है।" उस दिन तो बुढ़िया मुझे दूर से ही देखकर लौट गई थी, मगर फिर तीसरे दिन जब बेटी ने उसे सुना दिया कि आज तो बूढ़ा बिलकुल हिल-डुल नहीं रहा है, तो बुढ़िया बिलकुल मेरे पास आ गई और निहुरकर मेरी जाँच करने लगी। वह भागी तब जब मैंने अपनी आँखें खोलीं और त्योरी चढ़ाकर उसकी ओर देखा। अब सोचो, गोपाल, ऐसे में मैं वहाँ कूकरकौर खाने को रहूँ! ऐसे में तो जो आदमी दस बरस जीनेवाला होगा, वह बरस भर में मर जाएगा।"

बरस भर की भी मुद्दत मिलेगी बस पड़ाव में रात गुजारनेवाले उस बूढ़े को, लोगों को इसमें सन्देह होने लगा। जाड़ा घुस आया था, और जाड़ा में तो घर के अन्दर सात कम्बलों के नीचे घुसकर सोनेवाला बूढ़ा भी डर से काँपता रहता है। और जब शीत-लहरी चलेगी, तब क्या होगा! इन दिनों तो लोग सुबह-सुबह अखबार खोलकर यही देखते हैं कि कल की ठंड में कितनी जानें गईं। बस-पड़ाव वाले तो सुबह-सुबह यही जानना चाहेंगे कि अलता-बिन्दिया बेचनेवाला बूढ़ा रात में मर गया या अभी भी जिन्दा है।

एक दिन बस कर्मचारी संघ के मंत्री बाबू दिलेसर सिंह गोपाल की दुकान में कोई सामान खरीदने आए और उससे कहा, "इस मामा को कहीं चिपका दो, गोपाल, जहाँ ये बैठकर खाएँ। अब इनसे दुकानदारी नहीं होगी। मैं तो जब भी इधर से गुजरता हूँ, उन्हें ऊँघते हुए पाता हूँ। कई बार तो बिलकुल सोया हुआ भी पाया है। अब थक गया है यह बूढ़ा। और, तुम्हें लगता है कि वह इस बार का जाड़ा काट लेगा?"

जाड़ा झेल लेगा गणेशी दास, ऐसा विश्वास किसी को नहीं था। बदरी कुली, जो अपनी रोज की कमाई गोपाल के पास ही जमा किया करता था, जब अपने गाँव जाने लगा और अपने पैसे लेने गोपाल के पास पहुँचा, तो बोला, "मैं कल सुबह अपने घर जा रहा हूँ, गोपाल भैया। अब दो-तीन

महीनों के बाद ही लौटूँगा। मैं तो जानता हूँ कि इस बीच मामा जरूर टें बोल जाएँगे। आप पाँच रुपये रख लीजिए उनके क्रिया-कर्म में मेरी ओर से चन्दा दे देने के लिए।"

चायवाले समधी गुप्ताजी के मन में यह डर बराबर बना रहता था कि कभी भी धड़टूटा बूढ़ा चीं बोलकर उनकी दुकान में घुसेगा और जमीन पकड़ लेगा, और तब मुँह फुलाए रहने के बावजूद बड़ा कठिन होगा उनके लिए उस बूढ़े को खदेड़ भगाना। उन्होंने गोपाल से कहा, "गोपाल बाबू, अगर गणेशी दास अपने समधी के घर जाना नहीं चाहें, तो हम उनके लिए कोई किराए का घर ही ठीक कर दें। कुछ पैसा उपना दे और कुछ पैसे हर महीने हम आपस में चन्दा से जमा कर उन्हें दे दिया करें। अब मुझे तो बरदाश्त नहीं हो रहा है इस हालत में उन्हें बस पड़ाव में देखना।"

बस पड़ाव के पाखाना का रखवाला घनमा गोपाल के पास चला आया था सिर्फ यह कहने, "मामा के कोई औलाद नहीं है क्या, गोपाल भैया? बेटी भी नहीं है? खबर कर दीजिए कि अब इन्हें ले जाएँ। आज सुबह से अभी तक पाँच बार पाखाना जा चुके हैं। और, मैं देख रहा हूँ कि हर दस डग चलने के बाद वे जमीन पर बैठकर सुस्ताते हैं। मुझे तो बड़ी दया आती है, भैया; मेरे घर चलें, तो मैं ले जा सकता हूँ।"

गोपाल की दुकान में गणेशी दास को ही देखकर रानीगंजवाली बस का खलासी आ पहुँचा और ढेर सारे लोगों के सामने हँसते हुए उनसे कहा, "मामा! रात में आपको चौकी पर मारे सरदी के बकुची बाँधे सोये देखा, तो मुझे लगा कि सचमुच कोई गठरी ही रखी हुई है चौकी पर। अब आप या तो किसी घर के अन्दर सोने का प्रबन्ध कीजिए या फिर जल्दी से प्राण त्याग दीजिए। दो मन लकड़ी की कीमत, कहिए तो, अभी जमा कर दूँ गोपाल बाबू के पास। आपकी मटियाफूस देह को राख करने में दो मन से अधिक लकड़ी नहीं लगेगी।"

और एक दिन रुपौलीवाली गाड़ी का चालक सीधा-साधा गनपत भी सुनाने से बाज नहीं आया, "मामा! आप बेकार ही अपना बटुआ मोटा करने

में लगे हुए हैं यह सोचकर कि जिसे सौंपेंगे वह जरूर आपको मरने पर गंगा में डाल आएगा। जिसे भी हाथ लगेगा बटुआ, वह चुपचाप उसे दबा लेगा और रिक्शे पर लादकर फेंक आएगा आपको कप्तान पुल में। आप कहिए, तो भवानीपुर सत्संग आश्रम में जगह दिला दूँ आपको। वहाँ दिन-रात भजते रहिए भगवान को। मैं रोज ही मिलूँगा। जिस दिन राम राम हो जाएगा, मैं अपनी गाड़ी पर लादकर आपको काढ़ागोला की गंगा में दे आऊँगा।"

खल्क की आवाज शायद खुदा ने सुन ली।

उस रात जोरों की आँधी आई थी। उस आँधी में कितने ही गाछ-वृक्ष जड़ समेत उखड़ गए थे। ढेर सारे घरों को नुकसान पहुँचा। बहुत-सी झोंपड़ियाँ गिर गईं। बस पड़ाव में ही कई दुकानदारों की गुमटियाँ उलट गई थीं। गणेशी दास की चौकी के ओहार को तो उड़ना ही था।

उस आँधी में गणेशी दास को अपना ओहार ढूँढ़ लाने का खयाल तक नहीं आया। उन्हें तो यह डर हो गया कि उस भयंकर आँधी में कहीं उनकी मटियाफूस देह भी उड़ न जाए। उन्होंने जल्दी से अपनी बैसाखी सँभाली और चौकी छोड़कर भागे।

बस पड़ाव में बाँस-फूस का एक मंडप बना हुआ था जिसे बस कर्मचारी संघ की ओर से बनाया गया था। उसमें बस के कर्मचारी रात में गाना-बजाना के लिए जुटते थे और जब-तब वहाँ भजन-कीर्तन भी होता रहता था। गणेशी दास ने वहीं आश्रय लिया।

आँधी के साथ वर्षा भी शुरू हो गई थी। कुछ लोग पहले से उस मंडप में मौजूद थे और कुछ लोग गणेशी दास के पहुँचने के बाद उसमें घुसे थे। उन लोगों ने मंडप को आँधी में बुरी तरह हिलते देखा और जब वहाँ टिके रहने में उन्हें खतरे का अहसास हुआ, तो वे वहाँ से निकल भागे। जाते-जाते उन लोगों ने गणेशी दास से भी उस खतरे से बाहर निकल जाने को कह दिया।

जब आँधी थमी तब अभी रात कुछ बाकी ही थी। बस पड़ाव के जो दुकानदार वहाँ रहते नहीं थे, उन्होंने भोर होने का इन्तजार नहीं किया और उसी वक्त यह देखने के लिए अपने-अपने घर से निकल पड़े कि उनकी

दुकानें या गुमटियाँ ठीक-ठाक हैं या नहीं। आँधी के रुकते ही वहाँ अच्छी चहल-पहल मच गई थी। लोगों ने देखा कि मंडप धराशायी हो चुका है, और किसी एक को ऐसा लगा कि उसके नीचे से किसी आदमी के कराहने की आवाज आ रही है। तुरन्त ही गिरे मंडप के चारों ओर भीड़ जमा हो गई।

गणेशी दास को बाहर निकाला गया। ऊपर से कोई जख्म तो नजर नहीं आ रहा था, पर उन्हें चोट गहरी आई थी, क्योंकि अभी भी वे कराह तो रहे थे, मगर होश में नहीं थे। अब तक गोपाल वहाँ आ चुका था। गुप्ताजी खुद गणेशी दास के समधी को बुलाने गए। और एक घंटे के भीतर कसबा से उपना को बुला लाने के लिए एक आदमी रवाना किया गया।

मैं आज महसूस कर रहा हूँ कि जब मंडप की छत उनकी देह पर गिरी होगी, तो गणेशी दास को लगा होगा कि मौत ने उन्हें अकस्मात् दबोच लिया है। उन्हें बरबस अपने किशनपुर की याद आ गई होगी। बेहोशी में भी ढेर सारे दृश्य उनके मस्तिष्क में कौंध गए होंगे, और वे हहर उठते होंगे—'यह क्या! यह क्या!'...

...उनके कानों में चायवाले समधी गुप्ताजी की आवाज पहुँची होगी, "सुनिए, गोपाल बाबू, समधीजी का दम निकल चुका है। अभी वे जहाँ दबे पड़े हैं वहीं रहने दीजिए। बाहर निकाल कर अभी कहाँ रखेंगे हम उन्हें! पहले हम उनके अग्नि-संस्कार के लिए पैसे का जुगाड़ कर लें। इनके समधी को भला हम क्यों खबर करें जिसने इनके जीते जी कभी इनके साथ सीधे मुँह बात नहीं की, और उपना आ भी गया, तो पैसे तो उसके पास होंगे नहीं। बदरी कुली ने तो आपके पास पाँच रुपये जमाकर रास्ता खोल ही दिया है। हम यहाँ चन्दा कर लें।" गोपाल कुछ बोले इससे पहले ही 'हाकिम' को बोलते सुना होगा गणेशी दास ने, "कोई जरूरत नहीं है दुकान-दुकान जाकर पैसे माँगने की। इन्हें बाहर निकालिए और यहीं चौकी पर डाल दीजिए। घंटे भर में पैसे बरस जाएँगे।" तब कराहना बन्द कर गणेशी दास ने दम लगाकर कहा होगा, "छी-छी-छी-छी, यह क्या बोल गए, हाकिम! यही किस्मत है मेरी, तो मुझे ले चलिए किशनपुर; जो होना होगा वहीं होगा...तभी वहाँ आ

धमका होगा रानीगंजवाली बस का खलासी, "हाँ-हाँ, यह सब नहीं होगा। मामा ने मेरी बात पर चोला छोड़ा है। उनकी लाश को मैं ठिकाने लगाऊँगा। मैं दो मन लकड़ी लेकर कप्तान पुल के मसान पर पहुँचता हूँ। घनमा रिक्शे पर लाश को लादकर वहाँ आ जाएगा। हम वहीं मामा की लाश फूँक देंगे।" गणेशी दास ने जोर लगाकर सिर हिलाया होगा, "नहीं-नहीं, यहाँ नहीं, यहाँ नहीं, किशनपुर में। मुझे किशनपुर ले चलो।"...रुपौलीवाली गाड़ी अचानक सड़क पर रुकी होगी और उसका चालक गाड़ी से उतरकर लगभग दौड़ता हुआ मंडप के पास पहुँचा होगा, "क्या सोच रहे हैं आप लोग? मैं अपना वचन पूरा करने आया हूँ। लादिए लाश को मेरी गाड़ी में। मैं इन्हें काढ़ागोला की गंगा में डाल आऊँगा।" लोगों ने लाश को हाथ लगाया ही होगा कि लाश चीख पड़ी होगी, "नहीं, मुझे नहीं चाहिए गंगा का पानी; मुझे किशनपुर की मिट्टी चाहिए। गोपाल! तुम्हें तो पता है कि मेरी नाल कहाँ गड़ी हुई है। फिर तुम कुछ बोलते क्यों नहीं? मुझे किशनपुर क्यों ले नहीं चलते?"...

गणेशी दास को तुरन्त अस्पताल में दाखिल कराया गया था। दोपहर तक उपना भी कसबा से आ गया था। उपना की ससुराल के लोग भी दिन-रात लगे रहते थे। मैं दिन में एक बार देख आता था उन्हें। गोपाल उनके पास से होते हुए सुबह में अपनी दुकान आता था।

उन्हें अस्पताल में कम-से-कम एक महीना रहना पड़ जाएगा, ऐसा पता चला हमें। अब वे पूर्णस्वस्थ कभी हो पाएँगे, ऐसी सम्भावना बिलकुल नहीं थी। अस्पताल में भी दो-तीन दिनों तक दर्द से कराहते रहे थे वे; हम लोगों से कुछ बोल भी नहीं पाते थे। चौथे दिन उन्हें कुछ राहत मिली, तो उन्होंने बेटे को बुलाकर कहा, "उपना, मुझे घर ले चलो, किशनपुर।" उपना ने उन्हें बहुत तरह से समझाया, मगर उन्होंने बेटे की एक न सुनी। गोपाल ने भी कोशिश की, मगर गणेशी दास एक ही रट लगाए रह गए, "मेरा ब्रह्म यहाँ रहने को नहीं कहता, गोपाल; मैं किशनपुर जाऊँगा।" तब उन्हें मनाने का भार मुझे दिया गया।

मैंने सबको हटाकर उनसे अकेले में बात की और उनसे समझदारी से काम लेने को कहा। वे रोने लगे और बोले, "मैं जानता हूँ, हाकिम, कि

अब मैं बचूँगा नहीं। मैं किशनपुर में मरना चाहता हूँ। यहाँ मैं दो पैसे कमाने आया था, मरने नहीं। अब जब तक रहूँगा यहाँ, बेचैन रहूँगा मैं। कुछ दिनों के लिए छोड़ा था किशनपुर; यहाँ मर गया, तो मेरा किशनपुर हमेशा के लिए मुझसे छूट जाएगा।"

मुझे लगा कि अब उनकी जिद उनकी अपनी नहीं, किशनपुर की मिट्टी की जिद है। मैंने उपना से कहा, "इन्हें ले जाओ किशनपुर।"

गणेशी दास के बक्से में जो भी अनबिका माल था उसे मैंने गोपाल के सुपुर्द किया कि वह उसकी कीमत आँककर पैसे अभी ही गणेशी दास को सौंप दे, और बक्से से जो सबसे कीमती चीज निकली उसे मैंने उपना से कहकर मुफ्त में अपने लिए रख ली। वह चीज थी शीशे के फ्रेम में जड़ा हुआ धुँधला-सा गया गणेशी दास का एक छाया-चित्र—ललाट पर तिलक, हाथ में धनुष, छाती पर कवच, मूँछ-दाढ़ी और सिर के बाल बिलकुल श्वेत—और उस चित्र के नीचे लिखा हुआ, 'गुरु द्रोणाचार्य।'

गणेशी दास गाँव में यह कहकर आए थे कि वे फिर होली में आएँगे। होली से बहुत पहले ही उनका गाँव जाना हो गया। मगर गाँव की होली में अब कभी वे शरीक हो पाएँगे, इसकी सम्भावना मुझे बिलकुल नजर नहीं आ रही थी। गणेशी दास की तरह मुझे भी यह अहसास हो गया था कि अब वे और बहुत दिनों तक जिन्दा नहीं रह सकेंगे। मुझे तो यह भी विश्वास हो गया था कि किशनपुर में होली के पहले ही उनकी अरथी उठ जाएगी।

'राम नाम सत्त है' की आवाज लोगों को आकर्षित करेगी ही। पूछनेवालों को जब बताया जाएगा कि गणेशी दास मर गए, तो कोई-कोई अनायास बोल उठेगा, "गणेशी दास!...आज होली तो नहीं है!"

"इस बार होली के पहले मर गए वे," जवाब मिलेगा, "और सचमुच मर गए गणेशी दास।"

पूछनेवाले के मन में क्षण भर के लिए यह बात जरूर कौंधेगी कि गणेशी दास को होली के पहले ही कोई नयी दिल्लगी तो नहीं सूझ गई। उसकी निगाह शव-यात्रा में शरीक लोगों पर टिक जाएगी।

तो क्या सचमुच मर गया गणेशी दास! एक भी तो नहीं है होरिहार की शक्ल में धूल उड़ाता हुआ। मेटी में गोयठे की आग लिए इस बार देबू नहीं, गणेशी दास का बेटा उपना जा रहा है अरथी के आगे-आगे। हर बार नाई के रूप में दीपू रहा करता था इस भीड़ के साथ, मगर इस बार तो गाँव का नाई कुसेसर ठाकुर चल रहा है साथ में। किशनपुर नाटक मंडली के निर्देशक राम किशुन साह इस तरह सिर झुकाए तो नहीं चल सकते थे। और टिकठी पर पड़ा मुरदा एक बार भी कहाँ उठकर बैठ रहा है!

हाँ, इस बार सचमुच मर गया गणेशी दास।

मर तो गया गणेशी दास, मगर बहुत दिनों के बाद भी किसी शाम नाटक के पूर्वाभ्यास के लिए आया हुआ 'नाटक वीर अभिमन्यु' का कोई 'तीसरा सिपाही' सबको हैरत में डाल देगा यह सुनाकर, "कल रात जब मैं यहाँ से वापस घर जा रहा था, तो बँसवाड़ी के पास पहुँचते ही मुझे श्मशान की ओर से गणेशी दास की आवाज सुनाई पड़ी।"

"गणेशी दास की?"

"हाँ, बिलकुल स्पष्ट; मैंने अपने कान से सुनी।"

"बोल क्या रहे थे?"

"'वीर अभिमन्यु' का ही एक संवाद, गुरु द्रोणाचार्य वाला...

सुन, दुर्योधन! सुन, दुर्योधन!
है मुझको स्वीकार तुम्हारी सेना का संचालन।
सुन, दुर्योधन! सुन, दुर्योधन!... "

नया जमाना

खुदा अगर मेहरबान रहे होते बाबू हरि सिंह पर भी, तो वे भी बेचैन हो उठते यह खबर सुनकर कि गाँव की जिस छोकरी को उन्होंने अपने घर में बिठा लिया है, उसके चलते गाँव में आग लगी हुई है। बाबू हरि सिंह जरा भी बेचैन नहीं हुए थे, आग लगी हुई है तो लगी रहे। उनके दिमाग में तो अपने चाचा की चालीस साल पुरानी सलाह घर कर गई थी कि जिला पुरैनिया के लोग बड़े डरपोक होते हैं और भाला निकालो नहीं कि भाग खड़े होते हैं, कि जिला पुरैनिया में गीदड़भभकी से ही काम चल जाता है। खुदा मेहरबान रहे होते, तो चाचा की इस सलाह को दिमाग से कब का झटक चुके होते बाबू हरि सिंह, और तब जान लेकर उन्हें भागना नहीं पड़ता जिला पुरैनिया से।

मगर बाबू हरि सिंह के गाँव खोपी से फकत कोस भर पूरब गंगेली गाँव के बाबू सरोवर सिंह पर खुदा की नेक निगाह थी। वे बेचैन हो उठे अपने नौकर गेदन के मुँह से यह सुनते ही कि घाना की राँड़ चपरघटवाली ने क्या हल्ला किया है।

नहीं, चपरघटवाली का कोई दोष नहीं था; उसे तो मजबूर कर दिया गया यह बताने के लिए कि उसके पेट में किसका बच्चा है।

पवित्तर मिसर की खेत में निकौनी चल रही थी। वहीं चपरघटवाली को उल्टी हुई। निकौनी कर रही औरतों के बीच कानाफूसी शुरू हो गई। जब

थोड़ी ही देर बाद फिर उल्टी की चपरघटवाली ने, तो सैनी की जबरजंग बेटी झबरी झपटकर उसके सामने आ खड़ी हुई, "क्यों, भौजी, उल्टी क्यों हो रही है तुम्हें?" बात मारने की कोशिश की चपरघटवाली ने, तो झबरी ने आगे बढ़कर उसका झोंटा पकड़ लिया, "सच-सच बोल, किसके साथ कुकर्म किया है तुमने?" अब तक आस-पास के खेतों में काम कर रही औरतें भी वहाँ पहुँच गईं और सबने चपरघटवाली को चारों ओर से घेर लिया। बेचारी औरत बिलकुल अकबका गई। उसने नाम खोल दिया।

नाम सुनते ही दिल जोर-जोर से धड़कने लगा था बाबू सरोवर सिंह का। बहुत देर की चुप्पी के बाद उन्होंने गेदन से पूछा, "बात बढ़ेगी क्या गेदन?"

गेदन ने जवाब दिया था, "लगता तो ऐसा ही है, मालिक। आग लगाने वाले भी तो बहुत हैं गाँव में। सुनने में आया है कि शाम में सभा होगी इस बात को लेकर।"

गाँव में सरगर्मी है, तभी तो सभा होगी! मुर्दनी छा गई बाबू सरोवर सिंह के चेहरे पर। वे बेचैन हो उठे।

बात बेचैन करनेवाली थी ही। हरि सिंह के चाचा जिला पुरैनिया में जिस जमाना को देखकर गए थे, वह जमाना तो रहा नहीं कि गेदन से दीना बेटे के जवान हो जाने की सूचना पाकर बाबू सरोवर सिंह खुश हो जाते। वह जमाना रहा होता, तो बाबू सरोवर सिंह गेदन को भेजकर घाना की बिरादरी के मुखिया को अपने दरवाजे पर बुलवाते और उससे कहते, "सुनिए, मड़ड़, आप अपनी बिरादरी के मड़ड़ हैं, तो कोई जिम्मेदारी आपकी है या नहीं? घाना को मरे तीन साल हो गए और उसकी जवान बीवी को आप लोगों ने छुट्टा छोड़ दिया है बाबू-बबुआन के बच्चों को खराब करने के लिए। उसका कुछ इन्तजाम कीजिए, मड़ड़; और सबसे पहले तो इन्तजाम कीजिए उसका ढींढ़ गिराने का।" वह जमाना रहा होता, तो क्या झबरी इस भौजी का झोंटा पकड़ती और हाथ की खुरपी दिखाकर कहती, "नाम बता, नहीं तो इसी खुरपी से मूँड़ी काट दूँगी?" तब वह भौजी को अकेले में पकड़ती और हँस-हँसकर कहती, "मैं बूझ गई, उल्टी क्यों हुई तुम्हें। मुझे तो पता

है तुम्हारी लट-पट का। मगर, भौजी, क्या सुँघाया है तुमने दीना बाबू को? सच-सच तुम ही बोलो कि गूदड़ी तुमसे कम सुन्दर है, या ललिया, या मैं ही? महँकौआ तेल की एक शीशी मुझे नहीं दोगी दीना बाबू से माँगकर?"

वह जमाना अब नहीं रहा। उस जमाने में गाँव की झोंपड़ियाँ घोंसलों की मानिंद थीं जिनमें चिड़िया चुनमुन रहते थे। इस जमाने की झोंपड़ियाँ माँद हैं माँद, और उनमें बाघ-चीते रहने लगे हैं। देह पर लत्ता नहीं, मगर इज्जत की भूख अलबत्ता! उस जमाने में किसी झोंपड़ी के मरद का माथा यह देखकर नहीं ठनकता कि उसकी बीवी के कानों में झुमका कैसे लटक गया या घर में महँकौआ तेल की शीशी कहाँ से आ गई। अब का मरद तो बीवी को लतिया बैठता है, "गे ससुरी, तुम्हें हजार बार कहा है कि अपना चाल-चलन ठीक रखो। बोलो, कहा है या नहीं? तुम्हें मेरी इज्जत का जरा भी खयाल है या नहीं? तुमने पवित्तर मिसर के सिपाही से बीड़ी क्यों माँगी? बोल माँगी थी या नहीं?"

यहीं तो गच्चा खा गए बाबू हरि सिंह जो समझ रहे थे कि चाचा का जमाना अभी भी कायम है। गाँव गरम हुआ था, गाँववालों की सभा हुई थी, मगर बाबू हरि सिंह ने यह सब सुनकर मुँह बिचका दिया था और अपना भाला लेकर बैठ गए ड्योढ़ी पर, "जिस साले को आना है, आ जाए।" इस बार भाला देखकर जिला पुरैनिया के लोग भागे नहीं, बाबू हरि सिंह को खदेड़ दिया छपरा की ओर।

हरि सिंह को ठौर था, भागकर चले गए; सरोवर सिंह भागेंगे, तो कहाँ ठिकाना करेंगे? उनके लिए तो जीना-मरना अब इस गंगेली में ही होगा। मगर मरने की बात क्यों सोचें बाबू सरोवर सिंह! भगवान सहाय होंगे, तो हजार हाथों से मदद करेंगे, यह संकट भी दूर हो जाएगा।

संकट दूर हो जाए, इसके लिए गृह-स्वामिनी पूजा-गृह में प्रवेश कर चुकी थी और देवी-देवताओं की दुहाई दे रही थी। पति को बाहर खड़ा देख वह पूजा-गृह से निकल आई। उसने पति को बताया कि दीना को सारी बातों की जानकारी हो गई है और वह ऊपरवाले कमरे में चुपचाप लेटा पड़ा है।

जिस औलाद ने यह दिन दिखाया था, उस पर बरसने से क्या मिलता अब? अब तो कोई उपाय करना था इस बुरे दिन से बाहर आ जाने का।

पति-पत्नी देर तक विचार-विमर्श करते रहे कि संकट से कैसे उबरा जाए। मगर पहले यह पता तो हो कि शाम की सभा में क्या निर्णय होता है, कैसा संकट उनके सामने आता है।

सरोवर बाबू ने गेदन से कहा, "तुम अभी से पता लगाओ, गेदन, कि वहाँ क्या हो रहा है और यह भी कि शाम की सभा में कौन क्या बोलता है।"

गेदन को काम पर तैनात कर बहुत आश्वस्त नहीं हो गए बाबू सरोवर सिंह। गाँव में गुप्त मंत्रणाएँ हो रही होंगी, और उन सब तक गेदन की पहुँच हो पाएगी, यह विश्वास नहीं था सरोवर बाबू को। तो फिर पक्की खबरें कौन पहुँचाने आएगा? एक पर भी निगाह नहीं टिकी इस दुर्दिन में। हाँ, एक... एक कलिया की माँ...

गृह-स्वामिनी ने कलिया की माँ से कहा, "देखो, कलिया की माँ, इस घर को आज तक तुमने अपना घर समझा और हमने भी इस घर में कुटाई-पिसाई के लिए किसी और औरत को घुसने नहीं दिया। यह घर बना रहा, तो तुम भी बनी रहोगी। हम अभी कुफेर में पड़ गए हैं और तुमसे बस इतनी मदद चाहते हैं कि गाँव में क्या कुछ हो रहा है, इसकी घड़ी-घड़ी की खबर हम तक पहुँचा दिया करो। इसके लिए हम तुम्हें अलग से रोज सवा सेर गेहूँ दे दिया करेंगे। आज का सवा सेर तुम अभी साथ लेती जाओ।"

इन्तजार की किसी घड़ी में कलिया की माँ कुछ कहने नहीं आई, सभा शुरू होने की घड़ी तक नहीं। बाबू सरोवर सिंह अधीर हो रहे थे, उस औरत को पक्की खबर तो नहीं मिल गई कि यह घर अब नहीं रहेगा!

खबर लेकर गेदन ही आया, सभा समाप्त हो जाने के बाद।

"क्या खबर है, गेदन?"

"खबर तो कोई अच्छी नहीं है, मालिक, मगर आज की सभा में कोई निर्णय नहीं हुआ। कल सुबह में फिर सभा होगी।"

"आज क्या-क्या हुआ?"

"बातें बहुत तरह की हुईं। किसी ने राय दी कि विधवा की परवरिश के लिए पाँच बीघे जमीन की माँग की जाए; किसी का कहना था कि जमीन विधवा को न देकर गाँव के मन्दिर को दी जाए। किसी ने यह आवाज भी लगाई कि दीना सिंह की शादी चपरघटवाली से करा दी जाए। नए छोकरों की जमात का कुछ और ही नारा था।"

"क्या नारा था?"

"वे लोग चीख-चिल्ला रहे थे कि सरोवर सिंह के साथ भी वही सलूक किया जाए जो खोपीवालों ने हरि सिंह के साथ किया था।"

कुछ ठहरकर मालिक ने नौकर से पूछा, "मतलब कि सरोवर सिंह को उजाड़ दिया जाए?"

"घबराने की बात नहीं है, मालिक," नौकर ने मालिक को जवाब दिया, "अन्तिम निर्णय तो कल की सभा में होगा, मगर हमें चौकस तो रहना ही होगा।"

"क्या पूरा गाँव जमा था वहाँ?"

"नहीं, मालिक, एक भी भला आदमी नहीं था; सिर्फ छोटे लोग थे गाँव के।"

"होंगे तो बहुत?"

"हाँ, भीड़ तो थी।"

"छोकरों को उकसाया गया होगा?"

"हाँ, ऐसा लगता तो है।"

"किस-किस के बेटे थे?"

"मैं सभा में तो बैठ सकता नहीं था, मालिक; लोग मुझे वहाँ रहने नहीं देते। मैं तो कुसेसर के भूसाघर में बैठकर सारी बातें सुन रहा था। सारे छोकरों को तो मैं देख नहीं पाया, मगर बिरना और गिरवा की आवाजें मैंने पहचानीं।"

"हाँ, गिरवा जरूर रहा होगा। हरि सिंह के भागने पर उसने 'जा रे, जा रे, बालमा' के तर्ज पर एक गीत बनाया था और अक्सर वह उस गीत को बहियार में चिल्ला-चिल्लाकर गाता रहता था।"

"हाँ, गीत तो मैंने भी कई बार सुना था उसके मुँह से।"

"छोकरों को बिशन ने उकसाया होगा।"

"बिशन ने?"

"हाँ, हरि सिंह के भागने के बाद इसी बिशन ने कभी मेरे साथ बातचीत में यह कहा था कि हरि सिंह को भगाकर बहुत अच्छा किया खोपीवालों ने, कि ऐसे पापी को तो कुट्टी करके नदी में बहा देना चाहिए।"

"बिशन की आवाज मैंने नहीं सुनी थी।"

"आवाज तो बहुतों की नहीं सुनी होगी तुमने। न जाने किसके मन में क्या है! अभी तो हर कोई अपना कोई पुराना बैर साधना चाहेगा। मरे हाथी को तो बेंग भी लात मारता है न!"

"आप चिन्ता मत कीजिए, मालिक। हम हरि सिंह नहीं हैं कि भाग जाएँगे। पहले यह जान तो लें कि कल की सभा में क्या निर्णय होता है।"

"आज की सभा में निर्णय क्यों नहीं हुआ?"

"हो-हल्ला हो गया सभा में। एक साथ पाँच-पाँच आदमी बोलने के लिए उठ जाते थे। शोर-गुल बन्द नहीं हुआ, तो सभा भंग कर दी गई और कहा गया कि कल सुबह फिर सभा होगी।"

"छोकरों ने तो शोर मचाया होगा कि निर्णय अभी ही हो जाए?"

"नहीं, उन्होंने ऐसी कोई जिद नहीं की, मगर जाते हुए वे यह जरूर कह रहे थे कि निर्णय तो खोपी में बहुत पहले हो चुका है और अब किसी नए निर्णय की जरूरत ही नहीं है।"

"ऐसा कह रहे थे वे?"

"हाँ, मालिक, कह तो रहे थे, मगर हम किसी की भभकी से नहीं डरेंगे।"

गेदन जिसे भभकी मान रहा था, वह भभकी कैसे हुई? बाद में भी जो खबरें लाया गेदन, वे क्या भभकी की खबरें थीं?

गेदन से क्यों पूछ रहा था बिशन कि सरोवर बाबू घर में हैं या नहीं और दीना बाबू कहाँ हैं? तिरथानन के घर के पास खड़े दो छोकरे क्या कर रहे थे और इस घर से गेदन को निकलते देख बछड़ू के घर की बगल से बहियार

की ओर क्यों टहल गए? रात में ऐसी क्या जरूरत आ पड़ी कि बिरना बिन्दा लोहार के यहाँ बैठकर अपना गड़ासा तेज करा रहा था?

और सबसे बुरी खबर तो यह थी कि कलिया की माँ गई की गई रह गई, लौटकर कुछ कहने नहीं आई।

और तब भी गेदन कह रहा था, "आप चिन्ता न करें; हम भभकियों से नहीं डरेंगे।"

"क्या कर लेगा कोई?"—ऐसी ही खबरों को सुनकर हरि सिंह ने भाला चमकाते हुए कहा था। मगर तब खुदा तो मेहरबान नहीं थे उस पर। खुदा मेहरबान हुए सरोवर सिंह पर कि जिन्हें गेदन भभकियाँ मान रहा था, उन भभकियों से वे डर गए।

उन्होंने गेदन से कहा, "तुम जरा बिशन के बड़े भाई किशन को बुला लाओ...गिरवा के बाप पलटू को भी कहना आने के लिए...बिरना के चाचा नन्दू को अपने साथ ही लेते आना।"

कोई घर पर नहीं मिला (होगा घर में ही, मगर घरवाली झूठ बोल गई होगी), कोई बहाना बना दिया कि घर में बीमार है, सुबह जाएगा (सोचा होगा, सुबह तक घर ही उजड़ गया, तो सुबह में जाने की जरूरत ही नहीं पड़ेगी), और कोई बोला कि थोड़ी देर में आ रहा है (थोड़ी देर!)।

थोड़ी देर! जो थोड़ी देर में आनेवाला था वह भी नहीं आया। अब कोई नहीं आएगा, ऐसा लगा बाबू सरोवर सिंह को; लगा कि सबको सुबह का इन्तजार है। तो क्या...ऐसा होगा क्या कि जो आज तक बिलकुल अपने बनकर रहे हैं, हर सुख-दुख में जिनका साथ रहा है, वे भी नहीं आएँगे? ऐसा होगा क्या?

ऐसा नहीं हुआ। जगलाल आया, अंजनी आया और बिना बुलाए ही मुखियाजी का बेटा प्रफुल्ल भी।

गुप्त मंत्रणा देर तक चलती रही। आगन्तुकों ने उन्हें ढाढ़स बँधाया। उन्होंने आश्वस्त किया कि वे लोग भी रात भर जगे रहेंगे और अपने-अपने सूत्रों से घड़ी-घड़ी की जानकारी प्राप्त करने की कोशिश करते रहेंगे। जगलाल और अंजनी ने रात की पहरेदारी के लिए दो-दो आदमियों को भी सरोवर बाबू के घर

पर भेज देने की बात मान ली। किसी को ऐसी आशंका तो नहीं थी कि रात में कोई कुकांड होगा, मगर सरोवर बाबू हर खतरे के लिए तैयार रहना चाहते थे।

लगातार देवी-देवताओं को सुमिरते हुए घरवाली जब-तब पति के पास पहुँच जाती थी, कुछ बोल-बुदबुदा जाती थी, मगर खौफ ने यह हाल किया था बाबू सरोवर सिंह का कि मुँह से बकार तक नहीं फूट रही थी। और जब जवान खुली भी तो मुँह से इतनी-सी मरियल आवाज निकली, "कलिया की माँ नहीं आई न!"

घर के अन्दर भाग-दौड़ करते हुए दीना पर कितनी ही बार निगाहें पड़ीं उनकी, मगर बेटे को एक बार भी नहीं टोका उन्होंने, तब भी नहीं टोका जब बेटा ढूँढ़-ढूँढ़कर घर के हथियार इकट्ठे कर रहा था, उन पर सान चढ़ा रहा था।

अथाह में डूबे हुए वे एक पलंग पर गुमसुम जा बैठे और सोचने लगे, घर के इन हथियारों से क्या गाँव भर के हथियारों का मुकाबला किया जा सकेगा? कौन करेगा मुकाबला? कौन...गेदन?...दीना?...वह खुद?...उसकी बीवी?...कौन?...जगलाल और अंजनी के सिपाही?...टिकेंगे ये सिपाही? दूर से ही हो-हंगामा सुनकर दौड़े चले आएँगे ये और उनमें से एक कहेगा, "हम सब पार नहीं पाएँगे, मालिक। बहुत भारी भीड़ है। हम भाग रहे हैं; आप भी निकल भागिए।" उसके चुप होते ही दूसरा कहेगा, "अभी किसी को पता भी नहीं चलेगा, मालिक, और आप निकल जाएँगे। राघो मंडल की बँसवाड़ी होते हुए मोहनपुर चले जाइए। उधर अभी बिलकुल सुनसान होगा। आज रात टिक जाएँगे वहाँ चतुरानन बाबू के घर। कल सोचा जाएगा कि आगे क्या करना है। मगर आज रात इस घर को खाली कर देना ही उचित होगा। खतरा उठाना ठीक नहीं, मालिक।"

तो क्या आज रात वे उजड़ने ही वाले हैं?

गाँव की हर झोंपड़ी माँद बनी हुई है, बाघ-चीतों का डेरा; शोहदों ने सुना दिया कि खोपी में निर्णय बहुत पहले हो चुका है; बिरना लोहार के यहाँ अपना गड़ासा तेज करा रहा था; और बुलाने पर उन माँदों से निकलकर कोई मिलने नहीं आया।

कलिया की माँ भी नहीं आई।

तो क्या आज रात उजड़ जाएँगे बाबू सरोवर सिंह?

कभी भवानीपुर वाले मौसा आए थे उनके घर और पूछ बैठे थे, "सड़क के उस पार सामने की जमीन अपनी नहीं है क्या?"

"नहीं," सरोवर सिंह ने जवाब दिया था, "अपनी नहीं है।"

"किसकी है?" उन्होंने आगे पूछा था।

"है यहीं के एक बनिया की।" सरोवर सिंह ने बताया था।

"बनिया की!" हैरत हुई थी मौसा जी को और उन्होंने छीछालेदर कर डाली सरोवर सिंह की, "तुम कैसे राजपूत हो कि सामने की जमीन कोई बनिया-धुनिया जोत रहा है! छिः।"

सरोवर सिंह बुरी तरह झेंप गए थे और उस दिन तो यह कहकर निकल गए थे कि बनिया उनके साये में जी रहा है और उनकी सेवा-टहल में हमेशा लगा रहता है, मगर उनके मन में यह बात आ गई थी कि इस बनिया को उजाड़ दिया जाए।

उस दिन के बाद से ही उस खेत की फसलें उजड़ने लगी थीं। मगर उस जिद्दी बनिया ने वह खेत बाबू सरोवर सिंह के हाथ नहीं बेचा और न उस खेत में फसल उगाना ही बन्द किया। और दैव ऐसा विपरीत हुआ कि आज बाबू सरोवर सिंह ही उजड़ रहे हैं। बनिया सुन्दर साह अभी पूरे गाँव में दौड़ लगा रहा होगा उन्हें उजाड़ देने के लिए।

कभी खबर भवानीपुर पहुँचेगी और उनके मौसा को हैरत होगी, "किसी बनिया-धुनिया ने उजाड़ दिया सरोवर सिंह को! छिः।"

अब क्या करें बाबू सरोवर सिंह?

रात गहराती जा रही थी। ऐसी भयावह रात इससे पहले कभी नहीं आई थी। मगर यह कैसा अँधेरा कि कोई उपाय तक नहीं सूझता!

धीरे से खिसक नहीं गई थी यह रात; रात भर बाबू सरोवर सिंह को ऊखल में कूटती रही थी। कैसे-कैसे तो सबेरा हो गया।

दूसरी सभा शुरू हो गई थी और इस सभा में ही सरोवर सिंह के भाग्य का फैसला हो जाना था। सरोवर सिंह बेचैनी से अपने कमरे में टहल रहे थे और सोच रहे थे...न जाने क्या निर्णय होगा?...न जाने क्या-क्या बातें हो रही होंगी सभा में...

...बिशन के बड़े भाई किशन ने बिशन की बात काटी होगी, "मेरी राय मानो, तो सरोवर बाबू को भोज का दंड दे दो। वे गाँव को एक शाम का भोज खिला दें और उनका बेटा समाज से माफी माँग ले। यही दंड पहले भी दिया गया है और इसको कायम रखने में कोई हर्ज नहीं है।"

"भोज-भात से कुछ नहीं होगा। कुकर्म करे और भोज खिला दे, यह कोई बात हुई!" बिशन ने जवाब दिया होगा।

"सिर्फ भोज ही तो नहीं दे रहा है," कुछ गरजकर बोला होगा किशन ने, "अपराधी माफी भी तो माँग रहा है।"

"माफी माँगने से क्या हो जाता है?" बिशन ने अपने भाई की बात का विरोध किया होगा, और तब किशन तमककर बोला होगा, "होता कैसे नहीं है! कभी किसी बाबू साहब ने माफी माँगी है क्या?"

"तो फिर पूछिए और लोगों से," बिशन ने जवाब दिया होगा और फिर गिरवा की ओर देखकर बोला होगा, "क्यों रे गिरवा, तुम लोगों का क्या विचार है?"

गिरवा ने उठकर सुनाया होगा, "इस कुकर्मी का वही हाल होगा जो हरि सिंह का हुआ है। वहाँ के लोग गए-गुजरे हैं जो भोज माँगते हैं। कहाँ भोज माँगा खोपी वालों ने! जो लोग अभी भी इस सिंह को गाँव का बाप समझते हैं, वे समझते रहें; हम उसे कुछ नहीं समझते; हम उसे समझते हैं...समझ सकते हैं सबसे बुरी चीज।"

कोई बुजुर्ग उठ खड़ा हुआ होगा और गिरवा से बोला होगा, "जब तुम लोगों को बोलने तक का शऊर नहीं है, तो कर लो आपस में पंचायत; हमलोग यहाँ रहकर ही क्या करेंगे!" और फिर हमउम्रों की ओर देखकर बोला होगा, "चलिए, हमलोग चलें।"

कुछ लोग सचमुच उठ खड़े हुए होंगे, मगर औरों को बैठे देख फिर बैठ गए होंगे।

किशन फिर बोला होगा, "तुम लोग जो चाहते हो, वह आसान नहीं है। हरि सिंह को भगाने में बड़े-बड़े लोग लगे हुए थे। तुम्हारे साथ कौन है? जोश में मत बोलो। फाँसी के लिए तैयार हो जाओ, तब यह सब सोचो। मैं एक और राय दे रहा हूँ। विधवा को पाँच बीघे जमीन दिलवा दो उसकी परवरिश के लिए। यह बहुत भारी दंड हुआ। अगर कहो, तो मैं सरोवर बाबू से बात करूँ।"

गिरवा बिगड़ उठा होगा, "आप बाबू-बाबू क्या बोल रहे हैं? बोलिए, सरोवर सिंह; सरोवरा बोलिए। मुझे किसी का डर नहीं है।"

किशन का चेहरा तमतमा गया होगा, "मुझे भी किसी का डर नहीं है, मगर मैं अपना मुँह तो खराब नहीं करूँगा। जो आज तक बोलता आया हूँ, वही बोलूँगा मैं। तुम्हारे कह देने से तो मैं किसी का गुलाम नहीं हो गया। मैं भी किसी से नहीं डरता हूँ, मगर अपना मुँह खराब नहीं करूँगा मैं।"

गिरवा ने बिरना की ओर रुख किया होगा, "क्यों रे बिरना, तुम चुप क्यों हो? तुम्हें जो कहना हो, खोलकर बोलो।"

"अब खोलकर क्या बोलना है!" बिरना बोला होगा, "यह कोई दंड हुआ कि पाँच बीघे जमीन दिलवा दो! इससे तो और कुकर्म फैलेगा गाँव में। औरत कुकर्म करेगी और पाँच बीघे जमीन लेकर खुश हो जाएगी। कुकर्मी मर्द पकड़ाए तो पाँच बीघे जमीन देकर ताल ठोंके। वाह रे राय और वाह रे दंड! तभी तो इस गाँव का यह हाल है।"

उसके बाद मुँहचुथौवल शुरू हो गई होगी सभा में...

"यह दंड भी दंड है, भारी दंड। पहले भी ऐसा दंड दिया गया है।"

"दिया जाता होगा पुराने जमाने में। नए जमाने में इस दंड से काम नहीं चलेगा। यहाँ तो अब वही दंड चलेगा जो खोपी वालों ने शुरू किया है।"

"तो क्या तुम लोग हत्या करोगे?"

"हाँ-हाँ, हमलोग उसके लिए भी तैयार हैं।"

"मगर जान लो, किसी भी जमाने में मार-काट पाप ही है।"

"नहीं, न्याय के लिए मार-काट पाप नहीं है।"

"समाज में ऊँच-नीच होता ही है; न्याय नहीं कहता कि तुरन्त मार-काट पर उतर जाओ।"

"न्याय क्या कहता है, यह खोपी वालों से सीखिए।"

"सुनिए, मेरी बात सुनिए," अब तक सबकी बातें सुनते हुए किसी मुँहबन्द बुजुर्ग ने अपना मुँह खोला होगा, "न्याय तो यह कहता है कि सरोवर सिंह के बेटे के साथ चपरघटवाली की शादी हो जाए।"

"उससे अधिक तो आप लोगों को सूझेगा नहीं। आप लोग जिन्दा क्यों हैं अभी तक? मर क्यों नहीं जाते? खोपी वालों के सामने मुँह दिखाने लायक भी हैं क्या आप लोग? यही हमारी इज्जत है कि हमारी बहू-बेटी पर किसी ने नजर डाली और हमने उसे उस पापी के हवाले कर दिया?"

"हाँ-हाँ, ऐसा नहीं होगा। हम अब किसी के गुलाम नहीं हैं कि अपनी इज्जत लुट जाने दें और कुछ न कहें।"

"तो फिर जो जी में आए करो। यहाँ हमारी राय सुनने आए ही क्यों?"

"हम तो वह करेंगे ही जो करना जरूरी है। आए थे यह देखने कि आप लोगों को अपनी इज्जत का कितना खयाल है। देख रहे हैं कि दुनिया कहाँ से कहाँ चली गई और आप लोग जहाँ के तहाँ पड़े हुए हैं।"

"मैं जितना कह रहा हूँ, उतना ही करा लो तो बहुत बड़ी बात होगी। नए जमाने की ही बात कह रहा हूँ; पुराना जमाना रहा होता, तब क्या शादी करवाने के लिए इतना जोर दिया जा सकता था?"

"जो कह रहे हैं आप, वह पुराने जमाने की ही चीज है। बात झँपती है इससे, इज्जत नहीं झँपती। नए जमाने की चीज हुई खोपी में कि गाँव से भगा दिया, और अगर पापी भागता नहीं, तो उसे मार गिराया जाता। कहाँ क्या हो रहा है इस नए जमाने में, उसकी क्या खबर आपको!"

"बोलना बहुत आसान है, कुछ कर गुजरना उतना आसान नहीं। मारने के बाद रोता है मारने वाला।"

"मैं नहीं रोऊँगा, चाचा; मारकर पंजाब भाग जाऊँगा; खोजती रहे पुलिस। किसी को कोई टेर-पता नहीं चलेगा।"

"सोच लो; मैं तो ऐसी राय नहीं दूँगा।"

"हमलोगों ने सोच लिया है; अब बैठकर सोचिए आप लोग। चल रे गिरवा, यहाँ रुकने से कोई फायदा नहीं है।"

नहीं, अभी गिरवा या बिरना गया नहीं होगा। सभा के समाप्त होने की कोई सूचना नहीं आई है, न किसी के सभा से गुस्से में उठकर जाने की ही। गाँव के बूढ़े-बुजुर्ग भी अभी तक टिके हुए हैं; शायद सोच रहे हों, खोपी के बूढ़े-बुजुर्गों ने भी तो नए जमाने के छोकरों का कोई विरोध नहीं किया था...शायद...

और कलमुँही कलिया की माँ सभा के आस-पास ही किसी ओट में खड़ी छोकरों की बातें सुन-सुनकर बगल में खड़ी झबरी की पीठ पर जब-तब धप्पा मारकर कुहुक उठती होगी, "तुमने तो कमाल का काम किया है, झबरी। हे राम, मेरा भी इस घर में आना-जाना था!" हरामजादी को तो इस बात का गुस्सा हो रहा होगा कि इस घर में खटती-मरती थी वह और मलाई टाँकती थी चपरघटवाली, इस बात का गुस्सा हो रहा होगा कि दीना सिंह ने उसमें क्या नहीं देखा कि कभी आँख तक नहीं मारी और न कभी उसके बाप ने ही। साली, छिनाल!

बाबू सरोवर सिंह की बेचैनी धीरे-धीरे बढ़ती ही जा रही थी।

सभा-विसर्जन की नहीं, न सभा में बोले जा रहे दुर्वाच्य-दुर्वचन की, खबर आई बाबू सरोवर सिंह के पास उनके आसन्न विनशन की। सभा के बीच में ही कुसेसर के भूसाघर से निकलकर गेदन दौड़ आया था मालिक को सुनाने, "मालिक, सभा में टुन्नी मिसर आ गए हैं।"

बाबू सरोवर सिंह ने सुना और सन्न हो गए। उनके मुँह से बरबस निकल गया, "अब क्या होगा?" अब क्या हो रहा है, यह जानने के लिए गेदन फिर कुसेसर के भूसाघर की ओर दौड़ गया था।

श्लथदेह और सन्नहर्ष सरोवर सिंह पलंग पर बैठकर गहरी सोच में डूब गए थे और जब-तब बुदबुदा उठते थे, "अब क्या होगा?"

बीस बरस पुराना गुस्सा भी टुन्नी मिसर की गाँठ में बँधा रहता है। हरि सिंह पर जो गुस्सा आया था, वह बीस बरस पुराना था। कुठनी के चंडीथान में उन दिनों दोनों के बीच इस बात पर तनातनी हुई थी कि किसका पाठा देवी को पहले चढ़ाया जाएगा। झगड़े का अन्त यह हुआ कि हरि सिंह के आदमियों ने टुन्नी मिसर और उसके आदमियों को खदेड़ दिया और बिना पाठा की बलि चढ़ाए टुन्नी मिसर को जान बचाकर भागना पड़ा। बीस बरस बाद जब वैर-शुद्धि का मौका मिला टुन्नी मिसर को, तो वह चूका नहीं और जब खोपी में हरि सिंह के विरुद्ध आग भड़की, तो वह कई दिनों तक डेरा डाले पड़ा रहा खोपी में।

इलाके के गाँवों में जब कहीं किसी का नाश-नुकसान होता है, तो लोग पता लगाते हैं कि किस पर टुन्नी मिसर का कितना पुराना गुस्सा था।

सरोवर सिंह पर तो बहुत हाल का गुस्सा है टुन्नी मिसर का।

मुखिया के चुनाव में टुन्नी मिसर उनके दरवाजे पर आए थे और मदद माँगी थी, मगर सरोवर सिंह ने स्पष्ट सुना दिया था, "मैंने तो दास जी को जबान दे दी है।" मिसर ने जवाब दिया था, "जबान दी थी, बाबू सरोवर सिंह, जबान काटकर तो नहीं दी थी। मैं आपको ऐसे दस बहाने बता सकता हूँ कि जिन्हें सुनकर खुद दास जी आपको मेरे साथ हो जाने के लिए कहेंगे।" मगर सरोवर सिंह मिसर जी की बात मानने को तैयार नहीं हुए थे और पुनः स्पष्ट सुना दिया था, "इस बार माफ कर दीजिए, मिसर जी! बहाना बनाकर मैं जिन्दा नहीं रह पाऊँगा। मन पर कोई बोझ बना रहेगा। आपको यह जबान मैं अभी ही दे देता हूँ कि अगले चुनाव में मैं आपका साथ दूँगा।"

मिसर ने उस वक्त ही अपना गुस्सा गिरह में बाँध लिया होगा।

उसका हर गुस्सा आज तक किसी को सर्वनाश की ओर ही ठेलता रहा है। पता नहीं, गाँव की झोंपड़ियों ने उसे आमंत्रित किया था सभा में आने के लिए या बिना बुलाए ही चला आया था वह। उसे तो आना ही था भड़क उठी आग में घी डालने। वैर-शुद्धि का ऐसा सुनहला अवसर वह कैसे चूकता!

अब बाबू सरोवर सिंह गेदन का भी इन्तजार नहीं कर रहे थे। गेदन ने सभा में टुन्नी मिसर के आने की नहीं, सभा के अन्तिम निर्णय की खबर सुना दी थी। टुन्नी मिसर के आते ही सभा में हो रही बतकही बन्द हो गई होगी और मिसर ने पूरी सभा को अपना निर्णय सुनाकर उस पर अमल करने के लिए तैयार कर लिया होगा।

हाँ, अब बाबू सरोवर सिंह के कानों में आवाज गूँजने लगी थी, "टुन्नी बाबू की जय, टुन्नी बाबू जिन्दाबाद।"

रात कल की तरह ही काली थी। जो कल नहीं आया था, वह आज भी नहीं आया बाबू सरोवर सिंह से मिलने। एक और आफत ही आई थी आज टुन्नी मिसर के रूप में।

मगर बाबू सरोवर सिंह के घर में जश्न मनाया जा रहा था।

सरोवर सिंह ने दोस्तों को दावत दी थी। जगलाल और प्रफुल्ल आ चुके थे। अंजनी घर पर नहीं था, मगर उसके घरवालों को यह ताकीद कर दी गई थी कि जैसे ही वह शहर से लौटकर आए, उसे अविलम्ब भेज दिया जाए।

जगलाल और प्रफुल्ल साथ-साथ आए थे। बैठक में बैठते ही जगलाल ने मित्र को उसकी मुक्ति पर बधाई दी।

"मुझे तो इस बात की दोहरी खुशी है," प्रफुल्ल बोला, "कि सरोवर को टुन्नी मिसर पर विजय मिली है।"

"इस विजय का कोई श्रेय नहीं है मुझे," सरोवर ने अपनी बात कही, "ईश्वर की भारी कृपा हुई है मुझ पर।"

"ईश्वर की कृपा इस तरह हुई," प्रफुल्ल ने हँसते हुए कहा, "कि उसने टुन्नी मिसर की खोपड़ी उलट दी और टुन्नी मिसर ने उल्टी खोपड़ी से कुछ सोचा। ऐसा पहली बार हुआ है, पहली बार भूल हुई है टुन्नी मिसर से।"

"यह सच है, पहली बार उसका वार खाली गया," सरोवर बोला।

"तुम ऐसा सोचते हों," जगलाल ने सरोवर को टोका, "कि टुन्नी मिसर से भूल हुई है?"

"क्यों, तुम ऐसा नहीं मानते?" सरोवर ने हैरत से जगलाल की ओर देखा।

"नहीं, मैं ऐसा नहीं मानता," जगलाल ने जवाब दिया, "टुन्नी मिसर से कोई भूल नहीं हुई है।"

"कैसे भूल नहीं हुई है?" प्रफुल्ल ऊँचे लहजे में बोला, "क्या उसने सभा में ऐसा नहीं कहा था कि वह सरोवर सिंह को पीस डालेगा?"

"ऐसा कहा होगा, मगर ऐसा चाहा नहीं था उसने।" जगलाल ने मुस्कराते हुए जवाब दिया।

"तो क्या तुम सोचते हो कि टुन्नी मिसर मेरा भला चाहता है?" भौंहें सिकोड़कर सरोवर ने जगलाल से पूछा।

"इसमें उसका भला था।"

"उसका भला?"

"हाँ," जगलाल काफी गम्भीर हो उठा था, "बदले हुए जमाने को वह भी देख रहा है और जान रहा है कि झोंपड़ियों का नेता अब कोई टुन्नी मिसर नहीं हो सकता, और...और यह कैसे मान ले वह कि उसके घर में कभी कोई दीना सिंह पैदा नहीं होगा?"

"तुम बकवास तो नहीं कर रहे हो, भाई?" बड़े रूखे स्वर में बोला प्रफुल्ल।

"नहीं, बिलकुल नहीं।" जगलाल ने जवाब दिया।

"मैं तो," निचले होंठ को दाँत से देर तक दबाए रखने के बाद सरोवर ने मुँह खोला, "अब तक कुछ और ही सोचता रहा था।"

"कुछ और अधिक सोचो," जगलाल ने मुस्कराते हुए कहा, "मैं आज दिन भर यही सब सोचता रहा था। और अब, सुन लो, अब कभी कुछ भी सोचो, तो टुन्नी मिसर की तरह ही..."

अचानक अंजनी कमरे में घुसा और दोनों हाथ जोड़कर सरोवर के आगे खड़ा हो गया, "मुझे माफ करो, यार। एक जरूरी काम से शहर चला गया था। लौटने में बहुत देर हो गई। भागा-भागा आया हूँ। क्या हुआ सभा का निर्णय?"

"तुम्हें नहीं मालूम?" मुस्कराते हुए सरोवर बोला।

"नहीं," कुरसी पर बैठते हुए अंजनी ने जवाब दिया, "कुछ भी नहीं मालूम। मैं सीधे तुम्हारे पास आ रहा हूँ, घर भी नहीं गया।"

"हमें दावत दी है सरोवर ने।"

"दावत?" अंजनी प्रफुल्ल का मुँह देखने लगा।

"हाँ, यार," अँगड़ाई लेते हुए बोला सरोवर सिंह, "आज मैं बहुत खुश हूँ।"

"कितने पर छूटे? कुछ जमीन देकर?" प्रसन्नता जाहिर करते हुए अंजनी ने पूछा।

"ऊँहूँ, एक बीघा भी नहीं।"

"तो फिर, सिर्फ भोज?"

"नहीं, यार, वह भी नहीं।"

"अरे, ऐसा कैसे हुआ? यह तो तुमने सपने में भी नहीं सोचा होगा।"

"तुमने सोचा था? मगर हो गया ऐसा। गाँव की झोंपड़ियों ने सोच लिया कि उनका नया जमाना हर जगह आ पहुँचा है।"

अंजनी ने सवालिया नजरों से सरोवर को घूरा और फिर पूछा, "सभा हुई थी न?"

"सभा हुई, निर्णय भी हुआ। झोंपड़ियों ने टुन्नी मिसर की सलाह मानी, और अब चपरघटवाली शहर जा रही है।"

"शहर?"

"हाँ, न्याय माँगने, कानून से।"

"कानून से!" बोलकर अंजनी हँसा।

उसे हँसते देख, शेष मित्र मुस्कराए; वे सब पहले ही बहुत हँस चुके थे।